BASTEI
LÜBBE
TASCHENBUCH

Weitere Titel der Autorin:

15 760 Die Maske der Leidenschaft
15 822 Die Nichte der Marquise
16448 Die Nächte der Aphrodite

Daria Charon

FLUCHT AUS DEM HAREM

Erotischer Roman

BASTEI LÜBBE TASCHENBUCH

BASTEI LÜBBE TASCHENBUCH
Band 16 333

1. Auflage: Mai 2009
2. Auflage: Mai 2010

Bastei Lübbe Taschenbücher in der Bastei Lübbe GmbH & Co. KG

Originalausgabe

Dieses Werk wurde vermittelt durch die Literarische Agentur
Thomas Schlück GmbH, 30827 Garbsen

Lektorat: Christina Deniz
Titelillustration: DH Studio
Umschlaggestaltung: Susanne Wenzler
Satz: Urban SatzKonzept, Düsseldorf
Gesetzt aus der Palatino
Druck und Verarbeitung: Norhaven A/S
Printed in Denmark
ISBN 978-3-404-16333-5

Sie finden uns im Internet unter
www.luebbe.de
Bitte beachten Sie auch: www.lesejury.de

Der Preis dieses Bandes versteht sich einschließlich
der gesetzlichen Mehrwertsteuer.

1

Leila trippelte zwischen Zenda und ihrer Mutter durch den Garten, der den Palast vom Harem des Paschas trennte. In ihren mit Hennaornamenten bemalten Händen hielt sie ein kleines goldenes Kästchen. Die unzähligen Juwelen, mit denen es besetzt war, funkelten im Sonnenlicht. Sie konnte gar nicht erwarten, es zu öffnen. Was für unermesslich wertvolle Schätze mochten sich wohl in der Schatulle befinden, die ihr der Pascha höchstpersönlich zu ihrem zwölften Geburtstag überreicht hatte? Eine ungewöhnliche Geste, denn ihr Herr hatte noch niemals zuvor das Wort an sie gerichtet. Aber heute hatte er sie lange und gründlich gemustert, und sie war froh gewesen, dass die Dienerinnen ihrer Mutter sie zum ersten Mal wie eine erwachsene Frau gekleidet und frisiert hatten.

Man hatte sie in den großen Saal gebracht, wo der Pascha auf seinem Thron saß und ihr entgegenblickte. Demütig war sie vor ihm auf die Knie gesunken und hatte sich erst erhoben, als der große Ahmet Pascha zu ihrer Überraschung das Wort an sie richtete.

»Ich sehe, du bist gewachsen, Leila. Nicht mehr lange, und du wirst eine Frau sein.«

Sie hielt den Blick gesenkt, ihre Handflächen waren feucht, und ihr Herz raste vor Aufregung, da der Pascha tatsächlich mit ihr sprach. Das würden ihr die anderen Mädchen niemals glauben, und …

»Sieh mich an!«

Unwillkürlich ruckte ihr Kopf hoch. Nur eine Armeslänge

entfernt saß der allmächtige Pascha mit gespreizten Beinen und locker auf den Armlehnen liegenden Händen. Sein dunkles Gesicht mit dem am Kiefer entlanglaufenden dünnen Sarazenenbart stand in krassem Gegensatz zum weißen, mit Goldstickerei verzierten Kaftan. Seine Hosen waren ebenfalls weiß und die gebogenen Pantoffel mit Perlen und Edelsteinen besetzt.

»Eine Haut so fein wie Perlmutt und Augen von der Farbe persischer Amethyste«, sagte er nachdenklich. »Leila, du wirst eine Schönheit werden, das Juwel meines Hauses.«

Leilas Wangen röteten sich, und heiße Freude durchströmte sie bei diesen Worten. Der Pascha fand sie schön! Sie würde in Zukunft den Kopf hoch tragen. Auch ihre Mutter würde zufrieden sein, hatte sie sich doch so viel Mühe gegeben, sie heute perfekt aussehen zu lassen.

Ahmet Pascha hob eine schmale, mit Ringen geschmückte Hand, und ein Diener in orangefarbenen Pluderhosen und nacktem Oberkörper trat näher. Er reichte seinem Gebieter ein goldenes Schatzkästchen.

»Nun, Leila«, begann der Pascha. »Dieses Geschenk soll dich immer an den heutigen Tag erinnern. In dieser kleinen Truhe liegt deine Zukunft.«

Er hielt ihr das Kästchen hin, und Leila nahm es mit zitternden Händen entgegen. Ihr Mund fühlte sich sandig an und die Zunge klebte am Gaumen. »Ich danke Euch, mein Gebieter«, brachte sie mühsam und viel zu leise heraus. Dann besann sie sich und küsste die ihr noch immer entgegengestreckte Hand, natürlich ohne sie tatsächlich zu berühren.

Die Andeutung eines Lächelns glitt über das dunkle Gesicht. »Ich danke dir, dass du mich mit der Ahnung deiner künftigen Schönheit beglückt hast. Du darfst dich entfernen, Leila. Aber sei gewiss, dass ich dich nicht vergessen werde.«

Das Kästchen so fest an die Brust gedrückt, dass die Edelsteine durch die dünne Seide schmerzhaft in ihr Fleisch schnitten, ging Leila rückwärts durch die Halle. Sie hielt den Blick gesenkt, sah aber das feingearbeitete Mosaik des Bodens nicht. Stattdessen konzentrierte sie sich darauf, sich mit den eleganten, fließenden Bewegungen zu entfernen, die sie immer an den erwachsenen Frauen beobachtete.

Zu ihrer Erleichterung gelang es ihr tatsächlich, ohne Straucheln beim geschwungenen Torbogen des Saales anzukommen, wo Zenda und ihre Mutter auf sie warteten. Zu dritt verbeugten sie sich ein letztes Mal vor dem Pascha und verließen den Saal.

»Lass sehen, Leila! Was hat dir der Pascha geschenkt?« Zenda versuchte ihr das Kästchen zu entwinden, aber Leila hielt es mit aller Kraft fest und schüttelte energisch den Kopf.

»Sie kann es uns später zeigen«, sagte ihre Mutter. »Immerhin ist es ihr Geschenk, darum darf Leila entscheiden, wann sie es uns zeigt. Und ob sie es uns überhaupt zeigt.«

Erleichtert lockerte Leila ihren Griff und bemühte sich, mit den beiden Frauen Schritt zu halten. Die Gänge des Palastes erschienen ihr endlos, und die Orientierung zwischen all den hohen Säulen fiel ihr schwer. Bisher hatte sie den Harem nicht sehr häufig verlassen dürfen.

In diesem Moment kamen ihnen zwei Wachen entgegen. Sie schleiften einen Gefangenen in ihrer Mitte, dessen Kopf wie leblos auf die Brust gesunken war. Fetzen eines weißen Hemdes flatterten von seinen schmächtigen Armen. Die zerrissenen braunen Hosen gewährten einen Blick auf blut- und schmutzverkrustete Beine. Leila fragte sich, was der Junge wohl verbrochen hatte, um eine solche Bestrafung zu verdienen. Als sie sich auf gleicher Höhe befanden, versuchte sie, unter den rotblonden Haarsträhnen das Gesicht des Gefangenen zu erkennen, aber außer dunklen, angetrockneten Blutspuren sah sie nichts.

Nachdenklich blickte sie den Männern nach, und so merkte sie nicht, dass Zenda und ihre Mutter zwischen zwei Säulen abgebogen waren. Erst als sie ihren Namen hörte, korrigierte sie eilig ihre Richtung und lief den beiden nach.

Im Harem angekommen, verließ Zenda sie, und Leila ging mit ihrer Mutter in ihre Gemächer. Ohne ein weiteres Wort rannte sie in ihr Zimmer und warf sich aufs Bett. Vorsichtig stellte sie das Kästchen vor sich hin und betrachtete es von allen Seiten. Sie zog die Vorfreude absichtlich in die Länge, rollte sich auf den Rücken und hielt die Schatulle hoch, um sich an dem Funkeln der Edelsteine zu erfreuen. Schließlich kniete sie sich vors Bett und zog den goldenen, an einer kurzen Kette befestigten Riegel aus den zierlichen Ösen.

Leila hielt den Atem an, als sie den Deckel langsam und vorsichtig öffnete, gefasst darauf, im Inneren ebenso glitzernde Juwelen zu entdecken. Fassungslos und ungläubig starrte sie in das Kästchen. Es war leer. Da sich ihr Verstand weigerte, diese Tatsache zu akzeptieren, tastete sie wieder und wieder über den mit rotem Samt ausgeschlagenen Boden.

»Das ist ein Geschenk für deine Zukunft«, sagte ihre Mutter neben ihr. Sie kniete sich nieder und zog Leilas Kopf an die Schulter. »Du wirst einmal eine sehr schöne und sehr begehrte Frau sein. Der Pascha wird sich für deine Gunst dankbar erweisen. Seinen Dank kannst du in diesem Kästchen aufbewahren.«

Leila verstand nichts von dem, was ihre Mutter sagte. Sie verstand nur, dass sie sich von dem funkelnden Äußeren täuschen lassen und ein ebenso funkelndes Inneres erwartet hatte. Ein Fehler, der …

»Leila, wach auf.« Jemand schüttelte sie unsanft an der Schulter. Leila fuhr hoch und blinzelte verwirrt. Der Dampf im Hamam ließ die Umgebung verschwimmen, und auch das Gesicht ihres Gegenübers wirkte wie durch einen Schleier verhüllt.

»Hatice, was willst du?« Leila räusperte sich und versuchte, sich in der Gegenwart zurechtzufinden.

»Du schläfst seit zwei Stunden, Leila. Ich dachte schon, dass sie dir etwas ins Essen gemischt haben.«

Die gute Hatice, sie rechnete stets mit dem Schlimmsten. An jeder Ecke sah die Freundin Giftanschläge und Intrigen. Nicht völlig zu Unrecht, denn Missgunst und Eifersucht brachten so manche Frau aus dem Harem in ein frühes Grab. Allerdings gab es hier niemanden, der sich so von ihr bedroht fühlte, dass er ihr Gift in den Kaffee rührte. Ihre Stellung war kaum bedeutender als die der Sklavinnen; sie war weder eine Gefahr noch eine ernst zu nehmende Konkurrenz für die anderen.

»Aber nein, Hatice«, sagte sie deshalb. »Ich bin nur müde.«

Das war eine Lüge. Sie war nicht müde, sie war süchtig nach dem Vergessen, das der Schlaf brachte. In ihren Träumen konnte sie über ihr Leben bestimmen, sie konnte alles sein, was sie wollte, und sie konnte die Erinnerungen, die ihr gefielen, wieder und wieder durchleben und alle anderen vergessen.

Gähnend streckte sie sich und stand auf. Hatice reichte ihr ein großes, weißes Mousselintuch, das sich Leila um den nackten Leib wickelte. Ihr schwarzes Haar fiel schwer und feucht hinab bis zur Hüfte. Eine der Dienerinnen würde sich später darum kümmern.

Gemeinsam mit Hatice ging sie barfuß über den Mosaikboden zum Ausgang des Hamam. Auf gefliesten, beheizten Steinbänken saßen und lagen Frauen jeden Alters. Schlanke, dunkelhäutige Körper neben üppigen alabasterfarbigen Leibern mit weichen weißen Schenkeln. Einige der Anwesenden planschten in den Becken, andere ließen sich von den Sklavinnen mit duftenden Ölen massieren. Die mit Dampf und den verschiedensten Aromen geschwängerte Luft war beinahe zu dick zum Atmen. Leila fühlte sich wohl hier, verbrachte jede freie Minute im Hamam. Die feuchte Hitze machte träge und lähmte sowohl den Körper als auch den Geist. Ersparte es ihr, nachzudenken, Entscheidungen zu treffen, sondern gestattet es, sich einfach treiben zu lassen.

Nachdem sie das Bad verlassen hatten, trennten sich Hatices und Leilas Wege, da sie in verschiedenen Flügeln des Harems untergebracht waren. Leila bewohnte die Gemächer neben Anwar, ihrer Mutter. Saad Aga, ein ägyptischer Eunuch, der für das Wohlergehen und die Sicherheit von Mutter und Tochter zuständig war, verbeugte sich, ehe er ihr geräuschlos die Tür öffnete. Ebenso geräuschlos schlüpfte Leila an ihm vorbei in den Raum.

Eingehüllt in blassblaue Seide lag ihre Mutter auf dem Bett – wie ein überdimensionaler Kokon, aus dem schwarzes Haar quoll. Ihr Blick war starr zur Decke gerichtet, im Raum hing der unverwechselbare Geruch nach Opium.

Ihre Mutter war zerbrochen. Sie hatte die Weigerung des Paschas, sie zur Frau zu nehmen und somit zu einer Kadine zu machen, nie verwunden. Eine von vielen zu sein, das ertrug sie nicht. Deshalb verließ sie ihre Räumlichkeiten nicht mehr, schlenderte nicht mehr im Garten herum und nahm auch nicht an den wenigen Ausflügen teil, die hin und wieder stattfanden. Stattdessen rauchte sie Opium oder Haschisch, ließ sich die Mahlzeiten ans Bett bringen und schloss sich selbst von allem aus. Ihre Schönheit hatte sich in den aromatischen Dämpfen des Hamam verloren, das süße Lokum, mit dem sie ihren Schmerz zu betäuben versuchte, hatte ihren

Leib anschwellen lassen, bis sie sogar nach orientalischen Maßstäben nicht länger als üppig, sondern als grausam entstellt galt.

Der Pascha hatte seit über einem Jahrzehnt nicht mehr nach Anwar geschickt. Und in den wenigen klaren Momenten, die ihr vergönnt waren, beschwor sie Leila, zu fliehen, um nicht so zu enden wie sie selbst.

Leila hatte darüber nachgedacht, aber sie wusste nicht, wie sie es anstellen sollte. Außerhalb des Palastes gab es niemanden, an den sie sich hätte wenden können. Alles, was sie kannte, jegliche Sicherheit, befand sich hier, in der fragilen Geborgenheit des Harems. Und die wollte sie nicht aufgeben.

Sie zog die Tür wieder zu und ging in ihr eigenes Zimmer, das nicht weniger kostbar eingerichtet war als das ihrer Mutter. Brokat floss von den Wänden, kunstvolle Kandelaber aus buntem Glas spendeten Licht, und dicke Teppiche bedeckten gleich in mehreren Schichten den glänzenden Marmorboden.

Das Kästchen, das ihr der Pascha vor zehn Jahren geschenkt hatte, stand auf der Frisierkommode neben dem großen goldgerahmten Spiegel. Sie ließ sich auf den Hocker sinken und zog die Schatulle zu sich. Gewohnheitsmäßig strichen ihre Fingerspitzen über die Edelsteine, ehe sie den Riegel aus den Ösen zog.

Heute war das Kästchen nicht mehr leer. Den hühnereigroßen Rubin hatte ihr der Pascha geschenkt, nachdem er ihr die Jungfräulichkeit genommen hatte; den Ring mit den Smaragden nachdem sie ein zweites Mal zu ihm gerufen worden war und ihm Vergnügen bereitet hatte. Jedes einzelne Schmuckstück hatte seine Geschichte. Auch die Ohrgehänge mit den Perlen. Sie waren das letzte Geschenk des Paschas gewesen; danach hatte er nicht mehr nach ihr schicken lassen.

Über vier Jahre war das nun her. Leila wusste nicht, ob sie seinen Unwillen erregt hatte oder ob er ihrer einfach überdrüssig geworden war. Doch sie wusste, dass sie nie eine Kadine werden würde. Im Gegensatz zu ihrer Mutter machte sie sich über ihre Stellung keine Illusionen. Nicht mehr. Sie war nichts als ein williger Körper, mit dem der Pascha verfahren konnte, wie immer er wollte.

»Leila.«

Die sanfte Stimme riss sie aus ihren Gedanken, und sie erhob sich. Im Zimmer stand eine Frau. Sie trug einen hellgelben Kaftan über orangefarbenen Hosen, die Farbe schmeichelte ihrer olivfarbenen Haut. Jamilah war seit über zwanzig Jahren Hebamme, Lehrerin und Vertraute der im Harem lebenden Frauen. Sie kannte alle Mittelchen, die nötig waren, um eine Schwangerschaft zu verhindern, zu fördern oder zu beenden. Sie unterrichtete die jungen Mädchen in der Kunst der Liebe, in der Kunst, sich zu verschönern, und in der Kunst, auch im kürzesten Gespräch die Tugenden des männlichen Gegenübers zu preisen. Sie linderte die Schmerzen bei Geburten, bei den monatlichen Beschwerden und wusste Rat bei den meisten Krankheiten.

Zwar gab es im Palast auch einen Arzt, aber der durfte die Frauen nicht berühren. Stattdessen mussten sie ihm angekleidet und verschleiert anhand von kleinen Elfenbein- oder Ebenholzpüppchen ihre Beschwerden schildern. Aus diesem Grund waren die Diagnosen und die verschriebenen Mittel des Arztes bei weitem nicht so hilfreich wie jene von Jamilah.

»Der Pascha will dich sehen«, sagte Jamilah.

»Mich?«, wiederholte Leila ungläubig. »Irrst du dich auch nicht? Du weißt doch, wie lange es her ist, dass er nach mir geschickt hat?«

»Ja, natürlich weiß ich das. Aber das ändert nichts an der

Tatsache, dass er dich heute sehen will. Hier ist deine Medizin.« Jamilah zog ein kleines Fläschchen aus dem Kaftan. »Egal, was kommt, wenn du meinen Trank einnimmst, musst du dir keine Sorgen machen, ein Kind zu empfangen.«

Leila griff nach dem Fläschchen und zog den Korken heraus. Das Gebräu schmeckte bitter, aber lange nicht so bitter wie die Erkenntnis, dass sie in dieser Angelegenheit nichts zu sagen hatte. Und auch in keiner anderen.

»Begleitest du mich?« Sie gab Jamilah das leere Fläschchen zurück.

»Wenn du möchtest, dann begleite ich dich gerne.« Sie betrachtete die herumliegenden Gewänder und wartete, bis Leila sich des Seidenmantels entledigt hatte, den sie im Hamam übergeworfen hatte.

Leila bewegte sich ohne Scham vor Jamilah. Scham existierte unter den Frauen des Harems nicht. Und Jamilah nahm darüber hinaus eine Sonderstellung ein. Sie war es, die den Körper der Mädchen prüfte, sie darin unterwies, Lust zu schenken und auch selbst Lust zu empfinden.

Deshalb wich sie auch nicht zurück, als Jamilahs Hand nun über ihre nackte Hüfte nach oben wanderte, in einer sanften, liebevollen Berührung, die schließlich dazu führte, dass sie Leilas Brust umfing. Dann beugte sie sich vor und schloss die Lippen um die rosige Knospe.

Leila fuhr ihr mechanisch durchs Haar. Sie spürte, wie sich ihre Brustwarze unter den Liebkosungen der geschickten Zunge aufrichtete, aber sie empfand keine Erregung. Ja, es hatte einmal eine Zeit gegeben, da war ihr Körper dabei vor Lust geschmolzen, und sie hatte von Jamilah immer mehr und mehr gefordert. So lange, bis die Frau sie schließlich ihrem Gebieter übergeben hatte, damit dieser die Früchte der frisch erweckten Leidenschaft genießen konnte.

Der Abend, an dem sie zum ersten Mal von Jamilah in

Ahmet Paschas Gemächer gebracht worden war, erstand vor Leilas Augen in lebhaften Bildern:

»Juwel meines Hauses, sei mir willkommen.« Ahmet Pascha lächelte, und sein attraktives Gesicht wurde noch anziehender. Er erhob sich von dem breiten Diwan, auf dem er gelegen und Wasserpfeife geraucht hatte. Der Duft des parfümierten Tabaks lag in der Luft.

Leila sank auf die Knie, wie Jamilah es ihr befohlen hatte, und blickte zu Boden. Ihr Herz schlug so heftig, dass sie fürchtete, der Pascha könnte es hören. Die ganzen letzten Tage hatte sie sich ausgemalt, was bei ihrer ersten Begegnung wohl passieren würde. Wie sie dem Pascha auf mannigfache Weise Lust bereiten und von ihm dafür zu seiner Favoritin erwählt werden würde. Allein der Gedanke daran hatte sie so erhitzt, dass sie sich selbst gestreichelt hatte, um Befriedigung zu finden.

»Jamilah, ich danke dir, du darfst dich entfernen«, hörte Leila den Pascha sagen. Einen Augenblick später spürte sie seine Finger an ihrem Kinn.

»Steh auf, Leila.«

Sie blinzelte verwirrt. »Herr, ich …«

Er lachte. »Ich weiß, ich weiß. Jamilah sagt euch immer, dass ihr auf Knien zu meinem Bett rutschen sollt, um mir eure Demut und Ergebenheit zu beweisen. Und ich sage ihr immer, dass ich nichts davon schätze. Weder Demut noch Ergebenheit, noch das Rutschen auf den Knien.«

Er reichte ihr seine Hand, und sie stand auf. Ohne ein weiteres Wort führte er sie zu seinem Bett. »Es werden viele Nächte kommen, in denen du mich mit deinem Wissen und deinem Geschick erfreuen kannst. Doch heute gewährst du mir ein Geschenk, das du nur einmal geben kannst, und dafür werde ich dir Lust in einem Ausmaß bescheren, wie du sie vielleicht nie mehr wieder erleben wirst.«

Seine Worte steigerten ihre Vorfreude, und sie hatte Mühe, ihre Erregung zu verbergen. Er blieb vor dem Spiegel neben dem Bett stehen und stellte sich hinter sie. Seine Finger glitten über die Kanten der kurzen Brokatweste, die sie über einem Hemd aus Gaze trug. Er streifte sie Leila über die Schultern, bis sie zu Boden fiel.

Durch den hauchdünnen Stoff des Hemdes schimmerten ihre Brustwarzen, die sich bereits erwartungsvoll aufgerichtet hatten. Sie spürte den Atem des Paschas an ihrem nackten Hals und kurz darauf auch seine Lippen, die langsam über ihre Haut wanderten. Er roch nach einer Mischung aus Patchouli und Tabak, ein männlicher, erregender Duft, der Leila unwillkürlich aufseufzen ließ. Wie sehr hatte sie sich danach gesehnt, dass der Pascha sie endlich zu einer richtigen Frau machte. Und es begann so viel besser, als sie gedacht hatte. Ihre Nervosität legte sich.

Sein Mund bedeckte ihren und erstickte ihr Seufzen ebenso wie ihre Gedanken. Seine Zunge tauchte in sie ein, streichelte und lockte mit heißen, süßen, berauschenden Versprechen.

Sie wollte sich zu ihm umdrehen, aber er hielt sie fest und öffnete die Knöpfe ihres Hemdes. Dann löste er sich von ihr und zog das Gewand über ihren Kopf.

»Sieh dich an, Leila, sieh dich an, wie schön du bist«, flüsterte er an ihrem Ohr, während sich seine Wange an ihre schmiegte.

Sie sah im Spiegel, wie sich seine Hände um ihre vollen weißen Brüste legten, die seine dunkle Haut umso mehr betonten. Die rosafarbenen Knospen waren hart wie kleine Kieselsteine. Er fuhr mit den Daumen darüber, und Leila spürte, wie das Blut in ihrem Schoß zu pulsieren begann. Ein Schauer lief über ihren Körper.

Der Pascha fuhr fort, die harten Spitzen zu reizen, bis Leila keuchend aufstöhnte. Sie lehnte sich mit dem vollen Gewicht an ihn und bog den Oberkörper durch, um seine Zärtlichkeiten noch besser spüren zu können.

»Löse deinen Gürtel und streife deine Hose ab«, befahl der Pascha, während er ihre Brüste weiter liebkoste. Leila gehorchte. Ihre haarlosen Schamlippen glänzten bereits feucht.

Eine dunkle Hand glitt über ihren Bauch und tauchte zwischen ihre Schenkel, um ihre Spalte zu erforschen. Unwillkürlich spreizte Leila ihre Beine. Ihr klares Denken hatte sich an einen unbekannten Ort zurückgezogen, sie bestand nur mehr aus brennendem Verlangen.

Die Hand kehrte zu ihrer Brust zurück und salbte die geschwollenen Spitzen mit dem Tau ihrer Lust. Willenlos ließ sie alles geschehen, stöhnte ihr Verlangen mit dumpfen, unartikulierten Lauten heraus.

Unerwartet presste sich heiße nackte Haut an ihren Rücken und ein Knie schob sich zwischen ihre Beine, als Antwort auf ihr heiseres Flehen. Schamlos rieb sie sich an seinem rauen Oberschenkel, bewegte in einem instinktiven Rhythmus ihr Becken vor und zurück.

Der Pascha nahm ihre feuchten, klebrigen Brustwarzen zwischen Daumen und Zeigefinger und begann sie zu drücken und an ihnen zu ziehen. Spiralen gleißender Lust liefen durch Leilas Körper. Sie klammerte sich an den Unterarmen des Mannes fest und ritt auf seinem Schenkel, bis der Raum um sie herum in hellem Licht explodierte.

Atemlos kam sie wieder zu sich. Der Pascha stand noch immer hinter ihr und hatte die Arme um sie gelegt. Im Spiegel sah sie sein Gesicht mit den glühenden Augen, und eingebettet in die Kluft zwischen ihren Hinterbacken spürte sie sein hartes Glied.

Die Erregung kehrte in einem einzigen gewaltigen Schlag

zurück. Sie beugte sich vor, spreizte die Beine und griff zwischen ihnen hindurch, bis sie seinen Schwanz zu fassen bekam. Alles, was ihr Jamilah jemals über Raffinesse, Taktik und erotische Spiele beigebracht hatte, war vergessen. Sie wollte ihn. Jetzt. Sofort.

Ihre ungeduldigen Finger zerrten an ihm und zogen ihn zu ihrem nassen, gierigen Schlund. Sie rutschte ab und musste mit zusammengebissenen Zähnen warten, bis er sich selbst in Position brachte. Er legte die Hand auf das Ende ihrer Wirbelsäule und drückte sie sacht nach unten. Dann spürte sie, wie er endlich in sie eindrang. Der Schmerz war kurz, kaum spürbar, das Gefühl, wie er sie langsam ausfüllte, sie dehnte mit seinem harten Fleisch dagegen unvergleichlich. Sie stöhnte auf, stieß ihm auffordernd ihr Becken entgegen, und gehorsam begann er sich in ihr zu bewegen.

Leila klammerte sich an den goldenen Rahmen des Spiegels, der einzige Halt, der sich ihr bot. Mit langen, kraftvollen Stößen trieb der Pascha sie einem Höhenpunkt entgegen, der so unvermeidlich war wie der Sonnenaufgang und so intensiv, dass sie das Bewusstsein verlor.

Ausgestreckt auf dem Bett kam sie wieder zu sich. Der Pascha lag neben ihr, nackt, wie Allah ihn erschaffen hatte, und betrachtete sie, den Kopf auf die Hand gestützt, mit einem trägen Lächeln.

»Meine schöne Leila, du hast mich nicht enttäuscht. Aber die Rast ist zu Ende, und wir wollen unsere Reise fortsetzen.« Damit beugte er sich über sie und liebkoste ihre Brüste mit dem Mund, leckte den Firnis ihrer Lust sorgfältig ab, ehe seine Lippen über ihren Bauch zum Scheitelpunkt ihrer Schenkel wanderten.

Er hatte sich nicht in ihr verströmt, sondern sich Zurückhaltung auferlegt, wie er ihr mit heiseren Worten versicherte. Erst wenn ihre Befriedigung vollkommen wäre, wenn ihr

Körper sich vor Wohlbehagen zu verflüssigen schien, erst dann wolle er an sich denken.

Und er hielt Wort. Bis in die frühen Morgenstunden liebkoste er ihren Körper auf alle nur erdenklichen Arten und schenkte ihr Lust in einem Ausmaß, das ihre Vorstellungskraft überstieg. Erst als sie völlig erschöpft war und Mühe hatte, die Augen offen zu halten, gestattete er sich seinen eigenen Höhepunkt.

Heute wusste sie, dass er dies aus purer männlicher Eitelkeit getan hatte. Damals jedoch hatte sie tatsächlich gedacht, sie wäre etwas Besonderes, und verschloss den Rubin, den Ahmet Pascha ihr nach dieser Liebesnacht gegeben hatte, stolz in ihrer Schatulle. Voller Freude hatte sie sich für ihn schön gemacht, als er sie erneut zu sich rief. Doch dieses Mal war er es, der passiv blieb und sich von ihr Lust bereiten ließ. Da ihr Körper an dem sinnlichen Liebesdienst Vergnügen fand, erreichte sie im Verlauf der Nacht zwar auch einen Höhepunkt, aber es war nicht annähernd so intensiv wie bei ihrem ersten Zusammensein. Und alle Nächte, die folgten, enttäuschten ihre Erwartungen aufs Neue, bis ihr Körper irgendwann überhaupt nicht mehr reagierte. Über Wochen und Monate hinweg hatten sich die Einladungen des Paschas wiederholt, vielleicht zehn, zwanzig oder dreißig Mal. Dann hatte er das Interesse an ihr verloren.

»Du hast die schönsten Brüste von allen Frauen hier«, flüsterte Jamilah heiser und holte Leila wieder in die Gegenwart zurück. »Fest und weiß und gekrönt von rosigen Spitzen.«

Leila kannte die Worte und wusste, was sie bedeuteten. Sie tastete sich an der Kommode entlang und zog eine Lade auf. Ihre Finger fanden den Gegenstand, den sie suchte: einen

Godemiché, die künstliche Nachbildung eines erigierten Penis, aus Elfenbein geschnitzt und bis ins kleinste Detail der Natur nachempfunden. Dicke Adern rankten sich um den leicht gekrümmten Schaft und erweckten den Anschein von Leben, wo keines war. Gleichzeitig versprachen sie der Anwenderin, ihre Lust ins Unermessliche zu steigern. Die Eichel glich einer reifen Pflaume mit einer tiefen Kerbe.

Leila hatte den Godemiché von Jamilah erhalten, als sie von ihr in der Kunst der Liebe unterwiesen wurde. An ihm demonstrierte ihre Lehrmeisterin jeden Handgriff, jede Berührung und forderte ihre Schülerin schließlich auf, es ihr gleichzutun. Leila erfuhr, welche Stellen des männlichen Geschlechts für ihre Zärtlichkeiten besonders empfänglich waren oder wie sie einen müden Wanderer in einen strammen Krieger verwandeln konnte. Nachdem ihr die Jungfräulichkeit genommen worden war, hatte Jamilah ihr auch gezeigt, wie sie sich mit dem Elfenbeinstab selbst Lust bereiten konnte, und sie angewiesen, sich so oft wie möglich damit zu befriedigen, um die Entwicklung ihrer Leidenschaft und die Kenntnis über ihren Körper zu fördern. Doch das Unterfangen war gescheitert, denn ihre Bemühungen hatten nicht dazu ausgereicht, den Pascha dauerhaft an sich zu binden und damit ihre Stellung im Harem zu festigen.

Leila strich mit dem Godemiché langsam und provozierend über ihre Wange, während Jamilah ihren Bewegungen mit hungrigen Augen folgte. Ehe sie die Lippen erreichte, hielt Jamilah ihre Hand fest und drehte den Elfenbeinpenis mit der Spitze zu sich.

Ihre Zunge glitt um den Wulst, träge und genießerisch, während ihre Hand noch immer mit Leilas Brust spielte. Gerüchte um Jamilah gab es unzählige. Liebhaber außerhalb des Harems wurden ihr angedichtet, da sie als einzige Frau problemlos und ohne Begleitung den Palast verlassen durfte.

Andere Stimmen wollten wissen, dass sie auch jenen Eunuchen Lust bereiten konnte, die vollständig entmannt worden waren. Aber niemand wusste darüber Genaueres, und niemand besaß den Mut, Jamilah direkt danach zu fragen.

Stattdessen begegneten die anderen Frauen ihr mit Respekt, und wenn es darum ging, Jamilah Vergnügen zu verschaffen, lehnte keiner von ihren Schützlingen dieses Ansinnen ab. Leila machte da keine Ausnahme.

Sie versuchte krampfhaft, Lust oder Erregung zu empfinden, denn sie wusste, dass Jamilah nicht nur nahm, sondern im gleichen Maße auch gab. Doch sosehr sie sich auch bemühte, die geschickten Zärtlichkeiten der anderen Frau ließen sie völlig kalt. Um ihre mangelnde Leidenschaft zu überspielen, schob sie den Godemiché in Jamilahs Mund.

Als Jamilah daran zu saugen begann, bewegte sie ihn in kleinen, heftigen Stößen hin und her. Das Stöhnen der Frau bewies Leila, dass sie das Richtige tat. Sie ließ die Hand in Jamilahs Hose gleiten und suchte die feuchte heiße Stelle zwischen ihren Schenkeln. Langsam rieb sie die geschwollenen Falten und fing an, ihre Finger im gleichen Rhythmus in die lechzende Spalte zu stoßen, wie sie den Godemiché in ihrem Mund bewegte.

Im Raum war es still, bis auf Jamilahs unterdrücktes Keuchen und das Rascheln der Seide. Leila drängte sie näher zum Bett und drückte sie schließlich auf das Lager, ohne ihr Tun zu unterbrechen. Sie kniete sich neben die Frau und zog den Godemiché aus ihrem Mund. Jamilah protestierte nicht. Ihre Wangen waren gerötet, ihre Augen glänzten vor fiebriger Erwartung, als sie Leila ansah und ohne ein Wort ihre Hose über die Hüften streifte.

Leila zog sie ihr ganz aus und spreizte die nackten Schenkel. Jamilahs Haut schimmerte wie mit Goldpuder bestäubt. Die Spalte unter ihrer enthaarten Scham klaffte auseinander und gewährte einen Blick auf das rosige Fleisch, das sich Leila ergeben und fordernd zugleich darbot.

Die Kuppe des Godemiché glänzte feucht, als Leila damit die Spalte entlangfuhr, neckte und reizte, ohne jedoch vorerst ganz einzudringen. Jamilahs Keuchen verwandelte sich in sehnsuchtsvolles Stöhnen. Ihre Hüften fingen an zu kreisen und hoben sich von den Laken.

Leila beobachtete die Reaktionen der Frau, als wäre sie eine unbeteiligte Zuschauerin. Sie wusste genau, was sie tun musste, um Jamilahs Lust ins Unermessliche zu steigern. Kaum war sie ein Stückchen in sie eingedrungen, zog sie sich wieder zurück, durchpflügte mit dem runden Kopf des Godemiché die Schamlippen und streichelte die geschwollene Klitoris. Dann wieder ein kurzes Eindringen, eine Drehung, ein abermaliges Eindringen, eine weitere Drehung, damit die künstlichen Adern an der Außenseite des Godemiché den Reiz der Penetration noch erhöhten.

Während Leila weitermachte, bildeten sich auf ihrer Stirn feine Schweißtröpfchen, doch alles andere an ihrem Körper blieb staubtrocken.

Schließlich wurden die Stöße schneller und härter, sie legte ihre freie Hand auf die glatte Scham und reizte mit dem Daumen die voll erigierte Klitoris, bis Jamilah mit einem dumpfen, beinahe animalischen Schrei ihren Höhepunkt erreichte. Nach dem letzten Aufbäumen blieb ihr Körper entspannt liegen, und sie blickte Leila aus halbgeschlossenen Augen an. Ein träges Lächeln glitt über ihr Gesicht, als sie den Godemiché in Leilas Händen sah.

»Jetzt ist es an dir, lass mich dir Lust verschaffen«, sagte sie und richtete sich auf.

Leila glitt vom Bett und hoffte, dass Jamilah ihre Flucht nicht als solche erkannte. Sie konnte einem Mann Lust und Leidenschaft überzeugend vorspielen, aber ganz sicher nicht ihrer Lehrmeisterin. »Nein, ich mache mich besser auf den Weg, und du brauchst mich nicht zu begleiten, ruh noch ein bisschen. Hier bist du ungestört.«

Rasch nahm sie eines der herumliegenden Gewänder und schlüpfte hinein. Die dünne Seide war mit Spitzeneinsätzen durchbrochen, den dazu passenden Kopfschleier befestigte sie in ihrem Haar. Kleine Pantöffelchen mit aufgebogenen Spitzen vervollständigten ihre Erscheinung.

Jamilah hatte sich auf dem Bett zusammengerollt und die Augen geschlossen, als Leila den Raum verließ. Sie kannte den Weg in den Palast, denn sie war ihn oft genug gegangen, dennoch schien er jedes Mal länger und länger zu werden. Ihre Schritte hallten in den Säulengängen, für deren kostbare Ausstattung sie schon seit geraumer Zeit keinen Blick mehr hatte.

Ehe sie den Weg zu jenem Flügel einschlug, in dem der Pascha sie empfing, musste sie einen Innenhof durchqueren, der mit zahlreichen Brunnen dekoriert war. Das Plätschern verhinderte, dass sie die Schritte hörte, die ihr folgten. Deshalb zuckte sie erschrocken zusammen, als sie jemand am Arm packte.

»Leila, ich habe dich schon so lange nicht mehr gesehen.« Die Stimme klang dunkel und samtig an ihrem Ohr. Ebenso dunkel und samtig wie die Augen, die sie mit einem verlangenden Ausdruck ansahen. »Karim Bey«, brachte sie mit zitternder Stimme heraus. »Ich werde erwartet, bitte lasst mich passieren.«

Der Griff um ihren Arm verstärkte sich. Sie würde blutunterlaufene Male zurückbehalten. »Die Dinge werden sich ändern, Leila, schon bald, und dann gehörst du mir. Nicht nur für eine Nacht, sondern für immer.«

Leila versuchte, ihre Angst nicht zu zeigen. Karim war der jüngste Bruder von Ahmet Pascha. Ein undurchsichtiger, herrschsüchtiger Mann, der sich seiner attraktiven Ausstrahlung bewusst war und sie ohne Hemmungen einsetzte. Und wenn seine Ausstrahlung nicht reichte, kannte er auch keine Skrupel, nachzuhelfen, wie Leila aus erster Hand wusste. Obwohl sich ihr Magen in einen kalten Klumpen verwandelte, hielt sie seinem Blick scheinbar ungerührt stand. »Nur einer hat über mich zu befehlen, und das seid nicht Ihr, Karim Bey«, sagte sie mit fester Stimme.

»Das werden wir noch sehen«, erwiderte er und beugte sich vor. Ehe sie sich versah, hatte er den Schleier beiseitegeschoben, dann strich seine heiße, nasse Zunge aufreizend langsam über ihre Wange. Sie unterdrückte die aufsteigende Übelkeit, da sie ihm nicht die Genugtuung geben wollte, irgendeine Reaktion auf seine Anmaßung zu zeigen.

»Ich werde erwartet, lasst mich los«, sagte sie mit kalter Stimme und befreite ihren Arm aus seiner Umklammerung.

»Du darfst gehen, aber ich werde dich zu finden wissen, Leila, vergiss das nicht. Niemals.« Seine unmissverständliche Drohung glich dem gereizten Zischen einer menschgewordenen Schlange.

Leila drehte sich um und ging mit steifen Schritten weiter. Sie bewegte sich wie eine Marionette. Voller Angst lauschte sie, ob ihr seine Schritte folgten, und lehnte sich schließlich erleichtert in einer Nische gegen die kühle Marmorwand. Sie atmete schwer und versuchte sich zu beruhigen, aber es gelang ihr nicht. Die Übelkeit ballte sich in ihrem Magen zusammen, und dann übergab sie sich stöhnend auf den Mosaikboden. Zitternd stützte sie sich an der Wand ab, aber der Krampf zwang ihren Körper auf die Knie.

Dann wurde es schwarz um sie.

2

Leila schlug die Augen auf und blinzelte wegen der ungewohnten Helligkeit. Sie lag im Bett in ihrem Zimmer. Neben ihr saß Jamilah mit gekreuzten Beinen und betrachtete sie mit einem ernsten Ausdruck, der sich nun langsam entspannte. »Allah sei gepriesen, du bist aufgewacht«, rief sie mit spürbarer Erleichterung.

»Was ist passiert?« Leila musste sich räuspern, denn ihre Kehle fühlte sich rau und trocken an.

»Ich dachte, das kannst du mir verraten? Man hat dich vor drei Wochen bewusstlos im Palast gefunden. Ich habe veranlasst, dich hierher zu bringen. Du hast Fieber gehabt und warst nicht ansprechbar. Egal, was ich auch versucht habe, du hast auf nichts reagiert. Ich befürchtete schon das Schlimmste.« Sie nahm ein Tuch aus einer Schüssel, in der Rosenblätter schwammen, und drückte es aus.

»Drei Wochen?«, wiederholte Leila ungläubig, während ihr Jamilah die Stirn abtupfte. »Ich war drei Wochen bewusstlos?«

»Ja, mein Herz. Kannst du dich erinnern, was passiert ist?«

Leila runzelte die Stirn. »Ich war auf dem Weg in den Palast … mir wurde übel … mehr weiß ich nicht.« Sie hustete.

Jamilah reichte ihr ein mit Wasser gefülltes Glas. »Trink. Und versuch, wach zu bleiben.« Sie schob ihre Hand unter Leilas Haar und ließ sie im Nacken liegen. »Das Fieber ist verschwunden, zumindest für den Augenblick.«

Leila trank durstig. Sie fühlte sich schwach, aber nicht müde. Drei Wochen. Sie konnte sich nicht vorstellen, dass in ihrer Erinnerung eine so große Lücke klaffen sollte. »Geht es meiner Mutter gut? Was ist alles passiert, während ich bewusstlos war?«, fragte sie, weil es ihr noch immer schwerfiel, die Tatsache zu glauben.

Jamilah seufzte. »Einiges. Aber es ist besser, du kommst zu Kräften, ehe ich dir alles erzähle.«

Eine bange Vorahnung breitete sich in Leila aus. »Nein, sag mir, was geschehen ist. Ist etwas mit Mutter?«

Jamilah schüttelte den Kopf. »Nein, deiner Mutter geht es gut. Zumindest geht es ihr nicht schlechter als in den letzten Monaten. Keine Sorge.«

»Was ist es dann?« Leila schob die Kissen in ihrem Rücken nach oben und setzte sich auf.

»Ahmet Pascha ist tot und seine beiden Söhne ebenfalls. Sein Bruder Tariq liegt im Sterben, vermutlich überlebt er den heutigen Tag nicht ...«

»Aber wie ist das möglich? Wie ...« Leila brach ab.

»Ich vermute, dass Gift im Spiel ist. Aber natürlich kam ich nicht einmal in die Nähe der Erkrankten. Die Ärzte ließen mich nicht zu ihnen.« Jamilah zuckte die Schultern. »Wahrscheinlich hätte ich ohnehin nichts ausrichten können.«

Leila war mit ihren Gedanken schon weiter. »Das heißt ... Karim ist jetzt Pascha.«

Jamilah nickte, und alle Farbe wich aus Leilas Gesicht. *Die Dinge werden sich ändern, Leila, schon bald, und dann gehörst du mir. Nicht nur für eine Nacht, sondern für immer.* Sie hörte die verhasste Stimme in ihrem Kopf und schloss die Augen. Das war es also. Karim hatte den Tod seiner Brüder geplant, um sich selbst zum Pascha zu machen und alle Macht an sich zu reißen. Wie zur Bestätigung sagte Jamilah: »Karim hat sich mehrfach nach deinem Befinden erkundigt.«

Leila unterdrückte ein Schaudern. *Dann gehörst du mir. Für immer.* Nein. Niemals. Eher würde sie sich von den Zinnen des Palastes stürzen, als sich noch einmal von diesem Mann berühren zu lassen.

Hastig beugte sie sich vor und packte Jamilah am Arm. »Sag ihm nicht, dass ich aufgewacht bin. Versprich mir das, ich flehe dich an.«

Erstaunt erwiderte Jamilah ihren Blick. »Wie du willst. Aber seine Sorge zeigt doch, dass du ihm etwas bedeutest. Der Machtwechsel im Palast bringt auch einen Machtwechsel im Harem mit sich. Du hast die Chance, zur Favoritin des neuen Paschas aufzusteigen, vielleicht nimmt er dich sogar zu Frau. Überlege doch, du könntest die Mutter des nächsten Paschas werden!«

Leila schüttelte den Kopf. Jeder Einzelne dieser Gedanken steigerte ihre Furcht ins Unermessliche. »Sag ihm nicht, dass ich aufgewacht bin, das ist alles, worum ich dich bitte.«

Jamilah runzelte die Stirn. »Wie du möchtest.«

In diesen Worten lag nicht halb so viel Aufrichtigkeit, wie Leila es sich gewünscht hätte. Denn auch Jamilah musste an sich denken, und die Gelegenheit, ihre eigene Stellung zu festigen, indem sie einem ihrer Schützlinge eine bessere Position verschaffte, konnte sie nicht einfach ungenutzt verstreichen lassen. Leila musste sich einen Ausweg aus diesem Dilemma überlegen, und sie ahnte, dass ihr nicht viel Zeit blieb.

»Danke, Jamilah, ich danke dir«, sagte sie und zauberte ein Lächeln auf ihre Lippen, von dem ihr Herz nichts wusste. Nicht einmal Jamilah konnte sie erzählen, warum sie Karim fürchtete und warum sie niemals zulassen würde, dass er sie berührte.

Jamilah hielt das Thema für beendet und erhob sich. »Hast

du Hunger? Ich lasse dir einen leichten Imbiss bringen. Hatice wartet schon ganz sehnsüchtig darauf, dich zu besuchen. Wenn du sie sehen willst, dann gib mir Bescheid.«

»Ja, schick sie zu mir. Und gegen einen Imbiss hätte ich auch nichts einzuwenden.« Schließlich musste sie zu Kräften kommen, um Karim die Stirn zu bieten und zu überlegen, wie sie sich ihm entziehen konnte.

Hatice erschien, kaum dass Leila den letzten Bissen verzehrt hatte. Erleichtert sank die Freundin vor Leilas Lager auf die Knie. »Dass du nur wieder wach bist«, rief sie ein ums andere Mal. »Allah sei Dank.«

Leila wartete, bis sie sich beruhigt hatte. »Hör mir zu, Hatice«, sagte sie, ehe das Mädchen wieder seine Mord- und Gifttheorien vortragen konnte. »Ich will fliehen und du sollst mir helfen.«

Hatice starrte sie aus weit aufgerissenen Augen an. »Fliehen?«, echote sie verständnislos. »Aber warum denn?«

»Ich ertrage es hier nicht länger. Ich muss weg, sonst werde ich verrückt.« Diese Antwort musste genügen.

Hatice schwieg einen Moment, dann sagte sie erstaunlich gefasst: »Und wie willst du das anstellen?«

»Ich weiß es noch nicht, aber mir wird schon etwas einfallen. Hilfst du mir?« Hatice war die Einzige, die sie darum bitten konnte. Zu all den anderen Frauen hier hatte sie kein Vertrauen.

»Ja, ich helfe dir. Zumindest werde ich es versuchen.« Hatice redete nicht lange um die Dinge herum. Das war einer der Gründe, warum Leila sie schätzte.

»Danke. Und jetzt erzähl mir, was in den letzten Wochen alles passiert ist. Jamilah deutete an, Karim habe seine Brüder und deren Nachkommen vergiftet. Ist daran etwas Wahres?«

»Der Koch wurde hingerichtet, weil Karim ihn beschuldigte, verdorbene Speisen zubereitet zu haben. Alles andere sind Gerüchte, die niemand laut ausspricht, dem etwas an seinem Leben liegt.«

Leila zog die Brauen zusammen. »Er hat auch die Kinder ... beseitigt?«

»Ja, und die Frauen seiner Brüder mussten bereits ihre Gemächer räumen. Nach der Feier zu seiner Amtseinführung wird er seine Favoritinnen wählen.« Hatices Stimme klang unbeteiligt, aber Leila hörte die unausgesprochene Hoffnung darin, dass sie selbst eine von ihnen werden könnte. Hatice war ehrgeizig und steckte ihre Ziele hoch.

»Wann findet die Feier statt?«

»In drei Tagen. Der ganze Palast ist bereits in heller Aufregung und trifft Vorbereitungen. Händler kommen und gehen, Gaukler versammeln sich vor den Toren, und Astrologen stellen ihre Horoskope. Die ausländischen Gesandten machen bereits ihre Honneurs. Es geht zu wie in einem Taubenschlag.«

Leila schloss die Augen. *Es geht zu wie in einem Taubenschlag.* Das war die Lösung! Wenn sich zurzeit dermaßen viele Menschen im Palast aufhielten, konnte sie sich unter die Menge mischen und so vielleicht mit ihnen hinaus ins Freie gelangen. Sie brauchte Kleider, um unauffällig ... nein, nicht unauffällig, das würde möglicherweise die Aufmerksamkeit der Wachposten erregen. Sie musste hocherhobenen Kopfes durch die Menge spazieren. Die Wachen sollten sie sehen und dennoch anstandslos passieren lassen.

Es gab nur eine Frau, die ungehindert und ohne schriftliche Erlaubnis den Palast verlassen durfte: Jamilah.

Angespannt beugte sich Leila näher zu Hatice. »Ich brauche den schwarzen Mantel und den schwarzen Schleier von Jamilah. Damit kann ich mich unter die Leute mischen und den Palast verlassen.«

»Und wie willst du an ihre Sachen kommen?«

»Wir dürfen sie nicht mehr aus den Augen lassen. Vielleicht gelingt es uns, die Kleider zu nehmen, wenn sie schläft oder wenn sie ... beschäftigt ist.« Je länger Leila über die Idee nachdachte, desto besser gefiel sie ihr. Jeder kannte die schwarze, verschleierte Gestalt, und niemand würde es wagen, sie aufzuhalten. Euphorie bemächtigte sich ihrer und ließ ihr Herz schneller schlagen.

»Wäre eine andere Verkleidung nicht besser?«, wagte Hatice einzuwenden. »Wir könnten doch die Gewänder eines Eunuchen stehlen. Das wäre auch wesentlich einfacher.«

»Als Eunuch kann ich mein Gesicht nicht verbergen. Außerdem sind die Eunuchen miteinander vertraut. Sie würden mich sofort erkennen.« Leila legte nachdenklich den Kopf schief. »Einfach als Jamilah durch das Tor zu spazieren, wäre die beste Lösung. Wenn sie mich trotzdem festnehmen, dann war es eben Allahs Wille. Dem muss ich mich beugen.«

»Also müssen wir uns daranmachen, die Galabea und den Schleier von Jamilah in unsere Hände zu bekommen.« Hatice nickte. »Du ruhst dich aus, denn du wirst alle deine Kräfte brauchen. Ich werde anfangen, Jamilah auszuspionieren.« Sie stand auf und blickte auf Leila hinunter. »Mach dir keine Gedanken, ich kümmere mich um alles.«

Und das tat sie auch. Schon am Abend des nächsten Tages erstattete sie Leila Bericht, die sich bereits wieder kräftig und gesund fühlte. Sie trafen sich in einem abgeschiedenen Winkel des Gartens, der zum Harem gehörte.

»Jamilah hat vier verschiedene schwarze Galabeas und noch mehr Schleier. Das hätte ich gar nicht gedacht. Sie sehen alle gleich aus, also wird es ihr nicht sofort auffallen, wenn einer fehlt.« Mit diesen Worten zog Hatice ein Bündel unter ihrem weiten Kaftan hervor.

Erstaunen breitete sich auf Leilas Gesicht aus. »Du hast schon eines an dich genommen?«

»Warum warten?«, fragte Hatice zurück.

Leila nahm das schwarze Stoffbündel an sich und stopfte es hastig unter ihre eigenen Gewänder. »Du hast recht. Warum warten?« Dass ihr Vorhaben so schnell Gestalt annahm, brachte sie aus der Fassung. Aber Hatice sollte davon nichts merken. »Ich danke dir. Wenn etwas schiefgeht, nehme ich alles auf mich. Du sollst nicht für mein Vergehen büßen müssen.«

»Nichts wird schiefgehen, Leila. Ich weiß es. Alle meine Gedanken sind bei dir. Wann willst du deinen Plan ausführen?«

»Jamilah darf nicht herausfinden, dass ihre Galabea fehlt, also sollte es bald sein. Aber wir müssen sichergehen, dass sie beschäftigt ist und nicht die Absicht hat, den Palast zu verlassen, wenn ich es an ihrer Stelle tue.«

Hatice nickte. »Gut, ich werde versuchen, herauszufinden, was sie für morgen und übermorgen plant.«

Gemeinsam gingen sie zum Haremspalast zurück. Auf der Marmortreppe kam ihnen Jamilah entgegen. Sie schickte Hatice mit einer Handbewegung fort und begleitete Leila in ihre Gemächer.

»Karim hat erfahren, dass du aufgewacht bist. Frag nicht, wie – ich habe ihm nichts erzählt. Er wünscht dich morgen Abend zu sehen. In seinen Gemächern.«

Angst strich mit kalter Hand über Leilas Rücken. Sie begriff, dass ihr keine Zeit mehr blieb, die Flucht aufs Genaueste zu planen. Es musste morgen geschehen.

»Du kannst dein Glück machen, Leila. Wenn du es klug anstellst, dann verbringst du die bevorstehenden Feierlichkeiten an Karims Seite – als seine Favoritin. Und es liegt an dir, diese Position zu behalten«, fuhr Jamilah fort. »Alle Frauen hier kennen nur dieses eine Ziel, und für dich rückt es in greifbare Nähe. Nutze deine Chance.«

Leila nickte wie betäubt und hoffte, dass Jamilah nicht auffiel, welcher Tumult in ihrem Inneren tobte.

»Gut, ich wusste ja, dass du zur Vernunft kommen wirst.« Jamilahs Stimme verriet ihre Zufriedenheit. »Ich habe viel vorzubereiten, aber ich komme morgen Abend zu dir und helfe dir, dich für Karim zurechtzumachen.«

»Danke«, brachte Leila heraus und ließ sich auf das Bett sinken.

»Du brauchst mir nicht zu danken, Kätzchen, du weißt doch, dass ich dich ganz besonders ins Herz geschlossen habe. Keiner anderen Frau würde ich es mehr wünschen, Kadine und vielleicht sogar Valide zu werden.« Mit diesen Worten verließ Jamilah das Zimmer.

Leila schlang ihre Arme um den Oberkörper. Da fiel ihr das zusammengefaltete Bündel unter ihrem Kaftan ein, und sie zog es hervor. *Das ist meine Chance auf eine Zukunft in Freiheit,* dachte sie, während sie auf den schwarzen Stoff starrte. *Mit deiner Hilfe werde ich mich nie wieder Befehlen beugen und meine eigenen Wünsche verleugnen müssen.*

Eine Art Rausch ergriff von ihr Besitz, als sie über alle Möglichkeiten nachdachte, die sich ihr eröffneten. Und dieser Rausch verdrängte die Angst, dass ihr Vorhaben scheitern könnte.

Leila schob einen Hocker an ihren Frisiertisch und öffnete das kleine goldene Kästchen. Sie würde die Schatulle nicht mitnehmen, ihren Inhalt allerdings sehr wohl. Die Juwelen waren der Garant für einen sorgenfreien Beginn ihres neuen Lebens.

Sie ließ ihren Blick durchs Zimmer wandern. Sonst würde

sie nichts mitnehmen. Keines der kostbaren Gewänder, keinen der zierlichen Flakons, nicht ein Paar der bestickten Pantoffeln. Erinnerungen würden sie begleiten, ob sie wollte oder nicht. Das brachte ihr zu Bewusstsein, dass sie sich von ihrer Mutter verabschieden musste.

Ein seltsames Gefühl erfasste sie bei diesem Gedanken. Schmerz war es nicht, denn seit sie vor zwölf Jahren im Palast angekommen waren, hatten sich Mutter und Tochter immer weiter voneinander entfernt. Seit sie selbst zur Frau geworden war und in den Augen ihrer Mutter deren ehrgeizige Pläne zunichtegemacht hatte, war die Kluft zwischen ihnen nicht mehr zu überbrücken. Dennoch empfand Leila Wehmut, Anwar hier zurücklassen zu müssen.

Der Raum ihrer Mutter wurde nur durch eine flackernde Öllampe erhellt. Anwar wandte den Kopf. Ihre Augen wirkten verhältnismäßig klar, wie Leila beim Näherkommen erleichtert feststellte.

»Sei gegrüßt«, sagte sie leise und setzte sich aufs Bett. Langsam ergriff sie die Hände der Mutter. Sogar Anwars Finger waren angeschwollen, und statt der Knöchel zeigten sich auf ihrem Handrücken kleine Grübchen. Ihre Hände fühlten sich weich und substanzlos an, als hätten sich die Knochen längst aufgelöst.

»Mein Kind, welche Freude, dass du mich endlich besuchen kommst.« Nie konnte sie sich daran erinnern, dass Leila jeden Tag zu ihr kam und einige Zeit bei ihr saß. Opium und Haschisch hatten ihren Geist verwirrt. Mit ziemlicher Sicherheit würde sie auch diese Unterredung bald vergessen haben.

»Mutter, ich werde weggehen.« Selbst wenn ihre Flucht scheiterte, war das nicht gelogen. Denn dann würde man sie in ein dunkles Verlies sperren, vermutlich sogar exekutieren. So oder so, sie würde ihre Mutter nicht wiedersehen.

Anwar nahm die Nachricht völlig ruhig auf, als hätte sie bereits damit gerechnet. »Du hast eine gute Entscheidung getroffen, mein Kind. Ich habe dir immer geraten, den Harem zu verlassen. Suche deinen Großvater auf, er wird dir sicher helfen. Er mochte dich sehr, daran kannst du dich bestimmt noch erinnern.«

Leila nickte, obwohl die Erinnerung an ihren Großvater mehr als verschwommen war. Ein großgewachsener Mann mit schütterem, grau gesträhntem Haar, der leicht nach vorne gebeugt ging und immer nach Pferden und Tabak roch. Als kleines Mädchen hatte sie immer die Nase gerümpft, wenn er sie auf seine Knie hob oder sie auf eines seiner riesigen Pferde setzen wollte. Im Grunde war sie froh gewesen, von ihm fortzukommen.

Und obwohl fest zur Flucht entschlossen, hatte sie noch nicht darüber nachgedacht, wie es danach weitergehen sollte. Ihre Mutter hatte keine Verwandten, also konnte sie nur in das Haus ihres Vaters zurückkehren. Ob sie dort allerdings willkommen sein würde, blieb dahingestellt.

»Es war selbstsüchtig, dich hierher mitzunehmen«, fuhr Anwar leise fort. »Ich hätte dich bei deinem Vater lassen sollen. Wenn du ihn triffst, dann sag ihm …« Sie brach ab. Die Stille lastete über ihnen und drohte Leila zu ersticken. »Sag ihm, dass es mir leidtut«, flüsterte Anwar schließlich. »Und dass ich dafür bezahlt habe. Mit meinem Körper und meiner Seele.«

Das war also der Abschied. Ihre Mutter schloss die Augen und drehte den Kopf zur Seite. Leila ließ ihre Hand los, aber Anwar protestierte nicht. Leise erhob sie sich und blickte auf die Gestalt auf dem Bett, deren Unförmigkeit durch zahlreiche Lagen dünner Seide gnädig kaschiert wurde.

Vor der Tür stand Saad Aga und blickte ihr entgegen. Seine Miene blieb vollkommen unbewegt, auch als Leila sich zu ihm neigte. »Gib auf sie acht, wenn ich es nicht mehr kann, Saad Aga«, sagte sie mit fester Stimme.

Die dunklen Augen des Eunuchen sahen sie mit einem wissenden Ausdruck an, dann legte er eine Hand auf sein Herz und verbeugte sich wortlos.

3

Justins Finger krampften sich um die Reling. Sein Blick war auf die Küstenlinie gerichtet, an der die »Sea Witch« entlangglitt. Er konnte noch immer nicht fassen, was sich innerhalb der letzten Tage ereignet hatte.

Als Daoud Aga ihm gesagt hatte, dass der neue Pascha ihm eine Audienz gewähren wollte, war es ihm schwergefallen, die Botschaft zu glauben. Aber noch viel unglaublicher war das, was Karim Pascha ihm in wenigen Worten mitteilte: Anlässlich seiner Machtübernahme würde er zum Zeichen seiner großen Güte zahlreiche Gefangene freilassen. Auch Justin gehörte dazu. Und so wurde er mit einigen persönlichen Habseligkeiten auf ein Segelschiff gebracht, das noch am selben Tag Alexandretta verließ.

Justin drehte sich um und lehnte sich mit dem Rücken an die von der Reling zum Mast aufsteigenden Wanten. Der Blick auf die offene See nahm ihm den Atem. Zehn Jahre lang hatte er nicht weiter gesehen, als die Wände seines Zimmers reichten. Fünfzehn Schritte in die eine Richtung, zwanzig in die andere. Die ungewohnte Weite machte ihn schwindelig und brachte ihn dazu, sich verloren und haltlos zu fühlen, als fiele er in einen schwarzen Abgrund. Er schloss die Augen und atmete tief durch. Alles würde sich finden. Jetzt, wo die endlosen Jahre seiner Gefangenschaft vorbei waren. Zwar hatte er noch keine Zeit gehabt, Pläne zu schmieden, aber die kommenden Wochen, bis das Schiff in London anlegen würde, boten genug Raum, sich zu überlegen, wie es weitergehen sollte.

Er öffnete die Augen wieder und blickte in die sich blähenden Segel unter dem azurblauen Himmel. Einige Möwen umkreisten mit schrillem Geschrei den Mast, als wollten sie ihm Geleit geben. Sein Herz wurde weit. Zum ersten Mal begriff er in aller Deutlichkeit, dass er wirklich frei war.

»Mr Grenville, wenn Sie möchten, lasse ich einen Lehnstuhl an Deck bringen«, sagte James Harris, der Kapitän, neben ihm. »Die ›Sea Witch‹ ist kein Passagierschiff, wie Sie sicher wissen, aber natürlich werden wir alles tun, um Ihnen die Überfahrt so angenehm wie möglich zu machen. Der Smutje hat sich bereits nach Ihren persönlichen Vorlieben erkundigt.«

Diese Worte bewiesen Justin, dass der Kapitän vom Pascha für seine Dienste reichlich entlohnt worden war. Er fragte sich nur, warum. Wollte man mit seiner Begnadigung tatsächlich nur ein Zeichen setzen um der »guten diplomatischen Beziehungen willen«, wie der Pascha angeführt hatte?

Er wusste nichts von den Beziehungen der britischen Krone zum Osmanischen Reich. In der Tat wusste er so wenig von allem, was in den letzten zehn Jahren passiert war, dass er sich fühlte, als wäre er ohne Kompass auf dem Weg in eine völlig neue Welt.

»Ich brauche keinen Stuhl, Kapitän Harris, aber danke für das Angebot. Dem Smutje können Sie sagen, dass ich keine besonderen Wünsche habe, was die Mahlzeiten betrifft.« Er hoffte, dass seine Worte freundlich und bestimmt zugleich klangen. Es war lange her, dass er englisch gesprochen hatte. Daoud Aga hatte ihn die osmanische Sprache gelehrt, im Gegenzug hatte er versucht, dem Eunuchen seine Muttersprache beizubringen. Daoud war zwar ein williger, aber kein allzu talentierter Schüler gewesen. Das führte dazu, dass sie sich zumeist auf Osmanisch unterhalten hatten.

»Wie Sie wünschen, Mr Grenville. Ich stehe jederzeit zu

Diensten, falls Sie etwas benötigen.« Mit diesen Worten entfernte sich der Kapitän und überließ Justin wieder seinen Gedanken.

Alles war so überstürzt vor sich gegangen, dass er sich nicht gebührend von Daoud verabschieden konnte. Daoud Aga, ein nubischer Eunuch, den der alte Pascha zu seinem Kerkermeister bestimmt hatte. Über die Jahre war dieser Mann die einzige Person gewesen, die Justin täglich sah, und eigenartigerweise war zwischen ihnen statt der üblichen hasserfüllten Bewacher-Gefangenen-Beziehung eine von beiderseitigem Respekt getragene Freundschaft entstanden.

Daoud hatte ihn nicht nur seine Sprache gelehrt, sondern auch in anderer Hinsicht dafür gesorgt, dass sein Geist ständig gefordert wurde. Er hatte ihn zu einem regelmäßigen Tagesablauf angehalten, ihn zu körperlichen Übungen ermutigt und ihn aufgefangen, wenn sich die Aussichtlosigkeit seiner Lage in Aggression oder Depression verwandelte. Mit einem bösartigeren oder auch nur gleichgültigeren Wächter wäre er weder körperlich noch seelisch in jenem Zustand, in dem er sich jetzt befand. Die Wahrscheinlichkeit, nach zehn Jahren Einzelhaft als geistiger Krüppel zu enden, war wesentlich höher als jene, bei klarem Verstand zu bleiben. Deshalb hätte er Daoud Aga gerne gebührend gedankt.

Justin senkte den Kopf, denn die Sonnenstrahlen, die er zuerst als angenehm empfunden hatte, begannen seine blasse, lichtentwöhnte Haut zu verbrennen. Auch seine Handrücken waren bereits gerötet. In seiner Erinnerung tauchte ein verschwommenes Bild auf.

»Justin, nimm das Tuch, du musst damit dein Gesicht schützen, hier brennt dir die Sonne Löcher in die Haut.« Die Stimme seiner Mutter durchdrang die flirrende Helligkeit um ihn herum. »Oder du gehst zurück ins Zelt und wartest, bis es Abend ist.«

Sie hielt ihm das Baumwollstück hin, aber er schüttelte den Kopf.

»Brauch ich nicht. Ich will doch nur eine halbe Stunde ausreiten und sehen, ob Vater etwas gefunden hat.« Ohne sich umzudrehen, galoppierte er davon. Hinter sich hörte er seine Mutter zornig rufen: »Warte, Justin, so warte doch.«

Aber er hatte nicht gewartet, welcher Vierzehnjährige, der an der Schwelle zum Mann stand, hätte in dieser Situation schon auf seine Mutter gehört? Allerdings wusste er zu diesem Zeitpunkt auch nicht, dass er die Stimme seiner Mutter zum letzten Mal gehört hatte. Und dass er seinen Vater nicht lebend antreffen würde.

Mit einem tiefen Seufzen verdrängte er die Erinnerung. Viel zu lange Zeit hatte er in Erinnerungen gelebt. Jetzt musste er sich damit anfreunden, an die Zukunft zu denken.

Die Haut über seinen Fingerknöcheln brannte, und er beschloss, in seine Kabine zu gehen. Im Verlauf der Reise würde er noch genug Gelegenheit bekommen, sich an die Sonne zu gewöhnen.

Da die »Sea Witch« ein Frachtschiff war, gab es außer der Kabine des Kapitäns nur noch eine weitere, und in dieser hatte man ihn untergebracht. Der Raum war niedrig und kleiner als das Gemach, in dem er die letzten zehn Jahre seines Lebens verbracht hatte. Aber es gab einen unübersehbaren Vorteil – er konnte jederzeit die Tür öffnen und die Kabine verlassen, wann immer er Lust dazu verspürte.

Licht fiel durch zwei kleine Bullaugen in den Raum und verwandelte die in der Luft hängenden Staubteilchen in glitzernden Goldnebel.

Justin ließ sich aufs Bett fallen und sah sich um. Außer einem unter dem Bullauge stehenden Tisch samt Stuhl gab es nur einen massiven Wandverbau aus Holz, in dem eine Waschschüssel aus Porzellan vor einem fleckigen Spiegel untergebracht war. Davor stand ein wackeliger Hocker. Die wenigen Kleidungsstücke, die er mitgenommen hatte, lagen noch immer in der mit aufwendigen Schnitzereien verzierten Truhe aus dem Palast. Beim Durchstöbern der Laden hatte er einige alte Zeitungen und ein paar Bücher gefunden, die einer seiner Vorgänger hier zurückgelassen haben musste.

Justin streckte sich auf dem Bett aus und verschränkte die Arme unter dem Kopf. Mit geschlossenen Augen versuchte er sich zu entspannen, aber jeder Nerv in ihm vibrierte. An Ruhe war nicht zu denken. Also starrte er an die Decke und ließ seine Gedanken wandern.

Das Geräusch der sich öffnenden Tür unterbrach seine Träumerei. Eine völlig in Schwarz gehüllte Gestalt glitt durch den Spalt ins Innere. Da das Bett in der dunkelsten Ecke der Kabine stand, hatte er einen Vorteil gegenüber dem Eindringling, der sich mit dem Rücken gegen die geschlossene Tür lehnte und einen Moment unbeweglich verharrte, als müsste er zu Atem kommen.

Justin spannte seine Muskeln an. Hatte ihm der Pascha einen gedungenen Mörder geschickt? Lautlos sprang er auf und war mit zwei Schritten bei der Gestalt, die er an den Schultern packte.

Ein erstickter Laut drang an seine Ohren, und er wirbelte den Eindringling herum. Weit aufgerissene violette Augen starrten ihn an, dann rutschte der Gesichtsschleier nach unten.

Justin ließ die Frau los, als hätte er sich verbrannt. Hunderte Gedanken schossen durch sein Gehirn, aber keinen davon konnte er greifen. So starrte er in das blasse, makellose Gesicht, unfähig, auch nur einen einzigen klaren Satz zu artikulieren.

»Verrate mich nicht, ich flehe dich an.« Die helle Stimme faszinierte ihn so sehr, dass er den Inhalt der Worte nicht begriff. Gebannt sah er zu, wie sie den Schleier abnahm. Dichtes schwarzes Haar, zu zwei Zöpfen geflochten, wurde sichtbar. »Ich bitte dich, verrate mich nicht«, wiederholte sie eindringlich.

»Wer ...«, er musste sich räuspern, »... wer bist du?«

»Ich bin Leila. Ich bin aus dem Harem des Pascha geflohen.«

Justins Mund wurde trocken. Sein Gemach hatte sich in jenem Teil des Palastes befunden, der neben dem Garten des Harems lag. Statt Fenstern hatte es nur rechteckige, kunstvoll vergitterte Öffnungen unter der Decke des hohen Raums gegeben. Durch diese Öffnungen war das Lachen der Frauen wie das Echo eines anderen Lebens zu ihm gedrungen.

Je älter er wurde, desto sehnsüchtiger hatte er den Stimmen und dem fröhlichen Gelächter gelauscht. Seine Fantasie gaukelte ihm Bilder vor, seine Träume kreisten nur mehr darum, den Mädchen zu begegnen.

Er beschwor Daoud, ihm eine der Frauen zu bringen. Aber das lehnte der Eunuch ebenso ab, wie Bildnisse von ihnen zu beschaffen. So blieb ihm nichts, als sich an die Frauen zu erinnern, die im Salon seiner Mutter beim Tee gesessen hatten und die er nie besonders beachtet hatte.

In den letzten Jahren jedoch verlagerten sich seine nächtlichen Träume auf eine Ebene, die ihn vor Scham zur Verzweiflung brachte. Er sah sich selbst inmitten des eleganten Salons, wo der Tee in einer großen silbernen Kanne serviert wurde, nackt und umgeben von gesichtslosen Frauen in steifen, hochgeschlossenen Kleidern, wie sie die Freundinnen seiner Mutter immer getragen hatten.

Sie berührten ihn, strichen mit behandschuhten Fingern über seinen Körper und liebkosten mit den Lippen seine Haut. Wenn er nach ihnen greifen wollte, entzogen sie sich ihm mit hellem Lachen. Diese Träume erregten ihn über alle Maßen. Allerdings konnte er sie nicht in jene Richtung lenken, in die er sie lenken wollte. Die Frauen waren immer bekleidet, niemals nackt. Was vielleicht daran lag, dass er nicht wusste, wie eine nackte Frau aussah. Sie streichelten ihn überall, aber niemals erfüllten sie seinen vordringlichsten Wunsch – sein angeschwollenes Glied zu berühren und zu liebkosen. Also tat er es selbst und ließ zu, dass sie ihm dabei zusahen und ihn mit heiseren Worten und sinnlichem Lachen anfeuerten. Dass sie ihn mit ihren Armen umfingen und wiegten, bis er sich endlich stöhnend verströmte.

Dann strichen in schwarzen Samt gehüllte Hände wieder über seinen Körper, begütigend zuerst, doch zunehmend aufreizender, bis er wieder an jenem Punkt anlangte, sie anzuflehen, ihm doch endlich Erfüllung zu schenken.

An dieser Stelle wachte er für gewöhnlich auf. Schweißüberströmt, mit rasendem Herzschlag und das Laken beschmutzt von seiner Schande.

Ohne es zu ahnen, hatten die Frauen des Harems seine Tage und seine Nächte beherrscht. Doch niemals hatte er eine von ihnen zu Gesicht bekommen. Bis zu diesem Augenblick.

Justin versuchte sich zu sammeln. Die Frau – Leila, wie ihm einfiel – sah ihn abwartend an. Er musste etwas sagen. Aber zur Hölle, er wusste nicht, was.

Außerdem reagierte sein Körper auf ihre Nähe. Allein die Tatsache, dass eine Frau vor ihm stand, machte sein Glied hart wie Marmor. Er atmete tief ein, um nicht völlig die Kontrolle zu verlieren. Ein Fehler, denn er roch ihren Duft. Jasmin, Amber, Rosen, aber noch etwas anderes mischte sich hinein. Der Geruch der Angst.

Schon wollte er ihr sagen, dass sie keine Angst zu haben brauchte, aber dann wurde ihm klar, was es bedeutete, wenn sie sich vor ihm fürchtete. Wenn sie auf ihn angewiesen war. Sie befand sich vollkommen in seiner Hand. Von seinem Verhalten hing ihr weiteres Schicksal ab. Wenn er den Kapitän informierte, würde der vermutlich umkehren und Kurs auf Alexandretta nehmen, sie waren ja noch nicht sonderlich weit gekommen. Und zweifellos würde er reich belohnt werden, wenn er dem Pascha eine entlaufene Sklavin zurückbrachte.

Aber das war es nicht, was er wollte. Er wollte ... Er wollte wissen, wie sich eine Frau anfühlte. Wie sie unter den Schichten ihrer Gewänder aussah. Wie es war, wenn sie ihn berührte. Wollte erfahren, was Frauen und Männer wirklich in der Abgeschiedenheit ihrer Schlafzimmer miteinander taten. Und ob Männer den Frauen den gleichen Genuss schenken konnten, den er in seinen Träumen so oft erlebt hatte. Der Gedanke, dass er diesem Ziel ganz nahe war, dass er nur die Hand ausstrecken musste, um es zu erreichen, war verführerischer als alles, was er jemals zu hoffen gewagt hatte.

Er machte einen Schritt von ihr weg, um wieder klar denken zu können und sich gleichzeitig etwas Distanz zu verschaffen. »Hast du gestohlen? Bist du eine Diebin oder gar eine Mörderin?«, fragte er sachlich, ohne sich seinen inneren Aufruhr anmerken zu lassen.

Sie schüttelte den Kopf. »Nein. Ich bin weder eine Diebin noch eine Mörderin. Ich war eine Gefangene.«

Eine Gefangene. Es fiel ihm schwer, ruhig zu bleiben. Auch er war ein Gefangener gewesen.

»Das Einzige, was ich mir genommen habe, ist meine Freiheit.«

Freiheit. Das Wort alleine berauschte ihn noch immer wie eine Droge. Doch keinen dieser Gedanken sprach er laut aus. Stattdessen sagte er ruhig: »Der Pascha wird also keine Flotte auf die Suche nach dir schicken?«

Sie schwieg eine Weile und schob einen der Zöpfe über ihre Schulter auf den Rücken. »Der Harem ist voller Frauen. Warum sollte er ausgerechnet mich suchen lassen?«

Das war keine Antwort auf seine Frage, aber er beschloss, dass es reichen musste. »Gut. Ich werde dem Kapitän sagen, dass ich dich auf diese Reise mitgenommen habe als meine … Gesellschafterin.«

»Danke, ich …«

Er unterbrach ihre erleichterte Antwort mit einer Handbewegung. »Natürlich verlange ich eine Gegenleistung für mein Entgegenkommen.« Seine Stimme verriet nichts von der Unsicherheit und Anspannung, die er empfand.

Das Leuchten auf ihrem Gesicht verblasste, als hätte der Wind eine Kerze gelöscht. Sie sah ihn unverwandt an, und er merkte, wie sich seine Kehle zuschnürte. In seinem Kopf formten sich Worte zu Sätzen, aber sie wollten nicht über seine Lippen. *Ich war ein Gefangener wie du. Lass mich dich sehen. Lass mich dich berühren. Lehre mich die Liebe, lehre mich, wie ich Lust empfangen und Lust bereiten kann.*

»Ich möchte, dass du mir für die Dauer der Reise zur Verfügung stehst«, sagte er stattdessen. Er räusperte sich, um fortzufahren, doch die Frau zerschnitt mit eisiger Stimme die eintretende Stille. »Nicht ich soll dir zur Verfügung stehen, sondern mein Körper. Das ist es doch, was du meinst, oder?«

4

Leila versuchte, sich ihre Enttäuschung nicht anmerken zu lassen. Wie hatte sie auch glauben können, dass es so einfach wäre? Wie hatte sie nur einen Moment lang annehmen können, dass dieser Fremde sie aus reinem Mitgefühl nicht verriet und sich mit nichts als ihrer Dankbarkeit zufriedengeben würde?

Die Regeln, die im Harem galten, galten auch hier. *Du willst etwas, dann gib mir etwas dafür.* Sie straffte sich und sah den Mann schweigend an. Selbst im Zwielicht der Kabine glänzte sein Haar wie Rotgold. Er trug die osmanische Landestracht, die die Konturen seiner Gestalt verbarg. Sie sah nur seine schmalen Hände, die ihre Schultern mit einem erstaunlich kräftigen Griff festgehalten hatten. Die Farbe seiner Augen konnte sie nicht erkennen, aber sein glattes Gesicht verriet, dass er nicht viel älter sein konnte als sie selbst. Allerdings hinderte ihn das nicht daran, sich zu gebärden wie ein sabbernder Greis, der die sich bietende Gelegenheit skrupellos beim Schopf packte, um junges Fleisch zwischen seine Schenkel zu bekommen. Doch sie hatte keine Wahl. Und im Grunde war es auch egal. Der Lohn des Paschas für die Befriedigung seiner Bedürfnisse hatte ihr nicht mehr eingebracht als ein paar Schmuckstücke. Ihre Freiheit im Tausch dafür, diesen Mann hier ein paar Nächte lang zu ertragen, erschien ihr im Vergleich dazu ein durchaus vertretbarer Preis.

»Du darfst meinen Körper besitzen für die Dauer der Überfahrt, wenn du mir bei deinem Leben schwörst, mich nicht zu verraten, weder an den Kapitän noch an jemand anderen, bis wir in London angekommen sind. Wenn das Schiff angelegt hat, dann bin ich frei, und du lässt mich gehen.«

Er nickte.

Das genügte ihr nicht. »Schwöre beim Leben deiner Mutter.«

»Meine Mutter ist tot«, antwortete er ruhig. »Ich schwöre dir bei meinem Leben, dass ich dich nicht verraten werde. Nicht an den Kapitän und auch an niemand anderen.«

Sie sah ihn argwöhnisch an. Doch es blieb ihr nichts übrig, als ihm zu glauben. Hier gab es keinen Richter. Sie konnte nur hoffen, dass er sich an seinen Schwur hielt. Sobald das Schiff in London eintraf, musste sie sich daranmachen, so schnell wie möglich zu verschwinden – ohne irgendwelche Spuren zu hinterlassen.

»Ich will nicht die ganze Reise lang in der Kabine bleiben. Nimm daher dem Kapitän das Versprechen ab, dass ich unbehelligt an Deck gehen kann«, sagte sie und holte tief Luft. »Ich werde deine Hure sein, aber nicht die der ganzen Mannschaft.«

Sein Gesicht färbte sich rot. Er öffnete den Mund, als wollte er etwas sagen, schloss ihn jedoch wieder und nickte.

Sie wartete, aber als nichts weiter geschah, stemmte sie die Arme in die Hüften. »Worauf wartest du?«, fuhr sie ihn an. Er sollte gefälligst begreifen, dass sie sich die Zügel nicht so einfach aus der Hand nehmen ließ. »Sag dem Kapitän, dass du eine Frau in deiner Kabine hast, die während der Fahrt dort bleiben wird und die mit demselben Respekt behandelt werden will wie du, wenn sie an Deck kommt.«

»Wäre es nicht klüger, damit zu warten, bis wir uns weiter von der Küste entfernt haben? Wenn der Kapitän misstrauisch wird, werden ihn keine noch so schönen Worte überzeugen können, nicht umzukehren.« Er sprach ruhig und überlegt.

Widerstrebend musste sie zugeben, dass er recht hatte. »Gut. Aber spätestens morgen wirst du ihn informieren.« Sie sah sich um und ließ sich auf einen der beiden Holzhocker fallen. Die Energie, die sie durchströmt und ihr die Kraft verliehen hatte, ihre Flucht auszuführen und sich an Bord des Schiffes zu schleichen, verflog, und übrig blieb nichts als Erschöpfung. Ihr Kopf begann zu schmerzen, eine Folge der schlaflosen Nacht und der zurückliegenden Anspannung. Das Leben im Harem hatte sie träge gemacht, sie war an körperliche Betätigung nicht gewöhnt. Der Weg vom Palast zum Hafen war ihr endlos erschienen, die dünnen Seidenslipper hatten keinen Schutz vor dem Schmutz und den Steinen geboten.

Ihre Fußsohlen schmerzten, und die Muskeln in ihren Waden pochten. Sie streifte die Schuhe ab, zog die Hosenbeine ein Stück nach oben und betrachtete die aufgeplatzten Blasen an ihren Zehen.

Während sie noch in den Anblick versunken war, ging Justin zum Waschtisch und nahm die Schüssel samt dem gefüllten Krug. Unschlüssig blieb er damit vor Leila stehen.

Sie hob den Kopf. Erstaunen breitete sich auf ihrem Gesicht aus. »Danke.« Schnell schob sie die ruinierten Schuhe beiseite, damit er die Schüssel vor ihr auf den Boden stellen konnte.

Sie wollte nach dem Krug greifen, aber da hatte er sich bereits hingehockt und goss das Wasser in die Schüssel. Zögernd hielt Leila ihren Fuß in das kühle Nass und unterdrückte ein Seufzen des Wohlbehagens, als sie ihre Zehen im Wasser bewegte. Justin hatte vom Waschtisch ein Stück Seife geholt und kniete sich neben der Schüssel nieder.

Überrascht beobachtete Leila, wie er die Ärmel seines Kaftans aufrollte und die Seife ins Wasser tauchte. Dann nahm er ihren Fuß. An den Stellen, wo die Blasen aufgeplatzt waren, brannte es kurz und heftig.

Aber nicht deshalb stockte ihr der Atem.

Es war die Situation, die sie verwirrte. Wie oft hatte sie den Pascha gewaschen, doch niemals hatte er ihr den gleichen Dienst erwiesen. Sie verfolgte gebannt, wie die schlanken Finger des Mannes sanft über ihre Zehen glitten und mit leichtem Druck das angetrocknete Blut und den Schmutz entfernten. Er arbeitete gründlich und war völlig in sein Tun vertieft. Leila blickte auf sein dichtes, glänzendes Haar, und da fiel ihr ein, dass sie nicht einmal seinen Namen kannte.

»Wie heißt du?«, fragte sie und stellte fest, dass ihre Stimme belegt klang.

»Justin.« Auch seine Stimme klang rauer als vorher.

Er stellte ihren Fuß zurück ins Wasser und spülte den Schaum ab. Dann nahm er den anderen, um ihn ebenso gründlich einzuseifen. Leila schloss die Augen. Sie war es gewöhnt, dass Frauenhände sie massierten und einölten, und hatte es jedes Mal genossen. Doch das sinnliche Erlebnis, das ihr die zweckmäßigen Berührungen dieses Fremden verschafften, traf sie völlig unvorbereitet.

Als sie sich auf den Hocker gesetzt hatte, war sie müde und zornig gewesen. Die Müdigkeit hatte sich gelegt, der Zorn allerdings wuchs. Nach der ernüchternden Erfahrung mit Ahmet Pascha hatte sie ihre Einstellung in diesem Punkt grundlegend geändert. Wann immer er sie nach ihrer Entjungferung zu sich gerufen hatte – sie war distanziert geblieben. Sie hatte nie wieder zugelassen, dass seine Handlungen ein Gefühl in ihr auslösten. Weder Abscheu noch Verlangen. Gefühle machten schwach, das hatte ihr Jamilah wieder und wieder eingebläut. Sie war nicht schwach. Sie hatte die Situation stets in der Hand. Sie bestimmte. Sie erregte. Sie gab. Aber sie fühlte nicht.

Leila atmete tief ein und biss die Zähne zusammen. Ihre Finger schlossen sich um die Sitzfläche des Hockers, als sie den Mann weiter beobachtete.

Er schien nichts von ihren Gedanken zu merken, denn er fuhr unbeirrt in seinem Tun fort. Schließlich griff er nach dem bereitliegenden Tuch und hüllte ihren Fuß darin ein. Sorgsam tupfte er die Sohle und den Rist ab. Dann begann er jede einzelne Zehe abzutrocknen, in dem er sie leicht abspreizte und den dünnen Stoff dazwischengleiten ließ. Sie hatte nicht gewusst, dass ihre Haut an dieser Stelle so empfindlich auf Berührungen reagierte, und musste sich zusammenreißen, um keine Reaktion zu zeigen.

Anschließend massierte er jede Zehe von der Wurzel bis zum hennagefärbten Nagel mit sanftem Druck. Die ganze Zeit hindurch hielt er den Kopf gesenkt, so dass Leila sein Gesicht nicht sehen konnte.

Es war vollkommen still im Raum. Justin stellte ihren trockenen Fuß neben die Schüssel. Dann hob er den anderen heraus und begann auch ihn sorgfältig abzureiben. Doch als er damit fertig war, ließ er ihn nicht los, sondern öffnete mit der freien Hand die Knöpfe seines Kaftans.

Leila runzelte die Stirn. Was geschah hier? Sie wünschte, er würde den Kopf heben, damit sie sein Gesicht sehen konnte. Doch das tat er nicht. Stattdessen drückte er die Sohle ihres Fußes sanft auf seine nackte Brust.

In einer federleichten Liebkosung strichen seine Finger über ihren Rist, den Knöchel und folgten dann dem Schwung ihrer Wade, ehe sie den gleichen Weg zurück nahmen.

Leila spürte seine warme, glatte Haut unter ihrer Sohle und das Schlagen seines Herzens. Es war eine Verbindung, wie sie sie noch nie zuvor gefühlt hatte und deren Intensität sie sich nicht entziehen konnte.

Während sie noch damit kämpfte, Haltung zu bewahren, hob er den Kopf. Sein Gesicht glühte, als hätte er Fieber, und seine Augen waren unergründlich wie schwarze Seen. Einen Moment lang verfingen sich ihre Blicke, dann senkte er den Kopf, und Leila spürte seine Lippen auf ihrer Haut.

Das brachte sie zurück in die Wirklichkeit und vertrieb den Nebel, der im Begriff war, sich über ihren Verstand zu legen. Sie hegte keinen Zweifel daran, dass er sofort damit beginnen wollte, den Lohn für sein Schweigen einzufordern. Kälte breitete sich in ihr aus, und sie besann sich auf das Wesentliche. Auf das, was man ihr in endlosen Lektionen beigebracht hatte. Langsam hob sie ihren anderen Fuß und schob ihn in seinen Schoß. Ihre Zehen glitten über seine harte Männlichkeit, wie seine Zunge über ihren Rist glitt.

Sie umklammerte die Sitzfläche ihres Hockers, um nicht das Gleichgewicht zu verlieren. Langsam und mit sanftem Druck massierte sie seine Erektion durch den dünnen Stoff der Hose. Sie hörte, wie er die Luft anhielt und in einem heiseren Keuchen ausstieß, während er ihren Fuß an seine Brust drückte. Sein Herzschlag trommelte gegen ihre Sohle.

Leila fragte sich, wie lange er sich mit diesem Vorgeplänkel noch aufhalten wollte, und stieß ihre Zehen zwischen seine Schenkel. Er öffnete sie bereitwillig und Leila presste ihren Fußrücken gegen seine Hoden, um sie mit kreisenden Bewegungen zu stimulieren.

Er stöhnte und kippte ein Stück nach vorne, als wollte er sich ihr anbieten. Seine Finger umklammerten ihren Knöchel in einem eisernen Griff, während er sich ihr entgegenwölbte und sie ohne Worte aufforderte, weiterzumachen. Sie gehorchte, presste ihre Zehen fest gegen seinen Damm und bewegte das Fußgelenk, um ihm weiter Vergnügen zu bereiten.

Leila zuckte zusammen, als er den Kopf unerwartet in den Nacken warf und sein Körper unter kurzen, heftigen Schauern erbebte. Ein heiserer Laut entrang sich seiner Kehle, dann senkte sich wieder Stille über den Raum.

Langsam ließ Leila ihren Fuß sinken. Sie konnte nicht glauben, dass er tatsächlich zum Höhepunkt gekommen war – nur, weil sie ihn mit ihren Zehen massiert hatte. Ein reizvolles Vorspiel, nichts weiter. Angetan dazu, zu erregen und die Lust zu steigern.

Unwillkürlich blickte sie auf das Vorderteil seiner Hose, aber er stand hastig auf und griff nach dem Tuch, das neben der Porzellanschüssel lag.

Leila schwieg und betrachtete ihre im Schoß gefalteten Hände. Jamilah hatte ihr einmal gesagt, dass die Männer aus dem Westen nicht über die Ausdauer der osmanischen Männer verfügten. Was einerseits daran lag, dass sie nicht beschnitten waren, aber auch daran, dass sie eine schnelle Befriedigung ihrer Bedürfnisse suchten. Sie hatten nichts übrig für Raffinessen, die ihre Lust und ihr Verlangen steigern konnten, hielten nichts davon, sich eine ganze Nacht lang den Freuden der Liebe zu widmen. Sie jagten einzig und allein ihrem Höhepunkt nach, das war alles, was für sie zählte. Und sobald sie diesen erreicht hatten, zogen sie die Hose hoch und suchten das Weite.

»Sie fressen wie Schweine, und sie paaren sich wie Schweine.« Jamilah hatte aus ihrer Abscheu vor den Ungläubigen nie einen Hehl gemacht.

Aus den Augenwinkeln sah Leila, wie Justin sich säuberte. Sie schloss die Lider und schlang die Finger ineinander. Ekel und Verachtung stiegen in ihr hoch, und sie zwang sich dazu, diese Gefühle unter Kontrolle zu bringen. Sie war mit diesem Mann für die nächsten Wochen in dieser winzigen Kabine gefangen.

Mit ihm und seiner Schwäche, die ihre Stärke werden musste.

5

Justin richtete seine Kleidung und wünschte, sein Verstand wäre ebenso einfach in Ordnung zu bringen. Er wusste nicht, was ihn überkommen hatte, dieser Frau die Füße zu waschen. Noch viel weniger konnte er sich erklären, warum er ihre Sohle an seine Brust gepresst hatte.

In der Situation war es ihm als das Natürlichste von der Welt erschienen, aber jetzt hatte er für sein Handeln keine Erklärung. Außer vielleicht der Anblick ihrer feingliedrigen Füße, durch deren weiße Haut das Geflecht ihrer Adern schimmerte. Die zierlichen Zehen mit den hennagefärbten, polierten Nägeln, die samtige Sohle, die schlanken Fesseln und die sanft geschwungenen Waden. Diese perfekte Harmonie an einem völlig unerwarteten Ort und die Tatsache, dass er ihre zarte Haut berührte, als wäre es ganz selbstverständlich, hatten ihn in einen Bann geschlagen, aus dem er sich erst lösen konnte, nachdem seine Erregung ihren Höhepunkt überschritten hatte.

Nicht einmal in seinen kühnsten erotischen Träumen wäre ihm der Gedanke gekommen, dass ihn eine Frau mit ihren Füßen nicht nur erregen, sondern auch befriedigen konnte. Was mochte wohl noch alles möglich sein zwischen Mann und Frau?

Lautlos drehte er sich um. Leila saß mit nach vorne gesunkenen Schultern auf dem Stuhl. Er war zu erschrocken gewesen, sich vor ihr eine Blöße zu geben, um ihr ins Gesicht zu sehen, als er aufgesprungen war.

Er bückte sich nach der Wasserschüssel und versuchte die

Gelegenheit zu einem Blickkontakt zu nutzen, aber sie fixierte einen Punkt im Nichts. Ohne ein weiteres Wort verließ er die Kabine und schüttete das Wasser über die Reling.

Der Kapitän stand nur ein paar Schritte entfernt, und Justin beschloss, entgegen seiner ursprünglichen Meinung, den Stier bei den Hörnern zu packen.

»Kapitän Harris«, begann er, nachdem er zu dem Mann hinübergeschlendert war. »Das trifft sich gut. Ich muss mit Ihnen sprechen.«

Beunruhigt kratzte sich der Kapitän am Kinn. »Ist alles zu Ihrer Zufriedenheit, Mr Grenville? Die Kabine? Benötigen Sie etwas, dann ...«

»Alles ist perfekt«, unterbrach ihn Justin. »Es ist nur ... ich muss Ihnen etwas beichten.« Er versuchte ein gewinnendes Lächeln. »Sie haben einen Passagier mehr an Bord, als Sie denken, Kapitän Harris. Und zwar aus meinem Verschulden. Ich bitte um Ihr Verständnis.«

»Einen Passagier mehr?«, wiederholte Harris verständnislos.

»Ja, ich habe eine Frau in meine Kabine geschmuggelt.« Er wartete auf die Reaktion seines Gegenübers.

Die ohnehin kräftige Gesichtsfarbe des Kapitäns erinnerte plötzlich an eine reife Aubergine. »Ich weiß nicht, was ich davon halten soll, Mr Grenville! Eine Frau an Bord, das bringt Unglück. Ganz zu schweigen von den zusätzlichen Kosten.«

»Wird das reichen, das Unglück abzuwenden?«, fragte eine helle Stimme, und die beiden Männer fuhren herum.

Leila stand vor ihnen. Sie hielt dem Kapitän auf ihrer ausgestreckten Handfläche einen massiven Goldring mit einem Smaragd entgegen. Sie hatte osmanisch gesprochen, aber der Kapitän verstand die Bedeutung ihrer Worte auch ohne dass Justin sie übersetzen musste.

Harris sah zuerst die Frau an, dann den Ring. Langsam

streckte er die Finger danach aus. »Ich denke doch«, murmelte er und ließ das Schmuckstück in seine Tasche gleiten.

Justin, der sich seltsam überflüssig vorkam in Anbetracht der Tatsache, dass Leila die Situation einfach an sich gerissen hatte, sah sich nun genötigt, Harris' Arm festzuhalten. »Leila ist meine Begleiterin für die Dauer der Reise. Sie wird nicht oft an Deck kommen, aber wenn sie es tut, dann bestehe ich darauf, dass Ihre Männer sie mit demselben Respekt behandeln, den man mir entgegenbringt, Kapitän.«

Das Gesicht des Kapitäns zeigte keine Regung. »Wie Sie wünschen, Mr Grenville.« Mit diesen Worten befreite er sich aus Justins Griff und ging mit auf dem Rücken verschränkten Händen davon. In einiger Entfernung spuckte er auf die Planken, um seine Meinung zu der Sache kundzutun.

Justin fühlte, wie Zorn in ihm hochstieg.

»Ich brauche Zitronen«, sagte Leila neben ihm. »Und einen Schwamm. Außerdem ein scharfes Messer.«

Erstaunt wandte sich Justin ihr zu. »Wozu?«

»Um nicht mit einem Bastard im Leib in London anzukommen.« Ihre Stimme klang so unbeteiligt, als redete sie über die in weiter Ferne kaum mehr erkennbare Küste. Und sie sah ihn an, als müsse er wissen, wovon sie sprach. Aber natürlich hatte er nicht den blassesten Schimmer.

»Ich werde zum Smutje gehen und sehen, was er in seiner Kombüse vorrätig hat«, entgegnete er dessen ungeachtet im Tonfall eines Mannes von Welt. Kaum, dass er einen Schritt getan hatte, hörte er sie sagen: »Wenn er keine Zitronen hat, dann nimm eine Phiole Essig. Es erfüllt denselben Zweck, aber ich mag den Geruch nicht.« Unbewusst zog er den Kopf zwischen die Schultern und ging weiter. Das Rätsel würde sich lösen, davon war er überzeugt. Er war nur nicht sicher, ob er die Antwort wirklich wissen wollte.

Leila blickte ihm nach. Im Halbdunkel der Kabine hatte sie

ihn nicht richtig sehen können. Dennoch hatte sie mit ihrer Einschätzung richtiggelegen: Er war – wenn überhaupt – nur wenig älter als sie selbst. Was tat ein junger Mann ohne Begleitung in diesem Winkel der Welt? War er Kaufmann? Ein Diplomat? Ein Lehrer? Oder gar ein Künstler, der mit seinen Werken die Paläste der Paschas und Kalifen ausstattete?

Sie seufzte. Nicht, dass es wichtig wäre. Wichtig war allein, ihn halbwegs bei Laune zu halten und dabei die Situation zu beherrschen – ohne dass er es merkte.

Ein Seemann hastete an ihr vorbei zum Bug des Schiffes und sie wich unwillkürlich an die Reling zurück. Der Himmel erschien ihr blauer als im Garten des Harems. Keine Wolke trübte seine Klarheit. Wenn sie den Kopf in den Nacken legte, bestand ihre ganze Welt aus tiefem Azurblau.

Sie hoffte, dass die Sache mit den Zitronen funktionierte. Jamilah hatte sie zwar darin unterwiesen, aber vor die Wahl gestellt, hatte sie immer den Trank bevorzugt, der eine Empfängnis verhinderte. Allerdings blieb ihr dieses Mal keine Wahl.

»Wird das reichen?«

Leila senkte den Kopf. Justin stand vor ihr. Er hatte seinen Kaftan wie eine Schürze an zwei Stellen hochgehoben. Darin lagen ein halbes Dutzend faustgroßer, goldgelber Zitronen, ein Stück Schwamm und ein kleines Messer.

»Fürs Erste, ja«, erwiderte Leila nur. Sie wollte noch nicht zurück in die Kabine gehen, aber es gab auch keinen Grund, hierzubleiben. Sie schaute ihn abwartend an. Seine Augen besaßen die Farbe von Moos, wie es an den schattigen Stellen des Palastgartens wuchs. Die sandfarbenen Wimpern zauberten goldene Lichter in das satte Grün. Er sah so ungewohnt und exotisch aus, dass es ihr schwerfiel, den Blick abzuwenden.

»Ich bringe das alles in die Kabine«, sagte er. »Der Smutje

lässt uns das Abendessen ebenfalls dorthin bringen. Es scheint, dass wir die Ehre verspielt haben, am Tisch des Kapitäns zu speisen.«

Er lächelte, und dieses Lächeln strich zart wie eine Feder über die Innenseite ihrer Stirn. Sie schluckte. Sie wollte das nicht. Sie wollte nicht, dass er sie berührte oder ihr nahe kam, auf welcher Ebene auch immer.

»Ich bleibe noch ein bisschen an Deck«, murmelte sie und wandte sich ab. Es fiel ihr schwer, ihre Gedanken und Gefühle in Einklang zu bringen. Noch nie hatte sie sich von einem Menschen angezogen gefühlt, ganz zu schweigen von einem Mann. Man hatte sie gelehrt, körperliche Bedürfnisse zu befriedigen, aber ihr gleichzeitig klargemacht, dass das Individuum, um das es dabei ging, nicht zählte.

Sie wusste nicht, wie sie damit umgehen sollte. Distanz machte stark, Gefühle machten schwach. Ein klarer Standpunkt, dessen Befolgung ihr das Überleben in den letzten Jahren ermöglicht hatte. Sie sollte sich darauf besinnen. Nur weil dieser Mann so anders aussah und reagierte, durfte sie ihre Grundsätze nicht vergessen. Im Kern war er genauso wie Ahmet Pascha oder sein Bruder Karim, das hatte der von ihm geforderte Handel bewiesen.

Das Blau des Himmels schmerzte in ihren Augen. Sie schloss die Lider und verschränkte die Arme vor der Brust. Obwohl es ihr widerstrebte, beschloss sie, zurück in die Kabine zu gehen. Schließlich musste sie sich ihm früher oder später stellen.

Die Tür schwang auf und sie trat ein. Justin war gerade damit beschäftigt, die klemmende Verriegelung eines Bullauges zu öffnen, und bemerkte sie nicht.

Zum ersten Mal fiel ihr auf, wie winzig der Raum war. Klein für einen, aber viel zu klein für zwei Menschen. Hier gab es keine Privatsphäre, keine Möglichkeit zum Rückzug.

Auch das Bett bot nur Platz für eine Person, zu zweit würden sie aneinandergepresst schlafen müssen.

Sie hatte noch nie eine ganze Nacht lang neben einem Mann geschlafen. Nachdem sie ihre Dienste verrichtet hatte, war sie stets in ihr Gemach zurückgekehrt – erleichtert, wieder allein und ungestört sein zu können. Das würde es hier nicht geben. Unerwartete Panik schnürte ihre Kehle zu, denn sie begriff, dass es keinen Ausweg gab. Sie war diesem Mann ausgeliefert in jeder nur vorstellbaren Art. Weder der Kapitän noch jemand von der Mannschaft würden ihr im Notfall zu Hilfe kommen. Niemanden würde es kümmern, was hinter der Kabinentür geschah, und es gab keinen Platz, an den sie sich zurückziehen konnte, um Kraft zu sammeln.

Leila sank auf den wackeligen Holzhocker vor dem Tisch, auf dem die Zitronen lagen, und schob sie gedankenverloren beiseite. Erst jetzt bemerkte Justin ihre Anwesenheit und kam näher. In der Hand hielt er das Messer, das er vom Smutje geholt hatte.

Er legte es neben die Zitronen. »Ich habe versucht, das Bullauge zu öffnen, aber wie es aussieht, ist der Rahmen zu verzogen.«

Leila wusste nicht, was sie sagen sollte. Das Schweigen stand im Raum wie eine Mauer. Ein Klopfen an der Tür brach die Stille. Justin öffnete und bedeutete dem Mann einzutreten. Auf einem abgewetzten Holzbrett standen zwei Porzellanschüsseln und ein Krug Wasser, daneben lagen einige Stücke Fladenbrot und zwei Löffel. Der Mann stellte alles auf den Tisch zu den Zitronen und verschwand ohne ein weiteres Wort.

Leila zog die Schüssel zu sich. Ihr knurrender Magen wies sie darauf hin, dass sie einen Tag lang nichts gegessen hatte. Der Inhalt der Schüssel bestand aus einem dicken Gemüseeintopf, in dem ein paar Fleischstücke schwammen. Es sah nicht besonders vertrauenerweckend aus, schmeckte erstaunlicherweise aber durchaus passabel.

Justin hatte den zweiten Stuhl an den Tisch gezogen und setzte sich neben sie. Als er sie mit dem Ellbogen anstieß, unterdrückte sie den Impuls, samt Hocker von ihm abzurücken. Diese Blöße würde sie sich nicht geben. Im Gegensatz zu ihr stocherte Justin allerdings nur lustlos in seinem Essen herum und schob die halbvolle Schüssel schließlich beiseite.

Leila, die ihre Portion hungrig hinuntergeschlungen hatte, griff ohne Umstände danach und begann, das Gemüse in sich hineinzuschaufeln. Als sie fertig war, schob sie die leere Schüssel beiseite und merkte, dass Justin sie beobachtete.

Hastig schluckte sie den letzten Bissen hinunter. »Ich habe seit gestern nichts gegessen. Sollen wir uns den Zorn des Kochs zuziehen, indem wir sein Essen zurückschicken?« Erst als sie den Satz ausgesprochen hatte, fiel ihr auf, dass sie sich verteidigte.

»Nein, natürlich nicht.« Er lächelte wieder dieses Lächeln, das einen so unerwünschten Effekt auf sie hatte. Und damit nicht genug, stand in seinen Augen eine so offensichtliche Bewunderung, dass sie die Lider senkte.

Die Mahlzeit hatte sie gestärkt. Sie fühlte sich gut. Zeit, zum Wesentlichen zu kommen. Langsam stand sie auf und streifte den schwarzen Mantel ab, den sie die ganze Zeit hindurch anbehalten hatte. Achtlos warf sie ihn in eine Ecke. Darunter trug sie eine kurze, ärmellose Brokatweste über einem hüftlangen Hemd aus Batist und weit geschnittenen Hosen. Die Weste wurde mit winzigen Perlenknöpfen vor der Brust geschlossen.

Sie begann, die Perlen durch die kleinen Schlaufen zu ziehen, bis die Weste vorne offen stand. »Ehe ich anfange, meine Dankbarkeit für dein Schweigen in Taten zu fassen, wäre es hilfreich, deine Präferenzen zu kennen«, sagte sie kühl und sehr geschäftsmäßig.

Er lehnte mit dem Rücken am Tisch und streckte seine Beine aus. In die Bewunderung in seinen Blicken mischte sich ein fragender Ausdruck.

»Präferenzen?«

Sie streifte die Jacke über ihre Arme nach unten. »Nimmst du Frauen lieber im Bett oder im Stehen? Von vorne? Von hinten? Bist du gerne oben? Bevorzugst du die Hinterpforte? Willst du meinen Mund nur fürs Vorspiel oder willst du darin kommen? Dann wären die Zitronen ...« Sie brach ab. Im Grunde hatte sie mit einer zustimmenden Geste oder zumindest einer sachlichen Antwort gerechnet. Aber nichts davon würde sie bekommen, denn er sah sie an, als hätte er kein Wort verstanden. Seine Wangen begannen sich unaufhaltsam zu röten.

Sie unterdrückte ein Seufzen. »Dann ist es wohl das Beste, ich fange einfach an, und du sagst mir, was dir gefällt.«

Mit diesen Worten zog sie das Batisthemd über den Kopf. Darunter trug sie ein dünnes Gazeleibchen, das nichts von ihrem Körper verbarg. Sie bückte sich und sammelte die anderen Kleidungsstücke auf, um sie auf den Stuhl zu legen. Dann trat sie an den Tisch und griff nach dem Schwamm. Mit dem Messer trennte sie ein Stück von dem feinporigen Gebilde ab und brachte es in eine halbwegs runde Form.

Anschließend halbierte sie eine Zitrone und presste den Saft über den Schwamm, bis er sich vollgesogen hatte.

Da es keine Nische und keinen Paravent gab, hinter den sie sich zurückziehen konnte, blieb ihr nichts übrig, als ihre Hose abzustreifen und das Bein auf den Hocker zu stellen. Sie führte das Schwammstückchen in ihre Scheide ein und brachte es in Position. Obwohl sie Justin den Rücken zukehrte, wusste sie, dass er sie dabei beobachtete. Sie atmete tief aus, stellte den Fuß auf den Boden und drehte sich um.

Er saß noch immer auf dem Hocker. Langsam trat sie

zwischen seine Beine »Ich bin bereit. Wir können anfangen.«

Justin blickte den durch einen Hauch von Stoff verhüllten Leib an. Überwältigt wollte er die Hände ausstrecken, aber Leilas kühle Stimme ließ ihn innehalten. Etwas war falsch, aber er wusste nicht, was. Der Anblick ihres nackten Körpers, die Wärme und der Duft, der von ihr ausging, erschwerten ihm klare Überlegungen. Er hatte gesehen, was sie mit dem Schwamm und den Zitronen angestellt hatte, und eine vage Ahnung stieg in ihm auf, wozu das Ganze dienen sollte.

Sie beugte sich vor und begann, die Knöpfe seines Kaftans zu öffnen. Dabei begegneten sich ihre Blicke. Justin schluckte, dann hob er die Hand und hielt die ihre fest. Er hatte gehofft, sich dieses Eingeständnis ersparen zu können, und er wusste auch gar nicht, ob es etwas ändern würde. Er wusste nur, dass er das Eis in ihren violetten Augen zum Schmelzen bringen musste. Sogar auf die Gefahr hin, dass sich stattdessen Spott, Mitleid oder Verachtung darin ausbreiteten.

Er nahm seinen ganzen Mut zusammen und sagte ruhig: »Bis zu diesem Moment habe ich noch nie ... eine nackte Frau gesehen. Als ich deine Füße gewaschen habe, war es das erste Mal, dass ich eine Frau berührt habe. Ich weiß nicht, was Präferenzen bedeuten. Ich habe auch keine Vorstellung davon, was passieren soll, wenn wir beide nackt sind.«

Sie richtete sich auf und starrte ihn ungläubig an. »Aber ... wie ist das möglich?«

»Ich bin vierundzwanzig Jahre alt und war zehn Jahre lang Gefangener im Palast von Ahmet Pascha. Sein Bruder beschloss meine Freilassung. Überstürzt und ohne Planung. Ich wurde vom Palast direkt auf dieses Schiff gebracht.«

Das Eis in ihren Augen schmolz tatsächlich und wurde zu seiner Erleichterung nicht durch Spott oder Mitleid ersetzt, sondern durch einen ganz und gar fassungslosen Ausdruck.

Sie öffnete den Mund und schloss ihn wieder – offenbar fehlten ihr die Worte.

Wieder griff er nach ihr, umfasste ihre Hand mit seinen beiden und hielt ihrem Blick stand. »Ich will wissen, was zwischen Frauen und Männern hinter verschlossenen Türen vorgeht. Ich will dich sehen. Ich will dich berühren. Ich will, dass du mich lehrst, wie ich Lust empfangen und wie ich Lust bereiten kann. Lehre mich die Liebe, Leila.«

Er sah zu den Zitronen auf dem Tisch. »Lehre mich die Liebe und alles, was dazugehört.«

6

Leila fühlte sich, als wäre eine Marmorsäule neben ihr auf den Boden gekracht. Ein Mann, der noch nie eine Frau gesehen oder berührt hatte? Unglaublich! Aber sie erinnerte sich verschwommen an die Gerüchte über einen Gefangenen, für den der Pascha Lösegeld verlangt hatte. Sie wusste nichts Genaues darüber, weil sie sich nie besonders dafür interessiert hatte. Und jetzt stand sie ihm gegenüber.

»Ich war ein Gefangener wie du«, sagte er in diesem Augenblick, als hätte er ihre Gedanken gelesen. »Ich will dir nichts tun ... ich will nur wissen ... ist das denn so schlimm?« Seine Stimme war immer leiser geworden.

Vermutlich erschien es ihm nicht schlimm, sondern ganz normal, von einer Sklavin aus dem Harem die entsprechenden Dienste zu verlangen. Sie unterdrückte die Frage, ob er es wohl als »schlimm« empfinden würde, wenn jemand ein solches Ansinnen an seine Schwester stellen würde. Doch diese Art stiller Rebellion war verschwendeter Atem. Es änderte nichts. Weder war sie seine Schwester noch sonst in irgendeiner Weise nach seinen Begriffen ehrbar.

Ihre Hand begann zu zittern, und sie zog sie weg. »Ich werde dich alles lehren, was ich weiß«, sagte sie ruhig. »Ich werde nicht über dich lachen, ich werde nicht ungeduldig oder boshaft sein. Das ist es doch, was du willst?«

Er nickte.

»Und was willst du jetzt, in diesem Augenblick?«

Er holte tief Luft, seine Wangen röteten sich. »Ich möchte dir das Hemd ausziehen, und ich möchte dich berühren.«

»Dann tu es.«

Er stand auf. Da er nur einen halben Kopf größer war als sie, konnte sie ihm in die Augen sehen, als er nach dem Saum des Hemdchens griff und ihn langsam anhob. Sie streckte die Arme hoch, um ihm zu helfen.

Unschlüssig hielt er den dünnen Stoff schließlich in der Hand und legte ihn zu den anderen Kleidungsstücken. Dann wandte er sich wieder ihr zu. Seine Blicke glitten von ihrem Gesicht über ihren Hals zu ihren Brüsten, wanderten tiefer zu ihrer haarlosen Scham und über ihre Beine.

Leila fühlte, wie sich ihre Brustwarzen aufrichteten. Wärme breitete sich in ihrem Körper aus, dabei hatte er sie noch gar nicht angefasst. Sie wünschte, er würde es endlich tun und damit die Anspannung aus ihr vertreiben. Aber er ging langsam um sie herum, und sie hatte Mühe, ruhig stehen zu bleiben. Der kleine halbblinde Spiegel über dem Waschtisch ließ sie nicht sehen, was er hinter ihr tat. Ihr Herz klopfte schneller, als es die Situation rechtfertigte.

Was zum Teufel tat er? Sie versuchte, hinter sich Bewegungen zu erspüren, aber da war nichts. Er konnte doch nicht einfach nur dastehen und sie anstarren?

Die Hitze im Raum schien mit jedem Atemzug anzusteigen, und die Anspannung wurde unerträglich. Sie zuckte zusammen, als ein Finger über ihre Wirbelsäule strich. Bedächtig, Wirbel für Wirbel von ihrem Nacken bis zu ihrem Steißbein. Dann fühlte sie, wie er an ihren Zöpfen hantierte und die Spangen löste, ehe er ihr Haar mit gespreizten Fingern durchkämmte.

Unwillkürlich schüttelte sie den Kopf und hob die Arme, um die Strähnen zu lockern. Er stand wieder vor ihr. Langsam streckte er die Hand aus und Leila verharrte mitten in der Bewegung. Ihre Brüste reckten sich durch ihre Haltung nach vorne und sahen noch voller aus, als sie ohnehin waren.

Justins Finger folgten der Linie von ihrer Schulter bis zu der Rundung ihrer Brust. Er machte einen kleinen Schritt zur Seite, so dass er neben ihr stand, und wölbte seine Hand um die weiche Fülle. Sein Atem strich über ihre Wange.

Leila legte ihren Arm um seine Schultern, um ihn zu ermuntern, mit seiner Erkundung fortzufahren. »Deine Haut ist so glatt und seidig, ganz anders als meine«, murmelte er. Seine Stirn lehnte an ihrer Schläfe.

Sie dachte, er würde ihre Brust kneten, aber er ließ seine Finger weiterwandern. »So schön, so unbeschreiblich, so wunderschön.« Er berührte ihre Hüften, ihren Bauch und ließ seine Hand auf ihrem glatten Venushügel ruhen.

Leila spreizte die Schenkel ein wenig, aber er reagierte nicht, sondern streichelte selbstvergessen ihren Bauch und ihre Hüften. Seine Handfläche fühlte sich an wie warmer Samt, und der sanfte Druck, mit dem sie über ihre Haut glitt, übte eine geradezu hypnotische Wirkung auf Leila aus. Sie lehnte sich stärker an ihn und schloss die Augen. Ihre Gedanken zerflossen wie Wasserfarben auf einem feuchten Blatt. Es war so ganz anders, als sie erwartet hatte. In seinen Berührungen lag eine Zärtlichkeit, die ihr in dieser Form noch nie begegnet war. Sie kannte Gier und Leidenschaft und Lust, aber niemals hatte sie jemand so unschuldig liebkost. Der Drang, sich einfach fallen zu lassen, wurde unwiderstehlich. Als sie begriff, dass die Situation in eine Richtung abzudriften drohte, die sie nicht mehr zu kontrollieren vermochte, drehte sie sich in seinen Armen zu ihm.

Seine Augen glichen dunklen Seen, über seinen Wangenknochen breitete sich Hitze aus. Sie legte ihre Hände an die Knopfleiste seines Kaftans, während er fortfuhr, ihre Hüften zu streicheln.

»Ich werde dich ausziehen«, sagte sie. »Ich möchte dich auch sehen. Und ich möchte dich spüren.«

Der Körper unter ihren Händen erbebte. Wieder kam ihr zu Bewusstsein, dass sie die erste Frau war, die er berührte. Die erste Frau, die er nehmen, und die erste Frau, die ihm einen Höhepunkt schenken würde. Ein Gefühl der Macht durchströmte sie und verdrängte alles andere, das im Begriff gewesen war, in ihr zu wachsen.

Er ließ sie gewähren und stand schließlich bewegungslos vor ihr. Sein Gesicht war von tiefer Röte bedeckt. Trotzdem hielt er ihrem Blick stand.

Das Attribut, das ihr als Erstes einfiel, als sie ihn musterte, war zäh. Die sehnigen Muskeln an seinen Gliedmaßen traten so deutlich zutage wie die Hüftknochen und das Schlüsselbein. Kein Gramm Fett kaschierte die Härte dieses Körpers. Seine blasse, von einem dünnen Schweißfilm überzogene Haut glänzte wie Alabaster. Unwillkürlich fragte sie sich, wie er als Gefangener den Körper eines Athleten hatte bekommen können.

Seine Brust und sein Bauch waren unbehaart. Sein dickes Glied spannte sich bis zum Nabel und die hervortretenden Adern verrieten seine Erregung ebenso wie die Eichel, die sich bereits ungeduldig durch die Vorhaut schob. Während sie ihn betrachtete, erschien ein schimmernder Sehnsuchtstropfen auf der dunkelroten Kuppe.

Sie verwarf ihren ursprünglichen Plan, ihn noch länger auf eine genussvolle Folter zu spannen. Dafür würde später noch Zeit genug sein. Sein Verlangen sprach eine zu deutliche Sprache.

Leila hob den Kopf und sah ihn an. Die brennende Sehnsucht in seinem Blick jagte einen Feuerstoß durch ihren Körper. Wieder fragte sie sich, warum sie auf diesen Mann so stark reagierte. Und wieder fand sie keine Antwort.

»Leg dich aufs Bett«, befahl sie barscher, als sie wollte.

Er gehorchte und streckte sich auf der Schlafstatt aus, während sie ihm folgte und neben ihm stehen blieb. Vertrauensvoll sah er zu ihr auf.

Leila dachte an die Nacht, als der Pascha ihr die Jungfräulichkeit genommen hatte. Sein Verdienst war es gewesen, dass sie Freude und Verlangen dabei empfunden hatte – egal, was seine wahren Motive gewesen waren. Egal, was später passiert war.

Es lag an ihr, diesem Mann entweder eine gute Erinnerung an seine erste Liebesnacht zu verschaffen oder ihn ein für alle Mal zu zeichnen. Aber welchen Grund hatte sie schon, nett zu ihm zu sein?

Das Vertrauen in seinen Augen setzte ihr zu. Wie hatte sie ihm versprechen können, nicht gemein oder ungeduldig zu sein? Wie hatte sie auf seine – wohlberechneten – Worte *Ich war ein Gefangener wie du* hereinfallen können?

Egal. Sie würde ihr Versprechen halten. Sie würde ihn in die Liebe auf eine Art einführen, die ihn nicht brach, sondern stärkte. Weil sie wie er eine Gefangene gewesen war. Und weil sie sich niemals in der Rolle des Wärters sehen wollte.

Ohne den Blick von seinem Gesicht zu nehmen, kniete sie sich über ihn. »Du brauchst nichts zu machen. Lass es einfach geschehen und genieße es. Später werde ich dir andere … Möglichkeiten zeigen, aber jetzt koste einfach aus, was ich mit dir tue.«

Sein Kehlkopf bewegte sich, doch statt einer Antwort nickte er nur. Sein Blick verließ ihre Brüste und heftete sich an ihre leicht geöffneten Schamlippen, die über seinem harten Glied schwebten. Leila griff danach und dirigierte die feuchte Kuppe an die Pforte ihrer Scheide. Dann nahm sie die Hände weg und ließ sich langsam auf ihn sinken.

Seine Augen weiteten sich, und er schnappte nach Luft. Als sie ihn ganz in sich aufgenommen hatte, stöhnte er auf. Seine Hände krampften sich ins Laken.

»Gefällt es dir?«, fragte Leila. Ihre Stimme fühlte sich an, als wäre sie mit dickem Sirup überzogen.

»Ja.« Ein einzelner, heiserer Laut.

»Gut, denn es wird noch besser.« Sie begann ihr Becken zu bewegen. Kleine, geschmeidige Bewegungen, während ihr Oberkörper ruhig blieb. Er war so hart, dass es ihr leichtfiel, das Gleichgewicht zu halten und bedächtige Achterschleifen zu vollführen.

Die Augen verhangen vor Lust, sah er sie an. Leila vergaß alle Gedanken, die sie beschäftigt hatten. Das hier war ihre Bestimmung. Verlangen zu wecken, Lust zu schüren, Befriedigung zu verschaffen. Sie war die Königin der Nacht, die Beherrscherin der Sinne dieses Mannes. In diesem Augenblick existierte für ihn nichts anderes mehr als nackte Lust, und sie war es, die ihm diese Lust verschaffte. Wieder spürte sie die Macht, die ihr Blut schneller durch die Adern fließen ließ. Die Macht, die sie letztendlich alle Demütigungen ertragen lassen hatte.

Seine Hände verließen das Laken und wanderten über ihre Schenkel. Zum ersten Mal griff er fest zu. Und im gleichen Moment spürte sie, dass er sich in ihr verströmte. Kein Laut kam über seine Lippen, aber die Sehnen an seinem Hals traten wie dünne Seile hervor.

Leila hörte auf, sich zu bewegen, und warf ihr Haar in den Nacken. Er atmete zitternd aus, der Griff auf ihren Schenkeln lockerte sich. Ihre Blicke begegneten sich, und Leila hob die Brauen.

Zögernd breitete sich ein Lächeln auf seinen Lippen aus, das seine Augen zum Leuchten brachte. Die Muskeln in ihrem Unterleib zogen sich unwillkürlich zusammen und entlockten ihm ein erstauntes »Oh«.

Leila kämpfte mit sich. Jeder Satz, jedes Wort von ihr würde eine Verbindung schaffen, die sie nicht wollte. Also spannte sie ihre Muskeln bewusst an, massierte ihn, um zu verhindern, dass er erschlaffte, und um ihn gleichzeitig abzulenken.

Seine Augen wurden groß. Ungläubig sah er sie an, da sie nach außen hin völlig bewegungslos auf ihm saß. »O mein Gott«, flüsterte er heiser. »Was tust du mit mir?«

Sie presste ihn fester und registrierte sein Erschauern. »Ich verschaffe dir Genuss, wie ich es versprochen habe«, erwiderte sie, erleichtert, die Situation gemeistert zu haben. »Darum ging es doch in unserem Pakt.«

Er griff nach ihren Händen, und ehe sie es verhindern konnte, hatte er seine Finger mit den ihren verschränkt. Sie ließ ihm seinen Willen und fing wieder an, ihr Becken in kleinen Kreisen zu bewegen. Aber dieses Mal hielt er dagegen und erhöhte so unbeabsichtigt die Wirkung. Sie spürte ihn überdeutlich, und vor ihrem inneren Auge sah sie, wie er sich tiefer und tiefer in sie schraubte.

Der Reiz, den dieser Akt für ihn hatte, war unübersehbar. Stöhnend bog er sich ihr entgegen und kam noch schneller als beim ersten Mal. Leila wand ihre Finger aus seinem Griff. Während sie sein gerötetes Gesicht und die von winzigen Schweißperlen übersäte Brust betrachtete, beschloss sie, dass es damit erst einmal genug war. Er sollte ein paar Stunden Gelegenheit haben, sein Erlebnis zu verarbeiten.

Sie stieg von ihm und ging zu der Waschschüssel. Wenn sie sich recht erinnerte, dann hatte Jamilah gesagt, dass der Schwamm nach dem Geschlechtsakt noch ein paar Stunden im Körper verbleiben solle. Trotzdem drängte es sie danach, sich zumindest oberflächlich zu säubern.

Als sie dies erledigt hatte, nahm sie ein anderes Tuch und befeuchtete es. Damit ging sie zum Bett zurück. Der entrückte Ausdruck auf Justins Gesicht war verschwunden. Seine Augen blickten ihr klar entgegen. Sie setzte sich neben ihn aufs Bett und tupfte mit dem Tuch zuerst seine Brust ab, bevor sie begann, sein Glied zu säubern. Sie verrichtete ihre Aufgabe nüchtern und unprätentiös, aber trotzdem begann es sich unter ihren Händen wieder zu strecken.

»Für heute ist es genug«, sagte sie sachlich und faltete das Tuch zusammen. »Lass ihn zur Ruhe kommen.« Sie bemühte sich um einen neutralen Gesichtsausdruck. Wenn er erst einmal die Feinheiten der körperlichen Liebe kannte und dabei weiterhin so potent blieb, würden sich die englischen Frauen darum prügeln, ihn ins Bett zu bekommen.

Er nahm ihre Hand und hob sie an seine Lippen, ohne dabei den Blick von ihrem Gesicht zu nehmen. »Danke.«

Ihre Wangen wurden heiß, und sie sprang unwirsch auf. Was war nur mit ihr los? Warum brachte er sie so durcheinander?

»Statt mir zu danken, erinnere dich besser an dein Versprechen, mich nicht zu verraten.« Sogar in ihren Ohren klang ihre Stimme larmoyant.

»Natürlich werde ich das nicht vergessen, Leila. Ich halte meine Versprechen, das kannst du mir glauben.« Sein Tonfall verriet, dass sie ihn gekränkt hatte.

Sie nahm das Batisthemd vom Sessel und schlüpfte hinein. Dann löschte sie die Öllampe auf dem Tisch und hüllte den Raum in graues Dämmerlicht. Unschlüssig trat sie ans Bett. Mit dem darin liegenden Justin sah es noch schmaler aus.

»Wir werden wohl zusammenrücken müssen«, schlug er vor und machte nicht den Eindruck, als ob es ihn störte.

»Das werden wir wohl müssen«, pflichtete sie ihm bei und setzte sich auf die Kante. Er rutschte bereitwillig an die Wand.

Seufzend streckte sich Leila auf dem Rücken aus und begriff sofort, dass das ein Fehler war. Sie blickte geradewegs in Justins Augen, der sie auf die Hand gestützt betrachtete.

»Gute Nacht.« Sie wollte nicht reden. Nicht jetzt, nicht

später. Überhaupt nicht. Sie würde alles tun, was die Vereinbarung erforderte, aber nicht mehr. Deshalb legte sie alle ihr zur Verfügung stehende Kälte in ihren Blick, ehe sie sich auf die Seite drehte und Justin den Rücken zuwandte.

7

Justin lauschte Leilas regelmäßigen Atemzügen. Er wunderte sich darüber, dass sie einfach einschlafen konnte. Vermutlich war alles, was geschehen war, für sie eine alltägliche Selbstverständlichkeit. Für ihn dagegen hatte sich eine unbekannte Dimension aufgetan.

Endlich zu wissen, was es mit der Beziehung zwischen Männern und Frauen auf sich hatte, gab ihm eine neue Selbstsicherheit. Er war so aufgeregt und angespannt gewesen, dass er kaum einen klaren Gedanken hatte fassen können, als er sich Leilas nacktem Körper gegenübergefunden hatte. Dennoch hatte er die Lage seiner Meinung nach souverän gemeistert.

Ihre Haut war so unvorstellbar zart. Er konnte sich nicht erinnern, jemals etwas so Weiches berührt zu haben. Er hätte sie stundenlang nur ansehen und streicheln können. Ihr glänzendes Haar war wie flüssige Seide durch seine Finger geglitten und ihre vollen Brüste hatten sich in seine Hände geschmiegt.

Allein bei der Erinnerung schwoll sein Glied erneut an und provozierte eine weitere Erinnerung – wie sie sich auf ihn gesetzt und ihn in ihrem Körper willkommen geheißen hatte. Das Gefühl war unvergleichlich gewesen. Sie hatte sich um ihn geschlossen wie eine heiße, feuchte Manschette, die massierte und pumpte, bis er sich in einem gewaltigen Schwall in sie ergossen hatte.

Er hätte nie gedacht, dass es eine derart allumfassende Befriedigung gab, und er fragte sich, was sich wohl hinter den anderen »Möglichkeiten« verbarg, von denen Leila gesprochen hatte. Sollte es tatsächlich etwas geben, das noch besser war?

Sie bewegte sich im Schlaf und presste ihr festes, rundes Hinterteil gegen seine Erektion. Er sog lautlos die Luft ein. Wie er mit Leila in diesem schmalen Bett jemals ein Auge zubekommen sollte, war ihm schleierhaft.

Mit einer resignierenden Geste legte er den Arm um sie und lauschte ihrem Atem. Sein Bett im Palast war breiter gewesen. Und weicher. Trotzdem würde er es nicht gegen alles Gold der Welt gegen dieses hier eintauschen wollen.

Er musste tatsächlich irgendwann eingeschlafen sein, denn er schlug die Augen auf und wusste im ersten Moment nicht, wo er sich befand. Sein Gesicht hatte sich in dunklen Haarsträhnen verfangen, sein Arm lag auf einem warmen Körper.

Langsam richtete er sich auf. Helles Sonnenlicht fiel durch die beiden Bullaugen in die Kabine. Leila lag auf dem Bauch, ihr Hemd war hochgerutscht, und seine Hand ruhte auf ihrer nackten Hüfte. Die weißen, runden Pobacken wirkten einladend, und er konnte nicht widerstehen, mit den Fingerspitzen darüberzustreichen. Das Fleisch unter der glatten Haut war fest. Fasziniert beugte er sich vor und drückte seine Lippen auf die Wölbung.

Sie bewegte sich, aber er hörte nicht auf, und so drehte sie sich schließlich im Schlaf auf den Rücken. Damit befand er sich in unmittelbarer Nähe ihrer glatten Scham. Ehe er denken konnte, presste sich sein Mund auf ihren leicht gewölbten Bauch, der im Gegensatz zu ihrem Hinterteil weich wie Watte war.

Sie murmelte etwas, und er hob den Kopf. Schlaftrunkene Augen sahen ihn an. »Ich habe also nicht geträumt. In meinem Bett liegt ein Mann. Ein Mann, den ich die Liebe lehren soll.« Ihre Arme zogen sein Gesicht zu ihrem. Sie schien noch immer nicht ganz wach zu sein. »Dann los.«

Er blickte auf sie hinunter. Auf ihren leicht geöffneten Lippen lag der Schatten eines Lächelns. Es war das erste Mal, dass er sie lächeln sah, und es verlieh ihr den Schmelz eines jungen, glücklichen Mädchens.

Langsam, wie von unsichtbaren Fäden gezogen, beugte er sich vor und streifte ihren Mund mit seinen Lippen. Sie seufzte mit geschlossenen Augen und schlang die Arme um seinen Hals. Mutiger geworden, verstärkte er den Druck und fühlte überrascht, dass sie ihre Zunge in seinen Mund schob.

Tastend strich er mit seiner darüber, und schon waren sie in einen verführerischen Tanz verstrickt, der seine geschwollene Rute dazu brachte, sich hart gegen ihren Bauch zu pressen.

Ohne den Kuss zu unterbrechen, schob sich Leilas Hand zwischen ihre Körper und griff nach ihm. Sie bewegte sich ein bisschen, und noch während er mit der Zunge über die Innenseite ihrer Wange strich, spürte er plötzlich, wie er in sie glitt.

Abrupt hob er den Kopf. Sie sah ihn aus halbgeschlossenen Augen mit dem Ausdruck einer schnurrenden Katze an. »Und jetzt bist du dran.«

Ihre Hände flochten sich in sein Haar und er glitt noch immer in sie. Sein Herzschlag raste. Er stützte die Hände neben ihrem Kopf auf und tat, was sein Körper ihm befahl. Als er zum ersten Mal zustieß, hatte er Angst, ihr wehzutun. Doch sie stöhnte nur auf und hob ihm ihr Becken entgegen. Beim zweiten Stoß legte sie die Beine um seine Hüften. Ihre dunklen Augen waren offen. »So ist es gut, lange, tiefe Stöße.«

Ermutigt gehorchte er und genoss den Tunnel aus feuchter

Seide, an dem seine Eichel entlangglitt. Die Hitze, die ihn umfing, war schier unerträglich. Er stieß härter zu und beobachtete ihre Reaktion. Sie wand sich träge und strich mit ihren Händen über seine Oberarme. Ihre Finger spreizten sich über seinen Muskeln und gruben sich in sein Fleisch, als er ein weiteres Mal zustieß. Er keuchte auf und spürte, dass sein Höhepunkt kurz bevorstand. Es ging so schnell mit ihr, viel schneller, als wenn er es sich selbst machte. Mit in den Nacken geworfenem Kopf ließ er sich über die Klippe tragen und brach dann auf Leila zusammen.

Sie durchkämmte sein Haar spielerisch mit ihren Fingern, während sein Kopf auf ihrer Schulter lag. Er schloss die Augen und genoss ihren Duft und die Anschmiegsamkeit ihres Körpers. »Beim nächsten Mal versuchst du, nicht gleich zu kommen, sondern zögerst deinen Höhepunkt so lange hinaus, wie du kannst«, sagte sie leise.

Die Worte bahnten sich langsam einen Weg in seinen Verstand. Er hob den Kopf, um ihr ins Gesicht zu sehen. »War es falsch, was ich getan habe?«

Ihre Augen glitzerten. »Nicht falsch. Nur bringst du dich so um einen guten Teil des Vergnügens. Das Ziel soll sein, den Genuss zu steigern, deine Lust höher und höher zu schrauben, nicht dich innerhalb von wenigen Augenblicken zu verströmen.«

Im ersten Moment fühlte er sich, als hätte sie ihm den Boden unter den Füßen weggezogen. Ihre Worte rückten alles, was geschehen war, auf eine andere Ebene. Demnach hatte er die Situation nicht gemeistert, nicht heute, nicht gestern, sondern war kläglich gescheitert. Er suchte nach einer Erwiderung und fand keine.

Ihre Finger hörten nicht auf, mit seinem Haar zu spielen. »Du wolltest, dass ich dir die Dinge erkläre. Dass ich dich die körperliche Liebe in all ihren Facetten lehre. Das ist die erste

Lektion – lass deinen Höhenpunkt nicht einfach geschehen, sondern steuere ihn mittels deines Willens. Du wirst es nicht bereuen.«

Er versuchte, dieser Aussage etwas Positives abzugewinnen, aber es fiel ihm schwer. Im Augenblick hätte er sich gerne vor ihr zurückgezogen, um in stiller Einsamkeit die Wunden zu lecken, die ihre Worte seinem Ego zugefügt hatten, aber in diesem Raum gab es keine Möglichkeit dazu. Also rollte er sich auf die Seite und stand auf, um seine Verstimmung zu verbergen und sich gleichzeitig eine Antwort zu ersparen.

Halbherzig säuberte er sich mit einem feuchten Tuch, dann schlüpfte er in seine Hose und verließ mit der gefüllten Waschschüssel die Kabine.

Die Mannschaft eilte bereits geschäftig übers Deck. Kapitän Harris stand neben dem Steuermann und blickte zum wolkenlosen Himmel auf. Als er Justin entdeckte, kam er gemächlich auf ihn zu. »Alles zu Ihrer Zufriedenheit, Mr Grenville? Ich habe den Smutje angewiesen, Speck und Eier zu braten und Kaffee aufzusetzen, ich dachte, dass Sie etwas Deftiges vertragen können.« Er zwinkerte seinem Passagier vertraulich zu. Seine Missbilligung vom Vortag schien sich in Luft aufgelöst zu haben.

Doch Justin war nicht nach einer Diskussion, also sagte er nur: »Danke, er soll es in die Kabine bringen.«

»Natürlich, Mr Grenville.« Er nickte Justin zu und schlenderte zur Kombüse.

Als Justin wieder die Kabine betrat, lag Leila noch immer im Bett. Sie hatte sich unter der dünnen Decke zusammengerollt und die Hand unter ihre Wange geschoben. Versunken in ihren Anblick blieb er neben dem Bett stehen. Auf ihren Wangen lag ein rosiger Hauch und die feingezeichneten Augenbrauen zogen sich wie Tuschestriche über ihre makellose Haut. Ihre Nase war gerade, das Kinn rund und der Mund voll. Im Schlaf wirkte sie entspannt und er erinnerte sich wehmütig an das kleine Lächeln, das sie ihm heute Morgen geschenkt hatte. Das sollte sie viel öfter tun. Was mochte geschehen sein, dass sie ihr Lachen verloren hatte und in ihren Augen Kälte statt Fröhlichkeit lag? Was hatte sie so hart gemacht? War ihre Gefangenschaft so viel schlimmer gewesen als seine?

Seine Vorstellungen vom Leben im Harem resultierten hauptsächlich aus schwülen Träumen und vagen Ahnungen von Nacktheit und zügellosen Ausschweifungen, die er aufgrund seiner mangelnden Erfahrung nicht näher beschreiben konnte. Aber das Lachen, das aus dem Garten zu ihm gedrungen war, konnte doch nur bedeuten, dass die Frauen Spaß hatten. Und sie durften sich in den Gebäuden des Harems frei bewegen, sogar Besuch empfangen. Fahrenden Händlern aus allen Himmelsrichtungen war es gestattet, ihre Waren in einem eigens zu diesem Zweck vorgesehenen Saal zum Kauf feilzubieten. Der Pascha bezahlte für alles, seien es nun Kleider, Schmuck oder Naschereien. Bei großen Festen wurden die Frauen als Gäste und Zuschauer in den Palast geladen. Diese Informationen hatte er Daoud Aga im Lauf der Zeit entlockt.

Ein Klopfen an der Tür riss ihn aus seinen Gedanken. Er öffnete und nahm das Tablett mit den zwei Tellern, den leicht angeschlagenen Porzellanbechern und der kupfernen Kanne entgegen. Während er alles auf den Tisch stellte, setzte sich Leila auf und gähnte herzhaft.

»Ich rieche Kaffee«, sagte sie. »Der Smutje sei gepriesen. Und der Kapitän und wer immer noch dafür verantwortlich ist.«

Er goss einen Becher voll, um ihn ihr zu bringen, aber als er sich umdrehte, stand sie neben ihm. Ihr zerzaustes Haar, der verrutschte Ausschnitt des Hemds und nicht zuletzt die nackten Beine ließen seinen Mund trocken werden.

Sie streckte unbekümmert ihre Hand aus und nahm die Tasse entgegen. Ihre Blicke schweiften zu der kleinen Zuckerschüssel. »Ich mag ihn süß.«

Gehorsam löffelte er Zucker in die Tasse und setzte sich dann auf den Stuhl. Der Duft von gebratenem Speck ließ seinen Magen knurren. Erst jetzt merkte er, wie hungrig er war.

Leila hatte sich auf dem Hocker neben ihm niedergelassen. Sie nahm nur zwei Bissen Rührei und eine Scheibe Toast, dann schob sie den Teller beiseite. »An diese Art der Mahlzeit so früh am Morgen muss ich mich erst gewöhnen.«

»Das ist ein typisch englisches Frühstück«, erklärte er, und erst als er die Worte ausgesprochen hatte, fiel ihm auf, wie selbstverständlich er diese Tatsachen hinnahm. Dabei war es so lange her, dass er ein *englisches Frühstück* gegessen hatte.

Das Frühstück im Palast hatte aus verschiedenen Kuchen und in Zuckersirup getauchten Gebäckstücken bestanden, aus süßer Reissuppe oder Taubenbrüstchen in Gelee.

Das hier war ein weiterer Schritt in sein neues Leben, etwas, das ihm klarmachte, wie sehr die Dinge im Begriff standen, sich zu ändern.

»Ich dachte, Haferbrei ist ein typisch englisches Frühstück«, erwiderte sie und füllte ihre Tasse erneut.

»Auch, aber im Zweifelsfall bevorzuge ich Speck und Eier.«

»Du kannst meine haben.« Sie schob den Teller zu ihm hinüber und er sträubte sich nicht, sondern machte sich hungrig darüber her.

Sie fressen wie Schweine und sie paaren sich wie Schweine. Der Satz tauchte ohne Vorwarnung in Leilas Kopf auf. Tatsächlich schaufelte Justin den fetten Speck und die labbrigen Eier in sich hinein, als hätte er tagelang gehungert. Fett rann aus seinem Mundwinkel, und er wischte es mit dem Handrücken ab.

Schaudernd wandte sich Leila ab. Ihr Blick fiel auf ihre restlichen Kleidungsstücke. Sie fragte sich, ob sie sich anziehen sollte oder ob er gleich dort anknüpfen wollte, wo sie aufgehört hatten. Ihre unverblümten Worte hatten vermutlich seine Eitelkeit verletzt, aber mit Sicherheit würde er sich weiteren Lektionen ebenso hingebungsvoll widmen wie dieser Mahlzeit. Sie seufzte. Auf jeden Fall musste sie vorher das Schwämmchen entfernen und durch ein neues ersetzen. Die Frage war nur, ob genug Zitronen an Bord waren, um es mit seiner Unersättlichkeit aufzunehmen.

Leila stand auf und legte sich aufs Bett. Sie hatte besser geschlafen als erwartet. Aber vielleicht war auch nur die Erschöpfung der überstandenen Flucht schuld daran. Ihr Blick wanderte zur Decke und von dort über die Wände der Kabine. Wie lange würde sie wohl hier gefangen sein? Ein paar Wochen bestimmt. Wie sollte sie sich die Zeit vertreiben? Essen und Sex, Sex und Essen. Darauf schien es hinauszulaufen.

Sie konnte diese Eintönigkeit nur durchbrechen, wenn sie anfing, mit ihm zu reden. Unwillkürlich blickte sie auf seinen nackten Rücken. Die Muskeln in der Schulterpartie zeichneten sich ebenso deutlich ab wie die Wirbelsäule. Wie war er in all den Jahren der Gefangenschaft nur zu so einem athletischen Körper gekommen? Wie war er überhaupt in Gefangenschaft geraten? Und wenn das Gerücht mit dem Lösegeld stimmte – warum hatte dann niemand dieses Lösegeld für ihn bezahlt?

Themen für Gespräche gab es genug, wenn sie bereit war, ihre Distanz aufzugeben. Alles, was sie über ihn erfuhr, würde sie ihm ein Stück näherbringen, darüber machte sie sich keinen Illusionen. Schon jetzt fühlte sie sich von ihm angezogen, ob sie wollte oder nicht. Im Harem hatten die Frauen manchmal darüber gesprochen, wenn es darum ging, dass der Pascha sie verheiraten wollte. Dann waren sie die möglichen Kandidaten durchgegangen, hatten die Vorzüge des einen und die Nachteile des anderen besprochen. Hatten darüber debattiert, ob das Schicksal ihnen wohl einen anziehenden Mann zugedacht hatte. Einen Mann, der nicht nur für sie sorgen würde, sondern dem sie auch ihr Herz schenken konnten. Und der dieses Geschenk zu würdigen wusste.

Leila hatte sich niemals in Träume dieser Art verstricken lassen, sie hätte es gefährlich gefunden, einen Mann so nahe an sich heranzulassen, dass er mehr verlangen könnte als ihren Körper. Allerdings war sie auch noch niemals einem Mann begegnet, der sie auf die eine oder andere Art in seinen Bann gezogen hatte. Selbst in der Anfangszeit mit dem Pascha, die noch nicht von Gleichgültigkeit und Ekel bestimmt gewesen war, hatte sie ihren Gebieter bestenfalls als Werkzeug empfunden, das ihrem hungrigen Körper Befriedigung verschaffte. Aber unter die Haut gegangen waren ihr weder der Mann noch die *Beziehung* zu ihm.

Trotzdem musste sie sich damit abfinden, dass Justin sie anzog. Da war zum einen die Tatsache, dass sie die erste Frau für ihn war. Das rührte sie auf eine Weise an, die sie nicht erklären konnte. Seine Jugend, sein atemberaubender Körper und die unverfälschte Lust, die er empfand und sich nicht scheute zu zeigen. Und dann zum anderen die Art, wie er sie ansah – als wäre sie etwas unvorstellbar Kostbares, das man sanft und vorsichtig berühren musste, um es nicht zu zerbrechen.

Leila unterdrückte ein bitteres Auflachen. Wenn er wüsste, dass sie alles andere als kostbar war und dass man sie schon vor langer Zeit zerbrochen hatte.

Aber in dieser Hinsicht bestand keine Gefahr. Für ihn war sie das Geschöpf, von dem er jahrelang geträumt hatte, die Realität dahinter sah er nicht. Was spielte es also für eine

Rolle, wenn sie der unerklärlichen Anziehungskraft nachgab und nicht länger versuchte, krampfhaft eine Distanz zu schaffen? Es würde die Reise, ja, das ganze Zusammenleben mit ihm wesentlich einfacher machen. Justin würde immer nur sehen, was er sehen wollte, aber nicht, was wirklich war. Und sie konnte das Ganze als Ausflug in eine Zwischenwelt betrachten, als ein Intermezzo zwischen ihrem alten und ihrem neuen Leben, das für ihre Zukunft keinerlei Konsequenzen hatte, wenn sie es richtig anstellte. Sobald sie in London ankamen, würde sie gehen und ihn niemals wiedersehen. Und alles, was zwischen ihnen passiert war, wäre nichts weiter als ein schöner Traum.

Justin schob den leeren Teller von sich und drehte sich zu ihr um. Sein Blick glitt über ihre nackten Beine. Sie spürte es so deutlich, als wäre es eine Liebkosung.

»Du bist schön.« Eine sachliche Feststellung, keine Frage, kein Kompliment.

»Du auch«, erwiderte sie im gleichen Tonfall.

Er lachte ungläubig. »Ich bin ein Mann.«

»Das bist du. Und du bist schön.« Sie strich ihr Haar hinters Ohr. Dabei fiel ihr ein, dass sie weder Kamm noch Bürste besaß. Bei ihrer Flucht hatte sie nur ihre Schmuckstücke in den schwarzen Mantel eingenäht, aber sonst nichts mitgenommen.

»Gibt es hier einen Kamm?«, fragte sie ohne große Hoffnung, aber Justin nickte und erhob sich. Mit zwei Schritten war er bei einer geschnitzten Truhe und hob den Deckel. Nach einigem Herumkramen reichte er ihr ein Frisierset bestehend aus Kamm, Bürste und einem Handspiegel, gefertigt aus Elfenbein mit Silberverzierungen.

Leila nahm es entgegen und schwang die Beine aus dem Bett. Sie schüttelte ihr Haar aus und fing an, die zerzausten Strähnen mit dem Kamm zu entwirren.

Justin zog den Stuhl näher und setzte sich so darauf, dass er die Arme auf die Rücklehne legen konnte. Fasziniert sah er ihr zu. Sie fing bei den Spitzen an und arbeitete sich langsam nach oben, kämmte und bürstete ihr Haar so lange, bis es glänzend wie schwarze Seide auf die Schultern und über ihre vom Hemd verhüllten Brüste floss. Es war eine unglaublich intime Szene, und die Selbstverständlichkeit, mit der er sie beobachten durfte, erfüllte ihn mit einem Gefühl aus Dankbarkeit, Glück und weißglühendem Verlangen.

Sie fing seinen Blick auf. »Ich muss den Schwamm wechseln.«

Im ersten Moment begriff er nicht, wovon sie sprach, doch als er es tat, färbten sich seine Wangen rot. Sie konnte seine Erektion durch die Stuhllehne nicht sehen, woher kannte sie seine Gedanken? »Ist es so deutlich?«

»Ja. Deine Augen brennen Löcher in mich.« Die silbernen Beschläge blitzten im Sonnenlicht auf, als sie den Kamm weiter durch ihr Haar zog. »Und etwas anderes haben wir ja ohnehin nicht vor.«

Er versuchte in ihrem Gesicht einen Hinweis darauf zu entdecken, dass er sich den leisen Schalk in ihren Worten nicht nur einbildete, aber er fand keinen. Also nickte er.

Sie legte den Kamm weg, stand auf und ging zum Tisch. Ihre Bewegungen glichen denen einer Katze, geschmeidig und aufreizend träge zugleich. Er drehte ihr den Rücken zu, da er annahm, dass sie etwas Privatsphäre zu schätzen wüsste. Trotzdem brachte ihn seine Neugier fast um, und er saugte gierig alle Geräusche ein, die vor seinen Augen die Szene vom vergangenen Abend auferstehen ließen.

Aus diesem Grund fuhr er unwillkürlich zusammen, als Hände über seinen Rücken strichen, zu seiner Brust glitten und eine weiche Wange sich an seinem Nacken rieb. »Ich bin bereit.«

Sein Herzschlag beschleunigte sich. Sie hatte das Hemd ausgezogen, denn er spürte ihre warmen Brüste direkt auf seiner Haut.

Ihre rechte Hand wanderte über seinen Bauch und verschwand in seiner Hose. »Und du auch«, schnurrte ihre dunkle Stimme an seinem Ohr, während sie seine Hoden liebkoste. »Geht es bei dir immer so schnell?«

Er spreizte die Beine, um ihr besseren Zugang zu ermöglichen, und versuchte eine originelle Antwort zu finden, während sich sein Gehirn in ein Vakuum verwandelte. »Zehn Jahre wollen aufgeholt sein«, murmelte er schließlich und zuckte zusammen, als sie anfing, mit der anderen Hand seine Brustwarze zwischen ihren Fingern zu drehen. Mit einem zischenden Laut stieß er schließlich den angehaltenen Atem aus.

»In vierundzwanzig Stunden?«, fragte sie und diesmal klang ihre Stimme eindeutig belustigt.

»Du meinst, es wird diesmal tatsächlich so lange dauern?«, brachte er heiser heraus.

»Wenn du meine Worte von heute Morgen beherzigst, sehe ich gute Chancen dafür.« Ihre Hand wanderte ein Stück nach oben und umfasste seinen Schaft mit einem festen, wissenden Griff, der ihn aufstöhnen ließ.

Seine Brustwarze schien aufs Zehnfache ihrer Größe angeschwollen zu sein und brannte wie Feuer. Leila ließ sie endlich los, aber ehe er dazu kam, Erleichterung zu empfinden, stülpte sie ihren heißen, nassen Mund darüber und presste ihre samtige Zunge dagegen.

Seine Hand verfing sich in ihrem Haar, fluchend wollte er Leila wegziehen und drückte ihren Kopf dann doch fester an sich, weil er nicht genug bekommen konnte von der süßen Qual. Ihre Zunge leckte und kreiste, ihre Lippen saugten, und ihre Zähne gruben sich gerade so fest in seine Haut, dass er dachte, das Blut in seinen Adern wäre lodernden Flammen gewichen.

Während sie an seinen Brustwarzen saugte, hielt sie seine Rute fest und fuhr mit dem Daumen immer wieder über die feuchte Kuppe. Alles um ihn herum versank in einem wirbelnden Nebel bunter Lichter. Er stöhnte so tief, dass der Laut in seiner Kehle schmerzte und sich sein Körper vor Lust krümmte. Nichts mehr zählte als die unmittelbare Befriedigung, er keuchte, krallte die Finger in die schwarzen Haare, keuchte ... *versuche, deine Lust hinauszuzögern* ... er riss die Augen auf und starrte das Bullauge an. Seine Hände ballten sich zu Fäusten. Die Kraft, die es ihn kostete, seinen Höhepunkt zurückzuhalten, überzog seine Stirn mit winzigen Schweißperlen. Er atmete flach und schnell, die Konzentration ließ die Sehnen an seinem Hals hervortreten.

Leila hob den Kopf. »Gut«, flüsterte sie beifällig. »Sehr gut. Lass nicht nach.«

Ihr Daumen kreiste noch immer über seine geschwollene Eichel. Er legte seine Hand über ihre, damit sie aufhörte, denn er spürte, wie er trotz allem die Beherrschung zu verlieren drohte. Zu seiner Überraschung gehorchte sie und hielt inne, den Kopf auf seine Schulter gelegt.

Sein Atem beruhigte sich wieder, und die Anspannung ließ nach. Mit einem unsicheren Lächeln streichelte er ihre Hand. »Und jetzt?«

»Jetzt machen wir dort weiter, wo wir aufgehört haben.« Ohne Vorwarnung änderte sie ihre Position und schwang ihr Bein über seine, legte die Arme um seine Schultern und setzte sich auf seine Oberschenkel. »Sagen wir, beinahe dort, wo wir aufgehört haben.«

Er griff nach der Rückenlehne. »Ich hoffe nur, der Stuhl bricht nicht zusammen.«

»Und wenn schon. Wir haben ja einen zweiten.«

8

Leila pfählte sich mit seinem Glied in einer einzigen fließenden Bewegung, was nicht nur daran lag, dass die Lusttröpfchen seine Kuppe geschmeidig machten, sondern dass sie selbst feucht war. Sein heiseres Aufstöhnen steigerte ihre Lust noch zusätzlich. Sie hatte sich entschlossen, zu nehmen und zu genießen, was ihr diese Reise bot und sich nicht länger mit düsteren Gedanken zu belasten. Immerhin hatte sie bisher auch nur von einem Tag auf den anderen gelebt, es bestand keine Notwendigkeit, das ausgerechnet jetzt zu ändern.

Ihr Köper rieb sich an seiner muskulösen Brust, während sie ihn sachte ritt. Sein Gesicht füllte ihr Blickfeld aus, und sie ertrank in seinen Augen. Mit einem Seufzen öffnete sie den Mund, und schon berührten seine Lippen die ihren.

Ohne weitere Aufforderung imitierte seine Zunge die sinnliche Bewegung ihrer Körper, und seine Hüften begannen ihre Stöße zu erwidern. Leila presste sich enger an ihn. Sie hörte auf zu denken. Sie wollte nur mehr fühlen. Ihre Finger vergruben sich in seinem Haar. Sie ließ zu, dass er ihre Hinterbacken umfasste und ihre Bewegungen dirigierte, sie auf seinem harten Schaft auf und ab schob und dabei das weiche Fleisch knetete. Sein Mund wanderte über ihr Kinn und ihren Hals. Willig lehnte sie sich zurück, damit er ihre Brüste küssen konnte. Und das tat er auch. Abwechselnd leckte und saugte er an den steinharten Knospen, so wie sie es bei ihm getan hatte.

Ihre Hände glitten über seine sehnigen Schultern und krallten sich darin fest, als seine Zähne die prallen Brustspitzen streiften. Sie stöhnte. Ihr ganzer Körper fühlte sich an wie eine schwere, reife Frucht, die bei der nächsten Berührung zu bersten drohte. Sie versuchte das Tempo zu erhöhen und sich aus seinem Griff zu winden, aber er hielt ihre Hüften fest.

Ihre Hände fuhren rastlos in sein Haar und zogen seinen Kopf zurück. Hungrig presste sie ihren Mund auf seinen, um ihn mit aller ihr zur Gebote stehenden Raffinesse zu plündern. Der feuchte, warme Satin unter ihren Lippen, der Atem, der sich mit ihrem mischte, und der geschmeidige Körper, dessen sie sich so überdeutlich bewusst war, lösten ihren Höhepunkt so unvermittelt aus, dass sie mit einem heiseren Aufschluchzen seinen Kopf an ihre Schulter presste, während heftige Kontraktionen ihren Körper erschütterten.

Ihre Finger glitten über seinen schweißnassen Rücken, während sie versuchte, wieder ruhig zu atmen und klar zu denken. Gut, so unbeschreiblich gut. Sie hatte fast vergessen, wie herrlich es sein konnte, mit einem Mann zum Höhepunkt zu kommen, statt mit einem Godemiché oder mit den noch so geschickten Händen einer Frau.

Seine Lippen wanderten von ihrer Schulter zu ihrem Ohr. Sie erschauerte und beugte sich zurück. Die Rückenlehne bohrte sich unnachgiebig in ihre Wirbelsäule. Widerstrebend öffnete sie die Augen.

Leidenschaft verzerrte die regelmäßigen Züge seines Gesichts und ließen die Wangenknochen überdeutlich hervortreten. Sie merkte, dass er noch immer hart und tief in ihr steckte. Lektion eins schien sich tatsächlich in sein Gehirn gebrannt zu haben.

Sie strich mit dem Daumen über seine samtige Unterlippe. »Du hast lange genug gewartet. Belohn dich.«

Statt einer Antwort saugte er ihren Finger in seinen Mund und umkreiste ihn mit der Zunge. Er schloss die Augen, als sie anfing, ihr Becken ebenfalls kreisen zu lassen. Sie legte ihre Wange an seine und liebkoste mit den freien Fingern die zarte Haut unter seinem Kinn. »Lass los, lass dich gehen, es ist genug.«

Sein Körper war starr vor Anspannung. Sie bewegte den Daumen in seinem Mund, strich über seinen Gaumen und seine Zähne. »Lass es kommen«, flüsterte sie in sein Ohr. »Ich kann es kaum erwarten, dass du mich überschwemmst.«

Er ließ ihren Daumen aus seinem Mund gleiten und öffnete die Augen. Ein gepeinigter Ausdruck lag darin. »Ich kann nicht«, presste er hervor. »Ich kann einfach nicht.«

Leila runzelte die Stirn. Offenbar hatte er es mit der Selbstbeherrschung übertrieben. Die Nerven seines Körpers waren überreizt und jede weitere Stimulation nutzlos. Also musste sie einen anderen Auslöser für seinen Höhepunkt finden. Sie legte den Kopf auf seine Schulter und überlegte.

»Im Harem hatten wir Frauen einen eigenen Hamam. Jeden Tag verbrachte ich einige Stunden dort«, begann sie mit leiser Stimme und verlangsamte ihre Beckenbewegungen, ohne jedoch ganz aufzuhören. »Ich lag in warmem, duftenden Wasser, oft stundenlang. Gemeinsam mit anderen nackten Frauen. Wir lachten miteinander, verglichen unsere Brüste, die wie losgelöst im Wasser trieben. Manchmal rieben wir die Brustwarzen oder saugten gegenseitig daran, um zu sehen, welche größer wurden. Farahs Brustwarzen wurden dabei lang und dick, sie sahen aus wie kleine, erigierte Penisse. Die von Alima wurden violett wie Brombeeren und die von Samira waren ganz klein und spitz wie ein Dolch ...« Sie spürte, wie er erbebte, und strich mit den Fingernspitzen leicht über seine Brust. »Manche Frauen erreichten alleine dadurch einen Höhepunkt, manche erregte das bloße Zusehen so sehr, dass sie sich mit den Händen befriedigten.« Sie schwieg und leckte mit der Zungenspitze genießerisch über seinen Hals. »Nach dem Bad ließ ich mich oft mit angewärmtem Rosenöl massieren. Die Hände der Sklavinnen glitten über meinen von den Spielen im Bad erhitzten Körper, das Öl machte meine Haut glatt und geschmeidig. Ich mochte es, wenn sie meine Brüste kneteten, wenn sie meinen Bauch massierten und wenn ihre Hände wie zufällig zwischen meinen Schenkeln verschwanden. Wieder und wieder, bis ich mich auf dem Marmortisch wand und sie anflehte, mir Erleichterung zu verschaffen.« Sie machte eine kleine Pause. »Dann tauchten sie tiefer, glitten in meine Spalte und strichen über mein heißes, hungriges Fleisch. Manchmal goss eine Sklavin das warme Öl in einem dünnen Strahl direkt über meinen Venushügel und von dort lief es an meinen Schamlippen entlang. Eine andere massierte die Innenseiten meiner Schenkel und meine Vulva damit, ohne in mich einzudringen, bis ich fast besinnungslos vor Gier war.« Wieder machte sie eine Pause. »Dabei stellte ich mir vor, dass ein harter, dicker Schwanz über meine Spalte strich und schließlich in mich eindrang, mich dehnte und mir Lust verschaffte ...« Ein dumpfes, tierisches Keuchen unterbrach sie, das in einen ebenso dumpfen Schrei überging. Justins ganzer Körper wurde von derart heftigen Krämpfen geschüttelt, dass der Stuhl zu kippen begann. Instinktiv schlang sie die Arme um ihn, damit sie nicht das Gleichgewicht verloren. Die Anspannung seiner Muskeln löste sich, und sie spürte, wie er sich unter nicht enden wollenden Kontraktionen in ihr verströmte.

Sein erschlaffter Körper drückte sie gegen die Rückenlehne, und sein Kopf lag schwer auf ihrer Schulter. Sie brauchte einen Augenblick, um zu begreifen, dass er das Bewusstsein verloren hatte.

Betroffen streichelte sie seinen Rücken und versuchte ihre Fassung wiederzugewinnen. Sie hätte es nicht für möglich gehalten, dass ein Mann so tief empfinden konnte. Es rührte sie. Er rührte sie.

Sie hauchte einen Kuss auf sein Haar und legte ihren Kopf auf seinen. Sein Herzschlag ging schnell, aber regelmäßig, wie sie einigermaßen beruhigt feststellte. Also musste sie nur warten. Was sie gerne tat, auch wenn die Holzlehne ihren Rücken marterte und die Innenseiten ihrer Schenkel wegen der Überdehnung zu schmerzen begannen.

Endlich regte er sich in ihren Armen, und sie hob den Kopf. Ihre Blicke trafen sich. »Ich war …«, er räusperte sich, weil seine Stimme heiser klang, »… ich war ohnmächtig.«

Leila nickte. »Ja, aber jetzt bist du wieder da, es ist alles in Ordnung.« Sie lächelte und bemerkte, dass sein Blick an ihrem Gesicht hängengeblieben war.

»Wenn du lächelst, kann ich nicht aufhören, dich anzusehen.« Der Satz traf sie völlig unvorbereitet. Seine Stimme klang so ernst und aufrichtig, dass sie keine Antwort wusste. Also stützte sie ihre Hände auf seinen Schultern ab und löste sich von ihm, um aufzustehen.

Die Muskeln in ihren Beinen zitterten und sie ging schwankend zum Bett. Ohne Umstände ließ sie sich auf die Matratze fallen. Justin folgte ihr mit ebenso unsicheren Schritten und legte sich neben sie.

Nach einem Augenblick des Schweigens sagte er: »Was war das vorhin? Was ist mit mir passiert? Warum habe ich das Bewusstsein verloren?«

Leila schob einen Arm unter ihren Kopf. »Du warst überreizt. Du hast zu lange gewartet und …«

»Du hast doch gesagt, ich soll warten«, unterbrach er sie vorwurfsvoll.

Sie lächelte. »Ja, aber es gibt eine Grenze, wenn du sie überschreitest, dann geht nichts mehr, dann kannst du nur mehr aufhören und deine Erektion sterben lassen, ohne gekommen zu sein.«

»Aber ... ich bin gekommen, trotzdem, weil ... du ... weil du ...«

Sie seufzte. »Es war ein Versuch. Ich wusste nicht, ob es funktionieren würde, ob es die Sperre in deinem Kopf lösen würde.«

»Warum hast du nicht einfach aufgehört, und ich hätte meine Erektion, wie hast du das genannt, sterben lassen?« Er legte seine Hand auf ihren Bauch und zog mit dem Daumen kleine Kreise um ihren Nabel.

Leila dachte über die Frage nach. »Weil ich es nicht wollte, ich wollte, dass du Befriedigung findest, darum habe ich versucht ...«

»Ist es wahr, was du mir erzählt hast?«, unterbrach er sie. »Was ihr im Harem getan habt? Oder hast du mir diese Bilder nur geliefert, um meine Blockade zu beseitigen?«

»Ist das wichtig?«, fragte sie zurück.

»Ich würde es gerne wissen«, entgegnete er ruhig. »Ich habe mir so viele Dinge vorgestellt, aber auf das, was du mir erzählt hast, wäre ich niemals gekommen.«

Sie schwieg eine Weile. Mit ihm auf dieser Ebene zu reden, würde genau jene Vertraulichkeit schaffen, die sie eigentlich vermeiden wollte. »Ein paar Dinge sind wahr. Einige nicht.«

»Welche? Dass ihr euch im Bad an den Brüsten gestreichelt habt? Dass dich die Sklavinnen liebkost haben? Und dass du dir dabei vorgestellt hast, wie dich ein Mann liebt?«

Wie dich ein Mann *liebt?*

Sie hatte ganz sicher nicht davon gesprochen, dass ein Mann sie *liebte*. Sie hatte von einem dicken Schwanz gesprochen, der sich in sie rammte. Seine Interpretation zeigte mehr als deutlich, wie sehr sich ihre Standpunkte unterschieden. Aber sie wollte sich dieser Diskussion nicht stellen.

»In den Bädern hatten wir viel Spaß, aber es ging niemals so weit, dass sich eine der Frauen vor den anderen befriedigte. Dafür gab es private Gemächer, in denen diese Dinge ohne Zuschauer abliefen.« Ihre Stimme klang schärfer, als sie es beabsichtigte, doch es schien ihn nicht zu kümmern.

Stattdessen breitete er seine eigenen Erinnerungen vor ihr aus. »Daoud Aga führte mich zwei- bis dreimal in der Woche in den Hamam, wenn noch niemand dort war. Ich wusch mich selbst, es gab keine Sklaven oder ...« Er lächelte. »... Sklavinnen, die das für mich getan hätten. Und auch kein Öl.«

Sein Blick glitt sehnsüchtig über ihren Körper. »Es muss sich wunderbar anfühlen, mit warmem Öl massiert zu werden. Oder jemanden damit zu massieren.«

Während sie ihn betrachtete, musste sie ihm zustimmen. Seinen schlanken, sehnigen Körper mit öligen Händen zu kneten, wäre sicher ein ganz besonderes Erlebnis. »Für einen Gefangenen ist dein Körper in einem bemerkenswerten Zustand. Wie kommt es dazu?«

Sein Blick kehrte zu ihrem Gesicht zurück. »Einer der unzähligen Verdienste von Daoud Aga. Er tat weit mehr, als die Schlüssel zu dem Raum zu verwahren, in dem ich gefangen gehalten wurde. Er lehrte mich seine Sprache, er lehrte mich, nicht zu verzweifeln, und lehrte mich, das Einzige zu schätzen, was wirklich mir gehörte – meinen Körper und meinen Geist.«

Die Tatsache, dass einer der Eunuchen Justin zu seinem Schüler gemacht hatte, erstaunte Leila nicht. Viele von ihnen beschäftigten sich mit Wissenschaften wie Mathematik, Philosophie und Astronomie. Es erklärte auch, dass ihn die Gefangenschaft nicht als emotionalen Krüppel zurückgelassen hatte.

»Daoud zeigte mir Übungen, mit denen ich meinen Körper

in Form bringen konnte. Zu Beginn war es für mich wichtig, weil ich damals noch daran glaubte, fliehen zu können. Und später gehörte es zur täglichen Routine, zum Zeitplan, den ich mir auferlegt hatte, um mich nicht aufzugeben.«

Das Geständnis klang nicht weinerlich, sondern er berichtete einfach nur die Fakten. Wenn sie daran dachte, dass sie sich einfach fallen lassen und sich bis zu Karims Machtübernahme in ihr Schicksal gefügt hatte, kam sie nicht umhin, seine Haltung zu bewundern. In all den Jahren hatte er etwas aus der Situation gemacht, während sie sich darauf beschränkte, sich treiben zu lassen. Sie hatte von Tag zu Tag gelebt, keine Pläne geschmiedet. Nicht einmal in diesem Moment wusste sie, wie ihr Leben weitergehen sollte.

Diese Erkenntnis im direkten Vergleich zu Justins Disziplin und Entschlossenheit verstimmte sie. Sie schwang die Beine aus dem Bett und setzte sich auf. »Ich gehe an Deck. Ich brauche etwas frische Luft.«

Ohne auf seine Antwort zu warten, zog sie sich an. Obwohl sie natürlich merkte, dass er sie beobachtete, sah sie ihn nicht mehr an und fragte ihn auch nicht, ob er sie begleiten wollte. Dass die Tür hinter ihr lauter ins Schloss fiel als nötig, bemerkte sie ebenfalls nicht.

Gegenüber dem Vortag hatte der Wind aufgefrischt, es war merklich kühler geworden. Leila, die den Mantel in der Kabine gelassen hatte, rieb ihre Oberarme. Aber um nichts in der Welt würde sie zurückgehen, um ihn zu holen.

Sie blickte in die Wellen, deren weiße Gischt gegen den Schiffsrumpf brandete, und versuchte, sich von allen unerfreulichen Gedanken zu befreien. Leider tauchte sofort ein anderer, noch unerfreulicherer Gedanke auf, sobald sie den vorherigen erfolgreich verdrängt hatte.

Hinter ihr hasteten die Seeleute übers Deck. Sie hörte das Ächzen der Maste und den Wind, der in die Segel fuhr. Die

Weite des Meeres brachte ihr die Enge auf dem Schiff noch deutlicher zu Bewusstsein. Die Tatsache, dass sie hier eine geraume Anzahl Tage und Nächte verbringen sollte, zerrte an ihren Nerven. Sie fühlte sich eingesperrt ohne auch nur die leiseste Möglichkeit zur Flucht. So hatte sie sich ihre Freiheit nicht vorgestellt.

Sie begann an der Reling entlang zum Heck zu gehen. Die Blicke der Seeleute machten ihr jedoch schon nach den ersten Schritten klar, dass das keine gute Idee war. Unverhohlene Aufforderungen lagen darin, obwohl es keiner wagte, sie anzusprechen. Leila ignorierte die Männer und setzte sich auf eine Kiste. Sie war froh, dass wenigstens Justin in der Kabine blieb und sie nicht mit seiner Aufmerksamkeit belästigte.

Doch nach einer Weile begann sie sich zu fragen, warum er nicht ebenfalls an Deck kam. Hatte er schon genug von ihr? Hatte sie wieder etwas falsch gemacht? Entglitt er ihr bereits wie seinerzeit der Pascha? Sie stützte die Ellbogen auf die Knie und legte den Kopf auf die Hände. Reichten ihre Fähigkeiten nicht einmal dazu, einen völlig unerfahrenen Mann in ihren Bann zu ziehen?

Wut auf sich selbst, auf das Schicksal, auf den Pascha, auf Justin stieg in ihr hoch. Fahrig massierte sie ihre Schläfen. Sie sollte aufhören, mit der Vergangenheit zu hadern. Sie sollte über ihre Zukunft nachdenken. Pläne machen.

»Hier.«

Leila öffnete die Augen. Justin stand vor ihr und hielt ihr einen Henkelbecher mit Kaffee entgegen. Wieder trug er nichts als seine helle Hose, und prompt beschleunigte sich ihr Herzschlag.

»Danke«, sagte sie missgelaunt und griff nach dem Becher.

»Ich habe dir extra viel Zucker hineingetan.« Er lächelte sie an. Das Sonnenlicht verfing sich in den hellen Spitzen seiner

Wimpern, und der Wind zauste sein rotblondes Haar. Mit einiger Mühe wandte sie den Blick ab.

Unbekümmert setzte er sich neben sie. »Ich kann noch immer nicht glauben, dass ich frei bin.« Er blickte zum Himmel. »Es ist so ein wunderbares Gefühl, die Sonne zu spüren. Und den Wind. Ich kann es gar nicht erwarten, wenn es regnen wird.«

Leila schlürfte die heiße, dunkle Flüssigkeit. Seine kindliche Freude, gepaart mit ihrer schlechten Laune verleiteten sie dazu, ihm einen Schlag unter die Gürtellinie zu versetzen. »Warum hat eigentlich niemand das Lösegeld für dich bezahlt? Dann hättest du schon viel früher frei sein können.«

Sie spürte, wie er sich verspannte und wie seine gute Laune verpuffte. »Ich weiß es nicht. Aber ich werde es herausfinden.«

Er war niemandem das Lösegeld wert gewesen, das musste er ihr nicht erklären. Eine solche Erkenntnis konnte das Selbstbewusstsein eines jeden Menschen zum Zersplittern bringen. Dennoch war er nicht zerbrochen.

»Wie bist du in Gefangenschaft geraten?«, fragte sie weiter, weil sie sich plötzlich ihrer letzten Frage schämte.

Er richtete den Blick auf einen unbestimmten Punkt am Horizont. »Mein Vater hatte unweit von Alexandretta archäologische Ausgrabungen durchgeführt. Obwohl er alle nötigen Genehmigungen eingeholt hatte, beschuldigte man ihn plötzlich des Grabraubes.« Er machte eine Pause und kniff die Augen zusammen, als blende ihn die Sonne. »Aufgebrachte Einheimische haben ihn erschlagen. Ebenso wie meine Mutter und meine kleine Schwester. Bei mir waren sie nicht so gründlich, sie brachen mir nur die Beine. Dann beschloss der Anführer der Meute, mich in den Palast bringen zu lassen. Ahmet Pascha entschied, mich als Gefangenen zu behalten und gegen Lösegeld freizulassen.«

Leila schwieg. Darauf eine Antwort zu finden, war unmöglich. »Es tut mir leid«, sagte sie schließlich und hörte selbst, wie jämmerlich ihre Worte klangen.

Er senkte den Kopf und blickte auf die Holzdielen des Decks. »Es ist lange her. Und nicht zu ändern. Du brauchst dir keine Gedanken darüber zu machen.«

Sie runzelte die Stirn. Dann begriff sie. Sie war eine Haremsdame aus dem Gefolge des Paschas. In seinen Augen gehörte sie zu jenen, die seine Eltern abgeschlachtet hatten. Ihr Mund wurde trocken. Sie hätte gerne etwas gesagt, um ihn zu trösten, aber die wenigen Worte, die ihr zu Verfügung standen, musste sie zu ihrem eigenen Schutz tief in ihrem Herzen verschließen.

Stattdessen griff sie nach seiner Hand und drückte sie. Er erwiderte den Druck. »Du hast das Schlimmste überstanden, von jetzt an wird sich dein Schicksal zum Guten wenden.«

Er blickte auf ihre übereinanderliegenden Hände und dann in ihr Gesicht. »Mein Schicksal hat sich bereits zum Guten gewendet. In jenem Augenblick, als ich dich zum ersten Mal gesehen habe. Seitdem bin ich überzeugt, dass alles gut werden wird.« In seinen Augen stand so viel Aufrichtigkeit und Vertrauen, dass es Leila das Herz abschnürte. Ihre Hand begann zu zittern. »Justin, du weißt doch nichts von mir. Wenn du allen Menschen blind vertraust, die dir über den Weg laufen, wirst du nur Enttäuschungen erleben.«

Er besaß keine Menschenkenntnis, keine Lebenserfahrung, hielt jede unbedeutende Freundlichkeit für einen Sympathiebeweis und eine rein sexuelle Beziehung für die große Liebe. Er sah sie an und sah nicht hinter die Maske ihrer glatten Haut und ihres makellosen Körpers. Doch wie sollte sie ihn warnen, wenn er nicht einmal begriff, wovor sie ihn warnen wollte?

Er lächelte sie unbekümmert an. »Ich täusche mich nicht, Leila. Nicht in dir.«

Den Bruchteil eines Augenblicks war sie versucht, ihm die Wahrheit zu sagen über sich, ihr Leben, ihre Vergangenheit. Aber trotz ihres unerklärlichen Bedürfnisses, ihn zu beschützen, konnte sie nicht über ihren Schatten springen.

Sie erwiderte seinen Blick. »Ich wünsche dir, dass du recht behältst.«

9

Sie blieben bis zum frühen Abend an Deck. Der Kapitän verwickelte sie in ein belangloses Gespräch und antwortete auf Justins Frage, ob es die Möglichkeit gab, ein Bad zu nehmen, dass man bei Bedarf einen Holzzuber in die Kabine schaffen könne. Auch sonst zeigte Harris sich sehr zuvorkommend und behandelte Leila mit einer distanzierten Höflichkeit, an der es nichts auszusetzen gab.

Leila ließ sich von Justins Fröhlichkeit anstecken. Sie suchten in den Wolken nach Figuren und Gesichtern, beobachteten die Seeleute, wie sie behände in den Wanten herumstiegen, und ließen sich vom Maat die verschiedenen Schiffsknoten zeigen. Mehr oder weniger geschickt versuchten sie seinen Anweisungen zu folgen, aber natürlich sahen die Ergebnisse nicht im Geringsten so aus, wie sie aussehen sollten.

Der Kapitän lud sie schließlich ein, das Abendessen mit ihm gemeinsam einzunehmen, und erfreute sie bei dieser Gelegenheit mit einer Reihe Anekdoten aus seinem Seefahrerleben. So saßen sie bis spät in die Nacht zusammen, Harris füllte Schnapsgläser mit Raki und stieß ein um andere Mal mit Justin an. Das hatte zur Folge, dass dieser es auf Leila gestützt gerade noch in die Kabine schaffte und dort aufs Bett fiel. Sie zog ihm die Schuhe aus, deckte ihn zu und legte sich neben ihn.

Die darauffolgenden Stunden waren jedoch alles andere als erholsam, denn Justin belegte ausgestreckt und so beweglich wie ein nasser Sack den Großteil des Bettes. Außerdem schnarchte er. Mit Mühe und Not gelang es Leila, ein paar

Stunden unruhigen Schlaf zu finden, ehe die ersten Sonnenstrahlen durchs Bullauge fielen.

Sie streckte sich, gähnte und schob Justins Arm, der quer über ihrer Brust lag, zum zwanzigsten Mal wieder zurück. Diesmal kam ein unwilliger, aber nicht näher identifizierbarer Laut zurück. Mit gerunzelter Stirn betrachtete sie ihn. Sein Gesicht war von goldenen Bartstoppeln überzogen und sein Haar zerzaust. Seine Brust hob sich regelmäßig. Ihr Blick wanderte zurück zu seinem leicht geöffneten Mund. Nicht zum ersten Mal fiel ihr die volle sinnliche Unterlippe auf. Erinnerungen, wie sich diese Lippen auf ihrem Mund angefühlt hatten, stiegen in ihr auf, und sie hob unwillkürlich die Hand, um sie zu berühren.

Doch dann ließ Leila sie wieder sinken. Die Zärtlichkeit, die sie empfand, machte ihr zu schaffen. Sie wollte nicht so fühlen, sie wollte nicht so *viel* fühlen, es reichte schon, dass sie sich körperlich zu ihm hingezogen fühlte. Wenn sie auch noch anfing, ihn zu mögen, war ein böses Erwachen unvermeidbar.

Es klopfte an der Tür und Leila stieg aus dem Bett. Das Frühstück war das gleiche wie am Vortag. Leila stellte alles auf den Tisch. Wieder ballte sich ihr Magen zusammen, als sie den Duft von gebratenem Speck einatmete.

Sie versuchte diese Tatsache zu ignorieren und begann mit ihrer Morgentoilette. Als sie mit der ausgeleerten Waschschüssel und dem Nachttopf zurück in die Kabine kam, saß Justin auf dem Bettrand, der fleischgewordene Kopfschmerz. Leila betrachtete ihn einen Moment und goss dann Kaffee in die beiden Becher. Damit ging sie zu ihm hinüber und reichte ihm einen.

Mit zusammengekniffenen Augen nahm er ihn entgegen. »Was zur Hölle ist gestern passiert?«, krächzte er.

»Du hast mit dem Kapitän Raki getrunken, und wie es aussieht, verträgst du nicht viel davon.« Sie nippte an ihrem Kaffee. »Du hast niemandem Schaden zugefügt außer dir selbst und geschlafen wie ein Toter.«

Er nahm die Mitteilung kommentarlos auf und blickte zum Tisch hinüber. »Vielleicht sollte ich etwas essen, damit es mir besser geht.«

Leila wusste zwar nichts Genaues, vermutete aber, dass sein Magen sich im gegenwärtigen Zustand möglicherweise nicht gerade über die Zufuhr von Eiern und Speck freuen würde. Deshalb schwieg sie, als er begann, die Mahlzeit in sich hineinzuschaufeln, und hoffte, dass alles dort blieb, wo es bleiben sollte.

»Ich habe bei Kapitän Harris nachgefragt, ob wir heute das versprochene Bad nehmen können«, sagte sie und setzte sich aufs Bett.

»Gute Idee. Wann lässt er den Zuber bringen?«, fragte Justin zwischen zwei Bissen.

»Gar nicht. Wir legen heute am späten Nachmittag in Valetta an und bleiben einen Tag und eine Nacht. Der Kapitän ist der Ansicht, dass wir uns das Bad in einer Herberge bestellen sollen.«

»Ein Landgang? Davon wusste ich gar nichts.« Justin schob den leeren Teller von sich. »Willst du wirklich nichts essen?«

»Vielleicht etwas von dem Brot und noch einen Kaffee.«

Er brachte ihr das Fladenbrot und füllte ihren Becher nach. »Im Grunde ist der Landausflug ja eine gute Idee. Aber ich habe kein Geld für eine Herberge. Vielleicht kann ich auf dem Markt die Frisiergarnitur oder das Rasierzeug verkaufen.«

Leila überlegte, ob sie ihm von den Schmuckstücken in ihrem Mantel erzählen sollte. Und entschied sich vorläufig dagegen. »Du hast ein Rasierzeug? Dann solltest du es benutzen«, sagte sie trocken. »Soll ich dich rasieren?«

Er fuhr sich mit der Hand übers Kinn. »Ist es so schlimm? Ich habe mich früher nicht öfters als ein- oder zweimal in der Woche rasiert.«

»Wir sind jetzt den dritten Tag an Bord, und ja, es ist nötig.«

Er sah sie unsicher an, dann ging er zu der Truhe und kramte darin herum. Schließlich förderte er ein Lederetui zutage, das er Leila reichte. Sie hatte ein Ensemble erwartet, das der Frisiergarnitur glich, aber der Griff des Rasiermessers war ebenso aus Gold wie der Fuß des Pinsels und der Rahmen des Rasierspiegels. Sogar das Seifenstück lag in einem kleinen goldenen Kästchen.

»Dafür sollten wir schon eine angemessene Unterkunft bekommen«, sagte sie trocken, »aber vorher werde ich es doch noch dazu verwenden, dich für den Ausflug hübsch zu machen.«

Während sie alles vorbereitete, wusch sich Justin und nahm aus der Truhe eine frische Hose samt Kaftan. Er band sein Haar zurück und setzte sich erwartungsvoll auf den Stuhl. »Du hast das sicher schon einmal gemacht, oder?«

Leila nahm die Porzellanschale, in der sie den Seifenschaum angerührt hatte. »Ja, ich habe den Pascha rasiert«, erwiderte sie nur und trug den Schaum auf seinem Gesicht auf. »Ich wurde dazu erzogen, ihm alle nur denkbaren Dienste zu erweisen.«

»Warum bist du geflohen?«

Leila nahm das Messer. »Weil ich es satthatte«, log sie. »Immer auf Abruf bereit sein zu müssen, eine von mehr als vier Dutzend Frauen, eine, von der er sich nicht einmal den Namen merkte.«

»Aber wie ...«

»Ich konnte ihn nicht an mich fesseln.« Das war die Wahrheit.

Er zog die Brauen zusammen. »Aber warum?«

»Weil andere sich besser darauf verstanden, sein Wünsche zu erfüllen, weil ...«

»Das kann ich mir nicht vorstellen«, unterbrach sie Justin, und sie musste sich zusammennehmen, damit ihre Hand, die das Messer hielt, nicht zu zittern anfing.

»Du kannst dir vieles nicht vorstellen«, antwortete sie gepresst. *Schmerz, Demütigung, Angst.* »Ich will nicht darüber reden.«

Er schwieg gehorsam, während sie mit dem Messer seine Wangen abschabte. Schließlich trocknete sie sein Gesicht mit einem weichen Tuch und hielt ihm den Rasierspiegel entgegen. »Sehr schön.« Er nickte anerkennend.

»Danke.« Leila säuberte die Utensilien und legte sie zurück ins Etui, um es zur Truhe zu tragen. Als sie sich umdrehte, stand Justin knapp vor ihr.

»Er war ein eingebildeter Narr, wenn er dich glauben ließ, dass du seine Lust nicht befriedigt hast. Und noch ein viel größerer Narr, andere Frauen dir vorzuziehen.«

Leila atmete tief ein, um ihn spöttisch zu fragen, ob ihn die letzten Tage bereits zu einem Spezialisten in Sachen Erotik gemacht hatten, dass er sich eine solche Meinung anmaßte, aber ehe sie dazu kam, zog er sie an sich und küsste sie mit einer Leidenschaft, die ihre Knochen schmelzen ließ. Verlangen loderte zwischen ihnen auf, und Leila wünschte sich plötzlich nichts anderes, als dass sie es war, die er allen anderen Frauen vorzog. Sie vergrub die Hände in seinem Haar, stöhnte leise auf und hauchte schließlich kleine Küsse auf seinen Hals.

Ihr ganzes Denken kreiste ungebetenerweise um den lächerlichen Wunsch, dass er sie niemals vergessen möge, ganz egal, wie viele Frauen nach ihr kommen würden. Mit fiebrigem Eifer fuhren ihre Hände unter seinen Kaftan, liebkosten seine Brust und machten sich schließlich am Bund der Hose zu schaffen. In einer fließenden Bewegung zog Leila sie nach unten und ging gleichzeitig in die Knie.

Sein Glied sprang ihr ungeduldig entgegen, und sie packte es mit sicherem Griff, um die Vorhaut zurückzuschieben. Im nächsten Augenblick hatte sie ihre Lippen um die samtige Eichel geschlossen. Sie vernahm einen abgehackten Laut, der entfernte Ähnlichkeit mit ihrem Namen hatte und in heiserem Stöhnen unterging.

Ihre Zunge leckte über den Wulst, wirbelte um das Bändchen und bohrte sich in den Spalt. Sie schmeckte seine Lust. Im Rhythmus mit ihrem Mund molk sie ihn mit einer Hand und massierte mit der anderen die empfindliche Stelle hinter den Hoden.

Er stemmte sich mit dem Rücken gegen die Wand und wölbte ihr sein Becken entgegen. Dumpfes Keuchen unterbrach immer wieder sein Stöhnen. Seine Hände wühlten in ihrem Haar.

Leila verringerte das Tempo, um ihm etwas Zeit zu geben, aber sobald sich seine Atemzüge normalisiert hatten, saugte sie ihn so tief in sich ein, wie sie nur konnte, indem sie ihre Rachenmuskeln entspannte und den Kopf nur mehr ganz sachte bewegte.

Erst als sie die ersten Kontraktionen spürte, ließ sie ihn ein Stück zurückgleiten, um seinen Samen trinken zu können. Er gab ihr eine enorme Menge, und sie hatte Mühe, alles zu schlucken. Gierig leckte sie die Eichel sauber. Kein Tropfen von dem, was für sie der unmittelbare Beweis ihrer Fähigkeiten war, sollte verschwendet werden.

Als sie damit fertig war, hob sie den Kopf.

Er sah auf sie hinunter. Seinen Augen glichen unergründlichen Tiefen und verrieten nichts von seinen Gedanken. Langsam stand sie auf und lächelte ihn in einer Mischung aus

Triumph und Koketterie an. Ohne die Augen von ihm abzuwenden, leckte sie ihre Finger ab, einen nach dem anderen, aufreizend, unverfroren, provozierend. »Vielleicht hast du recht«, sagte sie leise. »Vielleicht war der Pascha wirklich ein Narr, der sich scheute, zuzugeben, dass ich seine Lust sehr wohl befriedigen konnte. Diesen Fehler wirst du nicht begehen, oder?«

»Wirst du dann bei mir bleiben?«

Die Frage ernüchterte sie. »In England? Als deine Sklavin? Als deine Konkubine oder wie immer man das in deinem Land nennt?«

»Ich kann dir nicht sagen, als was du bei mir bleiben kannst, weil ich nicht weiß, was ich vorfinden werde. Ich will einfach nur wissen, ob du bei mir bleibst.«

Sie sah ihn an. Der Impuls, einfach Ja zu sagen, war verführerisch. Doch dann siegte die Vernunft. Der Pascha hätte ihn nicht zehn Jahre lang gefangen gehalten, wenn er nicht damit gerechnet hätte, dass Justins Familie über die finanziellen Mittel verfügte, das Lösegeld zu bezahlen. Dieser Mann hier gehörte zweifellos der Oberschicht an, vielleicht entstammte er sogar der Aristokratie. Wie immer der Name in diesen Kreisen für eine wie sie lautete, sie wäre immer nur eine Sklavin. Ihr Gefängnis wäre vielleicht größer, aber es wäre noch immer ein Gefängnis.

Die Intensität seines Blickes schnürte ihr die Kehle zu. »Ich bleibe für die Dauer der Reise bei dir«, begann sie. »Was in London sein wird, das werden wir sehen. Du sagst selbst, dass du nicht weißt, was du vorfinden wirst.«

Er runzelte die Stirn. »Das ist keine Antwort.«

»Es ist die einzige Antwort, die ich dir geben kann.« Sie bückte sich, zog seine Hose hoch und band sie zu. »Ich denke nur von einem Tag zum nächsten. Das hat mir geholfen, nicht verrückt zu werden. Und ich möchte diese Haltung beibehalten. Alles andere vergällt mir die Gegenwart.« Sie lächelte ihn an, diesmal ohne Koketterie, sondern mit unverhohlener Zuneigung.

Er schwieg, und sie spürte, dass ihm ihre Worte nicht gefielen. Aber sie konnte es nicht ändern. Sie wollte sich nicht wieder vom Wohlwollen eines Mannes abhängig machen – auch wenn sie ihn mochte, auch wenn sie ihn anziehend fand, auch wenn sie die erotischen Begegnungen genoss wie noch nie zuvor.

»Es bleibt also bei der Vereinbarung, nichts weiter?«, fragte er schließlich.

Leila nickte. Wenn er es so formulieren wollte, dann würde sie ihm nicht widersprechen.

»Gut.« Er verschränkte die Arme vor der Brust. »Dann solltest du dich erinnern, dass es dabei nicht darum ging, mir meine körperlichen Bedürfnisse zu erfüllen.«

Sie hob die Augenbrauen.

»Zumindest ging es nicht nur darum«, schränkte er ein. »Ich habe dich gebeten, mich die Liebe zu lehren. Mich zu lehren, wie ich einer Frau Lust bereiten kann. Das ist bisher ziemlich kurz gekommen.«

Leila lehnte sich an den Tisch. »Du kannst nicht laufen lernen, ehe du nicht fest auf beiden Beinen stehst. Du musst dir deines eigenen Körpers und seiner Reaktionen sicher sein, bevor du die Reaktionen eines anderen Körpers einschätzen kannst. Deshalb habe ich gewartet. Aber natürlich werde ich dir zeigen, was ich weiß, wir haben ja noch jede Menge Zeit«, setzte sie sachlich hinzu.

»Dann schlage ich vor, du fängst an, und zwar sofort.« Seine Stimme klang um nichts wärmer als ihre.

Sie würde sich nicht einschüchtern lassen. »Wenn du darauf bestehst.«

Laszìv öffnete sie die Knöpfe ihres Hemds und zog es über

den Kopf. Dann schob sie die Hose nach unten und stieg aus der Stoffwolke zu ihren Füßen.

Sie legte die Hände um ihre Brüste, ohne die Augen von seinem Gesicht zu nehmen. »Die Brüste einer Frau sind empfänglich für jede Art von Liebkosungen.« Sie fuhr die Aureolen mit ihren Daumen nach. »Sobald die Spitzen hart werden, setzt bei der Frau die Erregung ein. Ihre Scheide beginnt feucht zu werden.« Sie sprach langsam und leidenschaftslos. »Die Sensibilität der Brustwarzen ist von Frau zu Frau verschieden. Für manche ist es nichts weiter als ein Appetithäppchen vor dem eigentlichen Hauptgang, manche kommen allein durch die ausgedehnte Stimulation der Brüste zum Höhepunkt.«

»Und wie ist es bei dir?«, fragte er.

»Das musst du selbst herausfinden«, entgegnete sie, während sie fortfuhr, ihre Brustspitzen zu umkreisen. »Darin liegt der Reiz, den Körper einer Frau zu erforschen, herauszufinden, was ihre Leidenschaft anfacht. Frauen brauchen wesentlich länger, um erregt zu werden, als Männer. Sie brauchen wesentlich mehr Stimulation als ein Mann.« Ihre harten Brustwarzen hoben sich wie reife Himbeeren von ihrer weißen Haut ab. »Deshalb habe ich dir auch gesagt, dass du deinen Höhepunkt mit dem Willen kontrollieren sollst. Zweimal rein und raus ist für die Befriedigung der Bedürfnisse einer Frau zu wenig.«

Sie nahm die geschwollenen Spitzen ihrer Brüste zwischen Daumen und Zeigefinger und begann, sacht daran zu drehen. »Auch wenn du bereits in eine Frau eingedrungen bist, erhöhst du ihre Erregung durch das Reizen ihrer Brustwarzen.«

»Bist du jetzt erregt?« Er streckte die Hand aus und umfasste ihre rechte Brust. Seine Finger streichelten die Wölbung, ohne die steinharte Knospe zu berühren. »Woran merke ich, dass eine Frau erregt ist?«

»Ihre Pupillen erweitern sich, ihre Brüste schwellen an, und die Warzen werden hart. Und ihre Scheide wird feucht, damit sie dich mühelos aufnehmen kann.«

Er schien über diese Worte nachzudenken, während Leila zum Bett ging und sich hinlegte. Sie stellte die Beine auf und spreizte sie. »Knie dich zwischen meine Schenkel und nimm das Kissen.«

Sie wartete, bis er so weit war. »Und jetzt schieb es mir unter den Hintern. Dann siehst du ganz genau, was es dort zu sehen gibt.«

10

Mit dem Kissen in der Hand blickte er auf sie hinunter. In ihr Gesicht, nicht auf ihr klaffendes Geschlecht. Sein Zorn verrauchte, obwohl sie ihn mit einem derart kalten, arroganten Ausdruck betrachtete, dass seine Erektion eigentlich einen schnellen Tod sterben sollte. Was sie natürlich nicht tat.

Leilas Weigerung, ihm freudig um den Hals zu fallen und ihre gemeinsame Zukunft zu planen, kratzte an seinem Ego. Noch mehr Schrammen verursachte die Tatsache, dass sie ihn an die Vereinbarung erinnert und damit alle anderen möglichen Beweggründe für ihr Zusammensein ins Reich der Fieberträume verbannt hatte.

Er zwang sich, seinen Blick *langsam* von ihrem Gesicht mit den leicht geröteten Wangen über ihren Hals, die Brüste mit den steil aufgerichteten Spitzen und den weichen Bauch wandern zu lassen. Als er bei ihrer glatten Scham ankam, fasste er das Kissen fester.

Sein Gesicht wurde heiß. Sie bot ihm ihre intimste Stelle in einer kalten, beinahe obszönen Geste dar. Er hätte sich abwenden und sie verschmähen, es ihr mit gleicher Münze heimzahlen sollen, aber er konnte nicht. Auch nicht, als sie mit spöttischer Stimme sagte: »Worauf wartest du noch? Diese Gelegenheit wirst du nicht sehr oft bekommen, also nutze sie.«

Er rutschte näher und schob das Kissen unter ihre Pobacken. Ehe sie einen weiteren verbalen Angriff starten konnte, stützte er seine Hände auf ihre Knie und bog ihre Schenkel weiter auseinander. Es war keine grobe Geste, aber auch keine verspielte Zärtlichkeit.

Sie presste die Lippen zusammen.

Erst jetzt wagte er, wirklich auf die Stelle zu sehen, die sie ihm so schamlos darbot. Umrahmt von weißem Fleisch kräuselten sich dort rosa Falten, die ihrerseits den Eingang zu einem dunklen Schlund umgaben. In ihnen verborgen glänzte eine kleine ovale Perle. Er fand keinen Vergleich für das, was er sah, so sehr er sein Gehirn durchforstete. Eine Blume, eine Frucht – aber welche? Seinem steinharten Glied war das völlig egal, es verlangte mit schmerzhaftem Pulsieren sein Recht.

Leilas Finger schoben sich über den Venushügel zu der kleinen Perle. »Das hier ist der empfindlichste Punkt, die Klitoris. Sie zu berühren erfordert Fingerspitzengefühl, denn ab einem gewissen Grad der Erregung verursacht eine direkte Stimulation Schmerzen.« Sie ließ ihren Zeigefinger tiefer gleiten und schließlich in ihre Scheide eintauchen. Als sie ihn zurückzog, war er mit einer glänzenden Flüssigkeit überzogen, die sie über dem rosigen Fleisch und der kleinen Perle verteilte.

Zu seiner Verwunderung vergrößerte sich die Perle und auch die Falten wurden unter ihrer Zuwendung praller und dunkler. Er streckte die Hand aus und fuhr mit dem Zeigefinger die lange Spalte entlang, verteilte die Feuchtigkeit und berührte das kleine Juwel, das Leila als empfindlichsten Punkt bezeichnet hatte.

Sie wand sich auf dem Kissen und ließ ihre Beine noch weiter auseinanderfallen, während sein Finger die Klitoris umkreiste und vorsichtig in den Schlund eintauchte. Das Innere fühlte sich heiß und weich an. Aber viel enger, als er angenommen hatte. Mutig geworden schob er einen zweiten Finger in sie und spürte, wie sie sich dehnte und ihm anpasste. Mit angehaltenem Atem forschte er tastend weiter und hielt erstaunt inne, als sie ihre Muskeln um ihn anspannte und ihn festhielt. Seine Rute verlangte energisch danach, den Platz seiner Finger einzunehmen, aber so schnell wollte er nicht nachgeben.

Er nahm die Hand weg, legte sich auf den Bauch und bettete seinen Kopf auf ihren Schenkel. Diese Perspektive zog ihn noch unmittelbarer ins Geschehen. Er roch ihren Duft, der ihn berauschte wie Raki. Verträumt ließ er seine Finger über der Innenseite ihres Schenkels entlangspazieren, prüfte die Dicke der Schamlippen und rieb wieder über ihre Klitoris.

Er hörte sie seufzen und beugte instinktiv den Kopf. Seine Zunge berührte das heiße, glatte Fleisch, flatterte über die Perle und glitt ein Stück in ihre Vagina. Erst jetzt kam ihm die Verwegenheit seines Handelns zu Bewusstsein, aber er konnte nicht aufhören, zu gut fühlte sich ihr Fleisch unter seinen Lippen an. Er mochte den Geschmack ihrer Lust, salzig und süß zugleich, konnte nicht genug davon bekommen. Seine Hände umfassten ihre Hüften, um sie noch dichter an sich zu ziehen. In seiner Erinnerung tauchte das Bild auf, wie er in ihrem Mund gekommen war, und versetzte ihn in einen ekstatischen Zustand, der alle rationalen Gedanken verdrängte. Er wollte sie die gleiche Lust empfinden lassen, die er gespürt hatte. Seine Zunge wirbelte über ihr heißes Fleisch, er leckte und saugte an ihr, als hinge sein Leben davon ab.

Sie stöhnte und rief etwas, das im Rauschen seiner Ohren unterging. Ihr Becken bäumte sich mit derartiger Vehemenz auf, dass er Mühe hatte, es festzuhalten. Das Fleisch unter seinen Lippen begann heftig zu zucken, und in einem Winkel seines Gehirns begriff er, dass sie gerade ihren Höhepunkt erreichte.

Einen Höhepunkt, den ihr sein Mund verschafft hatte. Atemlos legte er den Kopf wieder auf ihren Schenkel und beobachtete die letzten Kontraktionen ihrer Scheide. Wieder bemerkte er die unbeschreibliche Schönheit, die Magie dieser sonst unter unzähligen Lagen von Stoff verborgenen, geheimnisvollen Stelle. Er hätte sie stundenlang nur ansehen können, allerdings erinnerte ihn seine pochende Rute an seine eigenen Bedürfnisse.

»Lass mich aufstehen. Dann bist du dran«, flüsterte sie heiser, als hätte sie seine Gedanken gelesen.

Er hob den Kopf. Sie schaute ihn aus halbgeschlossenen Augen an, auf ihren Lippen lag ein träges Lächeln. Er hatte sie gefragt, woran er merken sollte, dass eine Frau erregt war. Ganz sicher musste er nicht danach fragen, woran er merken würde, ob eine Frau befriedigt worden war. Ob er eine Frau befriedigt hatte.

»Ich brauche das Schwämmchen mit dem Zitronensaft«, sagte sie, da er noch immer zwischen ihren Beinen lag.

»Bleib, ich übernehme das.« Mit diesen Worten rollte er sich vom Bett und ging zum Tisch. Er tränkte ein Stück Schwamm mit dem Saft der Zitrone und kehrte zu Leila zurück, um es ihr zu reichen. Doch dann hielt er mitten in der Bewegung inne. Eine kühne Idee schoss ihm durch den Kopf. »Lass es mich machen.«

Sie runzelte die Stirn, und ehe sie ablehnen konnte, fügte er hinzu: »Bitte.«

Der Ausdruck auf ihrem Gesicht verriet ihren Zweifel, aber dann nickte sie. »Also gut.«

Er kniete sich wieder zwischen ihre gespreizten Beine und rollte das Schwämmchen zusammen. Dann schob er es in ihre Scheide.

»Es muss so tief hinein wie nur möglich«, sagte sie. »Du musst es mit deinen Fingern flach andrücken.«

Er gehorchte und beobachtete dabei ihr Gesicht, weil er Angst hatte, ihr wehzutun. Aber sie blieb ruhig und nickte schließlich. »Zieh dich aus, ich prüfe, ob es richtig liegt.«

Während er seine Kleidung abstreifte, richtete sie sich auf und schob ihre Hand zwischen ihre Beine. Die Selbstverständlichkeit der Geste und die Selbstverständlichkeit, mit der sie seine Anwesenheit und Hilfe dabei akzeptiert hatte, erfüllte ihn mit einem wilden Glücksgefühl.

Er legte sich neben sie und nahm ihr Gesicht in seine Hände. Seine Daumen strichen über ihre Wangen, ehe er sie lange und tief küsste und am Rande registrierte, wie sie sich an ihn schmiegte. »Du schmeckst nach mir«, flüsterte sie, als er ihren Mund freigab. Seine Rute streckte sich bei diesen Worten noch ein Stück, und er stöhnte auf.

Mit all der Beherrschung, die er aufbringen konnte, schob er sich über sie und stützte sich dabei auf den Unterarmen ab. Seine Eichel glitt über ihre Scham und versank wie von selbst in ihrer Spalte. »Das fühlt sich so gut an«, sagte sie heiser und sprach damit aus, was er empfand. »Deine Rute ist groß und stark, du kannst eine Frau bis an ihre Grenzen ausfüllen. Es ist so wundervoll.« Sie wölbte sich ihm entgegen, und er glitt das letzte Stück in sie hinein. Ihr beider Aufstöhnen ließ die Luft um sie herum vibrieren.

Er begann, ihren Hals mit seinen Lippen zu liebkosen, setzte seine Zunge und seine Zähne ein und arbeitete sich langsam zu ihrer Brust vor. Dabei stieß er gemächlich und ohne Hast in sie, macht immer wieder Pausen, ohne aufzuhören, und abwechselnd an ihren Brüsten zu saugen.

Ihre Hände wühlten rastlos in seinem Haar, und sie lachte kehlig. »Du merkst dir tatsächlich alles, was ich dir sage.«

Statt einer Antwort streifte er ihre harte Brustwarze mit seinen Zähnen und spürte, wie sich ihre Scheide um ihn zusammenzog. Der Faden, an dem seine Selbstbeherrschung hing, wurde zusehends dünner. Er richtete sich auf, und ehe er reagieren konnte, hob sie die Beine und drückte ihm die Fußsohlen flach an die Brust. Der geänderte Winkel erhöhte den Reiz in einem Ausmaß, das sein Blut endgültig zum Überkochen brachte.

Er rammte sich schneller in sie, streichelte dabei ihre Unterschenkel und zog schließlich ihren Fuß an seinen Mund. Ihre Zehen glitten zwischen seine Lippen und er begann unwillkürlich daran zu saugen. Ihr Schrei gellte in seinen Ohren, vor seinen Augen tanzten bunte Sternchen, die auseinanderstoben, als seine Lust explodierte.

Unfähig, aufhören zu können, pumpte er weiter und sank schließlich auf Leila, deren Beine längst aufs Bett gefallen waren. Er keuchte, seine Lungen brannten, und Schweiß sickerte in seine Augen. Trotzdem fühlte er sich so gut wie noch nie zuvor in seinem Leben.

Sie bewegte sich, und er rollte sich ein Stück zur Seite, ohne sie jedoch loszulassen. Ihre Hände strichen sanft über seinen Rücken. Er fühlte ihren Atem an seinem Ohr, als sie zu sprechen anfing. »Sieht aus, als hättest du tatsächlich innerhalb von vierundzwanzig Stunden das erlernt, wozu andere Jahre brauchen.« Ihre Stimme klang heiser und belegt.

Er hob den Kopf. »Mehr gibt es nicht?«, fragte er in gespielter Enttäuschung.

Sie lächelte, und sein Herz hämmerte schmerzhaft gegen die Rippen. »Für alles andere brauchst du eine Geliebte, keine Lehrmeisterin.«

Er blickte in ihre violetten Augen, die glänzten wie Edelsteine. Zu gerne hätte er sie gefragt, ob sie diese Geliebte sein wollte, aber er wollte den Bogen nicht überspannen. Also begnügte er sich damit, ihren Kopf an seine Schulter zu ziehen und seine Arme um sie zu schließen.

Aneinandergeschmiegt dösten sie ein und genossen die Nähe und Wärme des anderen.

Justin träumte.

Er saß in seinem Zimmer im Palast in einer Ecke auf dem

Boden und hörte die Frauen im Garten lachen und schwatzen. Seinen Kopf hatte er in den Händen vergraben. Dann wurde der Schlüssel im Schloss gedreht und im nächsten Augenblick öffnete sich die Türe. Er blickte auf und sah Leila.

Sie trug ein durchsichtiges Hemd, unter dem sich ihre Brüste abzeichneten. Ihr glänzendes Haar floss bis zu ihrer Hüfte, um die ein breiter bestickter Gürtel gebunden war. Eine türkisfarbene Seidenhose umspielte ihre Beine und ließ die Knöchel frei. Ihre Füße waren nackt.

Er lief zu ihr, fiel auf die Knie und drückte sein Gesicht an ihren warmen Leib. Seine Hände umfingen sie, und er konnte nur daran denken, dass ein mildtätiger Gott seine Gebete erhört hatte.

Er hielt sie einfach fest und spürte ihre Hände in seinem Haar. Ein unbeschreibliches Glücksgefühl erfüllte ihn.

»Was fällt dir ein, dich von diesem Ungläubigen berühren zu lassen, Leila?« Die kalte Stimme des Paschas durchschnitt die Stille. »Zur Strafe bekommst du zwanzig Hiebe. Auf die Fußsohlen, damit dein vollkommener Körper keinen Schaden nimmt. Daoud Aga wird dafür sorgen, dass der Ungläubige zusieht, das wird ihn lehren, meine Frauen nicht mit seinen schmutzigen Händen anzufassen.«

Zwei Eunuchen packten Leila an den Oberarmen und zerrten sie von Justin weg. Sie streckte die Hände in einer flehenden Geste nach ihm aus, aber Daoud Aga hielt ihn in einem eisernen Griff gefangen.

»Leila«, schrie er. »Leila, ich rette dich. Niemand wird dir ein Leid antun, vertrau mir, ich ...« Doch sie hörte ihn nicht mehr, die Tür fiel ins Schloss, und Daoud ließ ihn los. Mit tränenüberströmtem Gesicht fuhr er herum. »Sie dürfen ihr nichts tun, Daoud, lass nicht zu, dass sie ihr etwas antun. Hilf mir, ich flehe dich an. Ich liebe sie, ich liebe sie so sehr ...«

Er schlug die Augen auf. Sein Herz raste, und sein Atem ging so schnell, als wäre er stundenlang gelaufen. Nach einigen Momenten begriff er, dass er nur geträumt hatte. Er war nicht länger ein Gefangener, und Leila lag friedlich schlummernd neben ihm. Alles war in bester Ordnung.

Dennoch hatte ihm der Traum überdeutlich bewusst gemacht, was er längst geahnt hatte. Er liebte Leila. Er würde alles für sie geben, sogar sein Leben. Aber sie wollte nichts von ihm, außer seinem Schweigen – bis London. Sie hielt sich nur an eine Vereinbarung, von der er geglaubt hatte, sie würde seine körperlichen Bedürfnisse stillen und ihn Frieden finden lassen. Stattdessen weckte Leila immer neue Bedürfnisse in ihm. Er wollte Arm in Arm mit ihr einschlafen und mit ihr aufwachen. Er wollte das Lächeln auf ihrem Gesicht viel öfter sehen, ebenso wie den Ausdruck der Befriedigung, wenn er ihr Lust bereitet hatte. Er wollte ihre Finger in seinem Haar spüren und ihren Mund auf seiner Haut. Oder auf seinem …

»Worüber denkst du nach?« Leila gähnte und streckte sich träge.

Er wickelte eine glänzende Haarsträhne um seine Finger. »Darüber, wie sehr sich mein Leben verwandelt hat in nur wenigen Stunden.«

Sie runzelte die Stirn. »Du siehst nicht aus, als wärst du glücklich darüber.«

»Doch, ich bin sogar sehr glücklich darüber. Über meine Freilassung und auch darüber, dass dich deine Flucht ausgerechnet in meine Kabine geführt hat. Ich wünschte …« Er brach ab, und wie erwartet machte Leila keine Anstalten zu fragen, was er sich wünschte.

11

Die Sonne stand noch hoch am Horizont, als die »Sea Witch« in den Hafen von Valetta einlief. Justin lehnte mit Leila an der Reling, und gemeinsam genossen sie das Schauspiel. Von den Bastionen wurden die Neuankömmlinge mit bunten Fahnen begrüßt, die zahlreichen Segelschiffe, die hier angelegt hatten, zeugten von der Beliebtheit der Mittelmeerinsel.

Der Kapitän hatte ihnen mitgeteilt, dass sie schon am nächsten Tag, nachdem die Ladung gelöscht und neue Ware eingeladen war, wieder auslaufen würden. Er empfahl Justin und Leila, in einer der Herbergen abseits des Hafenviertels Quartier zu nehmen. Da Malta zwar unter britischer Herrschaft stand, aber dennoch ein Schmelztiegel verschiedener Kulturen war, gab es auch öffentliche orientalische Badehäuser. Der Vorschlag des Kapitäns ließ durchblicken, dass sie sich gefälligst an Land um ein Bad kümmern sollten, wenn sie denn unbedingt eines brauchten, und die Mannschaft mit dieser zusätzlichen Arbeit verschonen sollten. Harris schien auch davon auszugehen, dass Justin und Leila im Besitz von ausreichend Bargeld waren, da er keine Anstalten traf, sich diesbezüglich bei ihnen zu erkundigen.

So standen die beiden schließlich etwas verloren am Kai und sahen sich um. Justin hielt das Etui mit dem Rasierbesteck unter dem Arm. Leila trug Mantel und Schleier. Sie hatte nach wie vor noch nichts von ihren Schmuckstücken erwähnt.

»Wo sollen wir das Etui verkaufen, was meinst du?«, fragte Justin.

»Lass uns einfach in die Stadt hineingehen, vielleicht finden wir einen Marktplatz oder einen Geldverleiher.« Sie kannte all das nur aus Erzählungen der anderen Frauen. In Alexandretta hatte sie den Palast nur zu gemeinschaftlichen Ausflügen an den Fluss oder in die nähere Umgebung verlassen. Händler waren mit ihren Waren für gewöhnlich in den Palast gekommen; eine willkommene Abwechslung in der eintönigen Alltagsroutine.

Justin nickte, und gemeinsam gingen sie über das Kopfsteinpflaster in Richtung Altstadt. Die Menschen, die ihnen entgegenströmten, setzten sich aus Europäern in westlicher Kleidung und Orientalen in farbenprächtigen Trachten zusammen. Alles in allem waren hier jedoch weniger Frauen als Männer unterwegs, und Leila rückte unwillkürlich enger an Justin, der das Etui unter seinem Burnus verborgen hielt.

In den engen, verwinkelten Gassen reihte sich ein Laden an den anderen, und schon bald hatten sie einen gefunden, neben dessen Tür ein Schild in mehreren Sprachen verkündete, dass hier Handel mit Schmuck und Edelmetallen betrieben wurde.

Ein Glöckchen klingelte, als Justin die Tür öffnete und sie eintraten. Hinter einem langen Ladentisch saß ein Mann, dessen grauer Bart ihm bis auf die Brust fiel. Vor ihm lag das Innenleben einer Uhr. In seinem rechten Auge steckte ein Vergrößerungsglas, das im Licht der Öllampen aufblitzte, als er den Kopf hob.

Zögernd ging Justin auf ihn zu. »Seid gegrüßt, Meister Ingram«, sagte er. Der Name stand auf den Schildern neben dem Eingang.

Der Mann legte das Vergrößerungsglas weg und blickte ihn prüfend an. »Was kann ich für Sie tun, sayin Efendi? Sayin Hanim?«

Leila konnte Justins Unbehagen spüren, als der das Etui

aus seinem Umhang holte. »Ich habe etwas zum Verkauf anzubieten«, begann er ohne Umschweife und schob das Futteral seinem Gegenüber zu.

Der Händler ließ seinen Blick abschätzend über Justins Kleidung und die schmucklosen Finger wandern. Erst dann griff er nach dem Etui und öffnete es. Sein Gesicht verriet keine Regung.

Er reihte die einzelnen Stücke vor sich auf dem Tisch auf. Drehte und wendete sie schweigend und befestigte schließlich wieder das Vergrößerungsglas vor seinem Auge, um die Teile noch einmal von allen Seiten zu betrachten. Die Stille im Raum ließ Leilas Nerven flattern.

»Es scheint tatsächlich so, als ob diese Teile aus massivem Gold gefertigt sind«, sagte er schließlich. »Ich werde sie noch einer letzten Prüfung unterziehen.«

Er verschwand in einem Hinterzimmer und kehrte mit einem kleinen braunen Fläschchen zurück. Aus einer Lade holte er eine Pipette. Dann nahm er den Rasierpinsel und ließ einen Tropfen der in dem Fläschchen befindlichen Flüssigkeit auf den goldenen Fuß fallen.

Drei Augenpaare blickten auf die funkelnde Träne, aber nichts passierte. Leila nahm an, dass Justin ebenso wie sie selbst keine Ahnung hatte, was das alles bedeuten sollte.

Meister Ingram legte das Vergrößerungsglas beiseite und wischte den Tropfen mit einem weichen Lappen ab. Dann deponierte er die Gegenstände wieder sorgfältig im Etui.

»Was möchten Sie dafür haben?« Seine Stimme klang kühl und ließ keine Rückschlüsse auf seine Meinung zu.

»Also ist es wirklich Gold?«, platzte Leila heraus.

»Ja«, antwortete Meister Ingram knapp. »Sonst würde ich Sie nicht fragen, was Sie dafür haben wollen.«

Leila blickte Justin an, der ebenso ahnungslos zu sein schien wie sie selbst. »Wie lautet denn Ihr Angebot?«

Der Mann seufzte. »Welche Währung bevorzugen Sie? Englische Pfund, französische Francs, osmanische Kurus?«

»Englische Pfund«, antwortete Justin ohne Zögern.

»Gut, ich bin bereit, diese Garnitur um 500 Pfund anzukaufen. Sie können das Geld innerhalb eines Tages haben.«

Justin überlegte. »Ich habe mit wesentlich mehr gerechnet. Mindestens 1000 Pfund.«

Leila hatte Mühe, ihre Aufregung zu verbergen. Er wollte den Preis hochtreiben, aber sie waren auf das Geld angewiesen. Was, wenn ihnen der Händler nun die Tür wies?

»600«, sagte Meister Ingram.

»900«, konterte Justin.

Der Mann kratze seinen Bart, hob das Rasiermesser hoch und entgegnete: »Die Garnitur wurde bereits verwendet, es sind deutliche Gebrauchsspuren vorhanden. Das schmälert natürlich den Wert. Ich biete Ihnen 700. Das ist mein letztes Wort.«

Justin wechselte einen Blick mit Leila, der zu besagen schien, dass man sich hier und jetzt besser für den Spatz in der Hand als die Taube auf dem Dach entscheiden sollte. Sie nickte unmerklich.

»Wir nehmen Ihr Angebot an«, sagte Justin nach längerem Schweigen zu dem Händler. »Wir können das Geld doch wohl sofort haben?«

»Ich kann Ihnen zweihundert sofort geben, fünfhundert morgen früh.« Wieder verriet das Gesicht keine Regung.

Leila merkte, dass Justin die ganze Situation überhaupt nicht behagte. »Wir müssen uns erst ein Quartier für die Nacht suchen. Wenn Sie uns nicht die ganze Summe geben können, dann lassen wir Ihnen nur ein Stück aus der Garnitur hier. Den Rest bringen wir morgen früh mit.«

»Sie brauchen ein Quartier?«, erkundigte sich der Händler interessiert. »Dann seien Sie meine Gäste. Ich habe ein großes

Haus, und ich lebe ganz allein. Es wäre mir eine Freude, sie als meine Gäste zu begrüßen, und morgen früh erhalten Sie das Geld. So brauchen Sie sich nicht darum sorgen, dass Ihnen dieses Etui womöglich abhandenkommt.«

»Und Sie haben ebenfalls eine Sorge weniger«, stellte Justin trocken fest.

Der alte Mann lächelte. »Ja, damit ist uns beiden geholfen. Ich esse so ungern alleine zu Abend. Vielleicht möchten Sie mir ja auch die Geschichte dieser wunderschönen Garnitur erzählen.«

Justin machte eine unbestimmte Handbewegung und entfernte sich mit Leila ein paar Schritte von dem Tresen. »Was meinst du? Sollen wir uns darauf einlassen?«

»Er sieht nicht aus wie ein Halsabschneider«, flüsterte Leila. »Natürlich können wir noch andere Händler fragen, aber wenn ich es richtig verstanden habe, dann ist die Garnitur so wertvoll, dass wohl niemand den gesamten Kaufpreis vorrätig haben wird. Und wenn uns das Etui in einer Herberge gestohlen wird, dann haben wir gar nichts. Aber ich will ein Bad, er soll uns unbedingt die zweihundert Pfund aushändigen, damit wir uns darum kümmern können.«

Justin ging zurück zu Meister Ingram, der mit verschränkten Armen hinter dem Ladentisch wartete.

»Wir sind einverstanden. Wenn Sie uns die zweihundert Pfund sofort auszahlen und uns einen sicheren Aufbewahrungsort für das Etui bis morgen früh garantieren können.«

»Natürlich kann ich das. Ich bin schließlich ein Ehrenmann«, erwiderte der Händler mit spürbarer Entrüstung. »Hier wird man nicht alt, wenn man mit gezinkten Karten spielt.« Er verschwand wieder im Hinterzimmer, und als er zurückkehrte, hielt er einen Stapel Geldscheine in den Händen. Fein säuberlich zählte er den vereinbarten Betrag auf den

Ladentisch. »Zweihundert. Wie abgemacht.« Meister Ingram hielt Justin ein Buch hin, in das er die Summe eingetragen hatte, und forderte ihn auf, den Betrag zu quittieren. »Ich verzichte darauf, eines der Stücke als Sicherheit zu nehmen. Ich erkenne Betrüger, wenn ich sie sehe. Und Sie gehören nicht dazu, Mr Grenville.« Ingram reichte Justin das Etui und eilte zur Eingangstür, die er schwungvoll öffnete. »Gehen wir.«

Das latente Misstrauen seiner Kunden schien den alten Mann tatsächlich zu bekümmern, den er betonte ein ums andere Mal, dass er den Laden seit dem Tod seines Vater betrieb, der ihn seinerseits fast fünfzig Jahre geführt hatte.

Leila und Justin folgten ihm durch die verwinkelten Gassen bis zu einem Haus, das sich äußerlich nicht von all den anderen Steinbauten unterschied. Er schob einen riesigen Schlüssel in das Schloss des mit Schmiedeeisen beschlagenen Haustores und öffnete es schwungvoll.

Sie traten in einen Innenhof, und Leila sah sich beeindruckt um. Nach arabischem Vorbild sprudelte in der Mitte ein Brunnen, und ein Arkadengang rahmte den Platz ein. Meister Ingram führte sie in einen Vorraum. Sofort eilte ein junges Mädchen herbei.

»Keira, wir haben Gäste. Mylord …« Er schien die Namen seiner Besucher vergessen zu haben, denn er blickte die beiden hilfesuchend an.

»Grenville«, beeilte sich Justin zu sagen, ehe Leila reagieren konnte. »Mr und Mrs Grenville«

»Ich möchte, dass du Mr und Mrs Grenville unsere Gästezimmer zeigst; sie sollen sich das aussuchen, was ihnen am besten gefällt.« Er verbeugte sich überschwänglich. »Mylord, Mylady, Keira wird sich um alles kümmern, ich muss zurück in den Laden, wir sehen uns beim Abendessen. Ich freue mich.«

Verdattert blickten Leila und Justin dem Alten nach, wie er davonstapfte.

»Wenn Sie mir bitte folgen würden.« Die Stimme des Mädchens holte sie zurück in die Wirklichkeit. Über eine kunstvoll geschnitzte Treppe erreichten sie das Obergeschoss. Überall lagen dicke Teppiche mit farbenprächtigen Mustern. Die glanzvolle Einrichtung erinnerte Leila an den Palast des Paschas, und sie unterdrückte ein Schaudern.

Die Zimmer, die Keira ihnen zeigte, zeichneten sich durch atemberaubende Kostbarkeit aus. Mannshohe Vasen, Elfenbeintruhen, Leuchter mit armdicken Kerzen und Sitzkissen aus Seide in allen Regenbogenfarben. Das Himmelbett, das den Raum dominierte, besaß gigantische Ausmaße.

Sie entschieden sich für das erste Zimmer, das Keira ihnen gezeigt hatte. Leila zog den Schleier vom Gesicht und wandte sich an das Mädchen: »Kannst du uns eine Badestube oder einen Hamam hier in der Nähe nennen?«

Keira blickte verständnislos von Leila zu Justin. »Aber wir haben ein Bad im Haus. Es steht selbstverständlich zu Ihrer Verfügung.«

»Das ist eine gute Nachricht. Wir werden das Angebot gerne in Anspruch nehmen«, sagte Justin. »Lass bitte alles vorbereiten.«

Keira neigte den Kopf. »Kann ich sonst noch etwas tun?«

»Danke, das wäre alles.« Justin lächelte das Mädchen an und ging zum Fenster.

Doch Leila hatte noch etwas auf dem Herzen. »Ich brauche Kleider, gibt es vielleicht einen Händler oder eine Schneiderin, die bereit wären, vorbeizukommen?«, fragte sie das Mädchen und öffnete ihren Mantel.

Keira ließ ihren Blick über das Hemd, die Hose und die in Auflösung begriffenen Schuhe wandern. »Und auch einen Schuster«, warf sie ein.

»Das wäre natürlich wunderbar.«

»Ich werde sehen, was ich tun kann.« Das Mädchen verbeugte sich und verließ das Zimmer.

Leila streifte die Schuhe ab. Erst jetzt fiel ihr ein, dass es die Höflichkeit erfordert hätte, die Schuhe bereits in der Eingangshalle auszuziehen.

Sie ging zu Justin und schaute aus dem Fenster. Hinter den Hausdächern schimmerte in weiter Ferne das Meer. »Es scheint, dass sich alles zum Besten fügt«, sagte Justin.

»Ja, so scheint es«, pflichtete ihm Leila bei. Sie nahm den Schleier ab und warf ihn mit dem Mantel auf einen Hocker. Dabei überlegte sie, wie sie es anstellen sollte, für ihre neuen Kleider selbst zu bezahlen. Vielleicht gelang es ihr ja, die Sache ohne Justins Beisein auszuhandeln.

Er ging zu dem breiten Bett und ließ sich rücklings darauffallen. »Hier werden wir bestimmt gut schlafen.«

»Nach der letzten Nacht kann es nur besser werden.« Leila schlenderte zu ihm, und er stützte sich auf den Unterarmen auf. »War ich so schlimm?«

»Kommt darauf an. Wenn es einen nicht stört, neben einer schnarchenden Rakiflasche zu liegen, dann war es geradezu paradiesisch.« Sie blicke auf ihn hinunter und versuchte, sich nicht von seinem Lächeln beeindrucken zu lassen. Aber da ihr Herzschlag zu galoppieren begann, musste sie den Versuch als gescheitert betrachten.

»Ich tu's nicht wieder.« Er schaffte es tatsächlich, schuldbewusst auszusehen. »Versprochen.«

Leila seufzte. »Ich will dir glauben.« Sie nahm die Wasserkaraffe von dem zierlichen Tischchen und goss zwei Gläser voll. Damit setzte sie sich neben ihn. Er nahm ihr ein Glas aus der Hand und trank es in einem Zug leer.

»Und wenn nicht ...« Er drückte sie so unerwartet neben sich aufs Bett, dass sie ihr halbvolles Glas mit einem Aufschrei fallen ließ. »Dann darfst du mich jederzeit wecken und mir ebenfalls den Schlaf rauben.«

Sie blickte in sein lachendes Gesicht. »Als wenn ich das nicht versucht hätte ...«

»Vielleicht hast du es einfach nicht überzeugend genug versucht?« Seine Finger spielten mit ihren Haarsträhnen.

»Ja, ja, schieb nur die Schuld auf mich«, brummte sie und sah ihn übertrieben gekränkt an. »Womit hätte ich dich denn wach gekriegt?«

Er strich mit seinen Lippen über ihren Mund. »Vielleicht damit.«

»Damit ganz sicher nicht«, widersprach sie und zog seinen Kopf zu sich. »Wenn schon, dann damit.«

Sie küsste ihn mit einer Intensität, die jeden Nerv in ihr zum Schwingen brachte. Der Satin seiner Lippen schmolz unter ihren und verwandelte sich in flüssiges Feuer, das direkt in ihre Adern strömte. Seine Zunge beschrieb kleine Kreise in ihrem Mund, neckte und liebkoste sie gleichermaßen. Sie spürte das Vergnügen, das ihm dieser Kuss bereitete und das er bereitwillig mit ihr teilte.

Sein Gewicht drückte sie in die Matratze, und sie genoss dieses Gefühl auf eine Weise wie noch nie zuvor. Er nahm sich Zeit, jeden Winkel ihres Mundes zu erforschen, und gab ihr Zeit, jede Sekunde davon voll auszukosten. Ihn zu küssen war einzigartig und unbeschreiblich und mit nichts zu vergleichen, was sie bisher erlebt hatte.

Schließlich hob er den Kopf und sah sie mit leuchtenden Augen an. Alleine der Anblick seiner feuchten, leicht geschwollenen Lippen katapultierte ihr Verlangen in eine neue Dimension.

Sie hob die Hand und berührte seinen Mund. »Du bist wirklich sicher, dass du nicht schon Hunderte Frauen geküsst hast?«

Sein Atem strich über ihre Fingerspitzen. »Ja.«

»Wie kannst du dann so unverschämt gut küssen?«

»Ich hatte eine ausgezeichnete Lehrmeisterin.« Er schob ihre Hand weg. »Eine, die den Unterricht kurzweilig und sehr aufregend gestaltete.«

»Trotzdem, es …«

Justin verschloss ihr den Mund mit einem weiteren Kuss. Als er den Kopf hob, sah er sehr selbstzufrieden aus. »Und ich war ein aufmerksamer Schüler.«

Leila seufzte. »Ja, das warst du wirklich.« Der Gedanke, er könnte jemals eine andere Frau auf diese Weise küssen, überfiel sie ohne Vorwarnung und bohrte sich nicht nur in ihren Verstand, sondern auch in ihr Herz.

Kälte breitete sich in ihr aus. Er bemerkte die Veränderung, denn das Lächeln auf seinem Gesicht erlosch. »Was ist los?«

»Nichts.« Sie versuchte sich zu sammeln. Sich daran zu erinnern, dass sie frei und nicht von einem Mann abhängig sein wollte. Dass sie Justin nach der Ankunft in London nicht wiedersehen würde und es ihr folglich auch egal sein sollte, wie viele Frauen er noch küsste. Dass sie sich geschworen hatte, einfach zu nehmen und zu genießen, was das Schicksal ihr bot. »Aber wir sollten uns um das Bad kümmern. Und vielleicht findet sich tatsächlich eine Schneiderin ein …« Sie schob ihn zur Seite, ohne ihn anzusehen, und stand auf.

Er schwieg, und dieses Schweigen schmerzte sie fast ebenso sehr wie der Gedanke, dass er jemals eine andere Frau küssen könnte. Denn es verriet, dass er sich mit ihrer Zurückweisung abfand.

Nervös nestelte sie an ihrer Kleidung herum und ging zur Tür. Erst als sie den Knauf in der Hand hielt, merkte sie, dass Justin direkt hinter ihr stand. Und noch immer schwieg.

12

Keira stand in der Eingangshalle und sprach mit einem anderen Mädchen. Über dem Arm trug sie einen Stapel Tücher. Als sie Justin und Leila erblickte, wandte sie sich ihnen zu. »Im Bad ist alles bereit, Mr Grenville. Und im Rosensalon wartet eine Schneiderin, Mrs Grenville.«

Die Anrede versetzte Justin einen Stich. So selbstverständlich, wie es klang, so unmöglich schien es zu sein. Leila hatte nicht die Absicht, sich in irgendeiner Weise enger an ihn zu binden, das machte sie ihm immer dann klar, wenn er gerade im Begriff stand, es zu vergessen. Und er fragte sich, wann er es endlich akzeptieren würde.

»Yasmin bringt Sie ins Bad, Mr Grenville«, sagte Keira. »Ich begleite Mylady in den Rosensalon.«

Er nickte und folgte dem jungen Mädchen hinaus. Sie durchquerten den Hof und gelangten in einen anderen Trakt des Hauses. Yasmin öffnete eine Tür, und heißer Dampf quoll Justin entgegen. Im ersten Moment fiel es ihm schwer, zu atmen, aber dann gewöhnte er sich daran. Er stand in einem blaugrün gekachelten Raum. Aus einem etwa drei Meter hohen Brunnen sprudelte Wasser in mehreren Etagen in ein im Boden eingelassenes Becken. Eine schmale Rinne führte zu einem weiteren Becken. Einige weiß lackierte Holzpritschen mit bunten Kissen standen daneben.

Yasmin ging zu einer Tür. Dahinter verbarg sich ein kleiner Raum, in dem es etwas kühler war. Das Mädchen legte die Tücher auf eine Bank und trat auf ihn zu. Ehe er begriff, was sie vorhatte, begann sie seinen Kaftan aufzuknöpfen. Unbewusst machte er einen Schritt zurück.

Sie sah ihn fragend an. »Ich soll Ihnen beim Bad behilflich sein, Mylord.«

Justin räusperte sich. »Nun ja, das ist sehr nett, aber …«

»Ich werde Sie waschen, und falls Sie es wünschen auch rasieren und enthaaren«, erklärte sie, weil sie offensichtlich und völlig zu Recht annahm, dass er keine Ahnung hatte, was hier passieren würde. »Danach geleite ich Sie hinüber zum warmen und kalten Becken. Wenn Sie sich lange genug entspannt haben, werde ich Sie massieren, und Sie können bis zum Abendessen ruhen.«

Justin betrachtete das Mädchen. Es mochte kaum älter als zwanzig Jahre alt sein. Die zierliche Figur wurde von einem einfachen bodenlangen Kaftan verhüllt, ihr hellbraunes Haar war auf dem Kopf festgesteckt. Sie erwiderte seinen Blick aus bernsteinfarbenen Augen und ließ keine Gefühlsregung erkennen. Auch nicht, als sie sagte: »Das ist hier so üblich.«

Justin versuchte, das Unbehagen zu ignorieren, das ihn überfallen hatte. Zweifellos war es so üblich, und er verhielt sich seltsam – um es milde auszudrücken. Aber irgendetwas an der Situation kam ihm falsch vor. Trotzdem nickte er zögernd und ließ zu, dass sie seinen Kaftan aufknöpfte und ihm auch die anderen Kleidungsstücke auszog.

Zu seiner großen Erleichterung hatte er keine Erektion. Yasmin nahm einen großen weichen Schwamm, der bereits mit Seifenschaum getränkt war, und begann mit kreisenden Bewegungen zuerst seine Brust und dann seinen Rücken zu waschen. Sie arbeitete rasch und effizient und ließ ihm keine Zeit, Scham oder etwas anderes zu empfinden. Als er von Kopf bis Fuß eingeschäumt war, bat sie ihn, sich an die Wand zu stellen und sich mit den Armen abzustützen.

Er tat, wie ihm geheißen. Das Mädchen stemmte einen der mit Wasser gefüllten Eimer in die Höhe und leerte ihn über Justin aus. Das Wasser war zwar nicht kalt, nahm ihm aber trotzdem kurzfristig den Atem. Das Mädchen wiederholte den Vorgang mit drei anderen Eimern und trocknete ihn danach ab. Ihr eigener Kaftan war an der Vorderseite nass geworden und ließ ihre festen, hochangesetzten Brüste sehen. Er betrachtete sie mit dem wissenschaftlichen Interesse, das er als Junge einem leeren Schneckenhaus entgegengebracht hatte, und verglich sie unwillkürlich mit denen von Leila. Leilas Brüste waren voller und weicher und hatten größere Brustwarzen. Bei der Erinnerung, wie er daran gesaugt hatte und wie sie in seinem Mund angeschwollen waren, regte sich sein bisher teilnahmsloses Glied. Er wünschte, sie wäre hier und …

Yasmins Stimme riss ihn aus seinen Gedanken. »Wünschen Sie eine Rasur oder …«

»Nein, ich danke dir. Und von jetzt an komme ich alleine zurecht.« Er lächelte, um seinen Worten die Schärfe zu nehmen, doch die Mühe hätte er sich sparen können, denn Yasmins Miene blieb ausdruckslos. Als sie antwortete, hielt sie ihre Augen fest auf Justins Gesicht gerichtet und ignorierte den Rest seines Körpers.

»Wie Sie wünschen. Meister Ingram hat frische Kleider für Sie bereitlegen lassen. Diese hier werden gewaschen. Sie können sie morgen wiederhaben.«

Justin nickte und ging hinüber in den anderen Raum. Er ließ sich in das Becken mit dem warmen Wasser gleiten und schloss die Augen.

Kapitän Harris hatte ihm gesagt, dass sie London in zehn, spätestens zwölf Tagen erreichen würden. Es galt also zu überlegen, was er nach seiner Ankunft als Erstes tun sollte. Natürlich wusste er, wo seine Familie – oder das, was davon übrig war – lebte. Ob er jedoch geradewegs in das Haus am Alden Square 12 marschieren und alle mit seiner Anwesenheit konfrontieren sollte, war eine andere Frage. Aufgrund des Überraschungseffekts mochte es ihm vielleicht gelingen, endlich die Antworten zu bekommen, die er haben wollte. Wenn er dagegen zunächst in einem Hotel Quartier nahm und über Mittelsmänner Erkundigungen einholte, hätte er seiner Verwandtschaft gegenüber einen unbestreitbaren Vorteil. Mit dem Geld von Meister Ingram könnte er sich eine solche Vorgehensweise erlauben. Auch Leila, die es ganz sicher ablehnen würde, ihn zu seiner Familie zu begleiten, wäre vielleicht zu einem Aufenthalt in einem Hotel zu überreden. Immerhin musste sie sich an die Sitten ihrer neuen Heimat erst gewöhnen, sie benötigte Kleider, sie musste die Sprache erlernen. Sie brauchte Zeit und Ruhe, um sich zu überlegen, was sie mit ihrem neuen Leben anfangen wollte, jetzt, da sie frei war. Und natürlich würde er ihr seine Hilfe anbieten. Ob Leila sie annahm, stand freilich auf einem anderen Blatt.

Justin seufzte und blickte zu der Kuppel, die sich über ihm wölbte. Kleine bunte Glassteine verwandelten das einfallende Licht in unzählige Regenbögen. Aber im Augenblick war er für derartige Schönheit blind. Egal, woran er dachte, immer stahl sich Leila in seine Überlegungen und beanspruchte einen Platz. Wenn sie sich weniger abweisend gegenüber seinen Zukunftsplänen gezeigt hätte, wäre er über diese Entwicklung alles andere als unglücklich gewesen. Aber wie die Dinge nun einmal standen, war es wohl für sie beide das Beste, sie aus seinen Gedanken zu verbannen. Wenn er nur wüsste, wie.

Yasmin begann, die an den Wänden angebrachten Öllampen und die im Raum verteilten Kerzenleuchter zu entzünden. Sie hatte den nassen Kaftan gegen einen trockenen getauscht und bewegte sich mit der Anmut einer Elfe. Um ihre Knöchel wanden sich zierliche Silberkettchen, wie er feststellte, als sie knapp an ihm vorbeiging. Trotzdem ließ ihn ihr Anblick kalt. Er reagierte einfach nicht auf sie. Einerseits war er erleichtert, aber je länger er nachdachte, desto klarer wurde ihm, dass er alles andere als erleichtert darüber sein sollte.

Justin schaute zu dem anderen Becken hinüber, das mit kaltem Wasser gefüllt war, und beschloss, dass es Zeit für eine Abkühlung war, um die beginnende Schläfrigkeit samt aller auftauchenden Gehirngespinste zu vertreiben.

Nachdem er damit fertig war und aus dem Becken stieg, wartete Yasmin bereits mit einem angewärmten Tuch auf ihn. Sie wickelte ihn darin ein und führte ihn zu einer geflochtenen Bastmatte, neben der ein irdenes Gefäß mit einem langstieligen Kännchen aus Kupfer stand.

»Bitte legen Sie sich hin. Ich werde Sie massieren«, kündigte Yasmin so sachlich an, als informiere sie ihn über die Speisenfolge fürs Abendessen.

Justins Blick blieb an der mit schimmernden Flüssigkeit gefüllten Schale hängen. Das musste das warme Öl sein, von dem Leila gesprochen hatte. Er sah Yasmin an, die stoisch und ohne Gefühlsregung vor ihm stand und darauf wartete, dass er tat, was sie gesagt hatte.

Das Tuch glitt von seinem Körper, dann streckte er sich bäuchlings auf der Matte aus und verschränkte die Arme unter seinem Kinn. Die Vorfreude auf diese neue Erfahrung wurde nur durch die Tatsache getrübt, dass es nicht Leila war, mit der er sie teilen konnte.

Hände berührten seinen Nacken und strichen in kleinen Kreisen in Richtung seiner Schultern. Das Öl verlieh der Berührung eine fließende Geschmeidigkeit, die er niemals zuvor erfahren hatte. Er schloss die Augen und genoss, wie die Finger die Verspannungen aus seinen Muskeln kneteten. Der aromatische Duft von Patchouli umhüllte ihn, und ein Gefühl der Ruhe breitete sich in ihm aus. Seine Gedanken lösten sich auf, dann trieb er in einem Zustand zwischen Wachsein und Schlafen dahin.

Doch plötzlich und unerwartet begann die Luft um ihn herum zu vibrieren. Er hielt die Augen geschlossen, aber die Schläfrigkeit war verflogen, stattdessen erwachte jeder Nerv in ihm zum Leben. Die Hände strichen weiterhin mit sanftem Druck über seinen Rücken.

Aber es waren nicht mehr Yasmins Hände. Da gab es keinen Zweifel. Er spürte Leilas Gegenwart so deutlich, als würde er sie sehen. Die Freude, dass sie zu ihm gekommen war, beschleunigte seinen Herzschlag.

Er veränderte seine Lage geringfügig und seufzte laut. »Das ist wirklich himmlisch. Ich hätte nicht gedacht, dass eine Massage so wunderbar entspannend sein kann.«

Sie schwieg, und er verkniff sich ein Lächeln.

»Ich habe gehört, dass eine Behandlung mit warmem Öl auch andere Dinge bewirken kann als bloße Entspannung.«

Statt einer Antwort wurde ein dünner Ölstrahl entlang seiner Wirbelsäule geträufelt, der nun zwischen seinen Pobacken versickerte. Sein Glied hatte begonnen, sich aufzurichten, als er Leilas Gegenwart gespürt hatte, doch nun presste es sich hart und fordernd gegen seinen Bauch. Justin stöhnte und machte sich nicht die Mühe, den Laut zu unterdrücken.

Er spreizte instinktiv die Beine und wartete darauf, dass sie anfangen würde, seine Hoden zu massieren. Stattdessen glitt ein Finger in den Spalt zwischen seinen Backen und fuhr dort auf und ab. Er hielt den Atem an und fragte sich, ob sie ihn tatsächlich penetrieren würde. Der Gedanke verstörte und erregte ihn gleichermaßen. Als er den öligen Finger an seinem Anus spürte, entspannte er seine Muskeln und vergrub den Kopf in den Armen. Tatsächlich glitt der Finger ein Stück in ihn hinein und hielt dann inne. Hitze strömte durch seinen Unterleib und hob die Lust, die er empfand, in neue, unbekannte Höhen.

Sie begann, den Finger zu bewegen. Leichte, kreisende

Bewegungen, die ihn von innen massierten und ihm das Gefühl gaben, nur mehr aus weißglühendem Verlangen zu bestehen. »Leila«, keuchte er, »hör auf, oder ich komme. Ich kann mich nicht länger zurückhalten.«

Er spürte nackte Haut an seiner, als sie sich neben ihm ausstreckte, aber ihr Finger blieb, wo er war.

Er wandte den Kopf.

Sie betrachtete ihn auf ihren Unterarm gestützt. Ein Ausdruck von Neugier lag auf ihrem Gesicht. »Woher wusstest du, dass ich es war?«

Er war nicht in der Verfassung, um Spielchen zu spielen. »Ich spüre dich, du bist in meinem Blut.«

Ihr Haar verhüllte die Rundung ihrer vollen Brüste nur unzulänglich. Der Anblick der harten Spitzen steigerte seine Erregung, obwohl er das in diesem Augenblick nicht für möglich gehalten hätte.

»Und jetzt bin ich nicht nur in deinem Blut. Gefällt es dir?« Ihre Lippen glänzten einladend feucht, und ihre Stimme schmiegte sich wie purpurfarbener Samt um seinen Verstand.

Er nickte. »Was immer du tust, du schaffst es, mir jedes Mal noch größere Lust zu bereiten.« Seine Worte klangen heiser, und er bemühte sich, seine Beherrschung aufrechtzuerhalten.

Sie beugte sich zu ihm. Ein heißer Mund presste sich auf seinen und trank das Stöhnen, das er nicht unterdrücken konnte. Ihre Zunge streichelte ihn, wie ihn ihr Finger streichelte, und er streckte den Arm aus, um sie enger an sich zu ziehen.

»Lass es kommen«, murmelte sie an seinen Lippen. »Ich liebe es, dich dabei zu beobachten. Ich liebe es, deine Lust zu sehen.«

Diese Worte waren mehr, als er ertragen konnte. Er schloss

die Augen und warf den Kopf in den Nacken. Mit einem letzten, heiseren Stöhnen ließ er sich von seinem Höhepunkt überrollen. Erst als die Kontraktionen schwächer wurden, öffnete er die Augen und merkte, dass sie gar nicht auf seine Rute sah, sondern in sein Gesicht.

Er erwiderte ihren Blick gleichmütig und versuchte, sich nichts von seinen Gefühlen anmerken zu lassen. Stattdessen griff er nach dem Tuch, mit dem er sich zuvor abgetrocknet hatte, und begann, seinen Bauch und die Matte zu reinigen.

Leila nahm ihm das Tuch ab und beendete, was er angefangen hatte. Als sie fertig war, legte sie sich neben ihn auf den Rücken. »Schon während ich dir vom Hamam erzählt hatte, fragte ich mich, wie es sich wohl anfühlen würde, dich mit warmem Öl zu massieren. Ich konnte die Gelegenheit nicht ungenutzt vorübergehen lassen.« Sie streckte die Hand aus und berührte seine Brust.

»Und – wie war es?«, fragte er in einer Mischung aus Belustigung und echter Neugier.

Sie hob den Kopf, und er ertrank in den violetten Tiefen ihrer Augen. »Dein Körper macht mich schwach vor Verlangen. Ich sehne mich danach, ihn zu berühren, und wenn ich ihn berühre, kann ich nicht genug davon bekommen. Und auch nicht davon, zu sehen, wie du deine Lust erlebst.«

Er beugte sich über sie. »Mir ergeht es nicht anders. Ich will dich berühren, überall berühren mit meinem Mund, meiner Zunge, meinen Händen. Ich möchte dir so viel Lust verschaffen wie du mir gibst.«

Seine Hand wanderte über ihren Bauch zu ihrem Venushügel. Leila spreizte willig die Beine, und seine Finger glitten in die wohlbekannte feuchte Hitze. Er spielte mit ihr, reizte sie und folgte ihren heiser gestammelten Anweisungen.

Sie wand sich unter seinen Liebkosungen, presste seine

Hand zwischen ihren Schenkeln zusammen und stöhnte laut auf, als er mit zwei Fingern tief in sie eindrang.

Erst als er sich auf sie rollte, stemmte sie die Hände gegen seine Schultern und schüttelte den Kopf. »Du kannst mich nicht nehmen, es ist zu gefährlich, ich habe ... nichts ... um zu verhindern, dass ich ein Kind empfange.«

Er hielt inne. »Sag mir, was ich tun soll«, flüsterte er. »Was immer du willst, ich werde es tun.«

Im Grunde rechnete er damit, dass sie ihn nun beiseiteschieben und einfach gehen würde. Stattdessen befeuchtete sie ihre Lippen mit der Zunge und blickte ihn mit vor Leidenschaft verhangenen Augen an. »Die Kerzen«, begann sie heiser. »Nimm eine der Kerzen ...«

Justin betrachtete die Kandelaber. Schließlich stand er auf und brachte eine der dicken weißen Kerzen herbei. Die Flamme war bereits erloschen, als er sich neben Leila niederkniete.

Sie griff danach und begann, das weiche Wachs um den Docht zu einer runden Kuppe zu formen. Die Geste, mit der Leila ihm die Kerze zurückgab, war eindeutig.

Unsicher betrachtete Justin den künstlichen Penis. »Es ist zu dick. Ich werde dich damit verletzen.«

Ein Lächeln erschien auf ihrem Gesicht. »Es ist nicht dicker als du.«

Er blickte an sich herab und stellte schockiert fest, dass sie recht hatte.

»Und du hast ganz wunderbar in mich hineingepasst.« Zur Untermalung ihrer Worte spreizte sie weit die Beine und winkelte die Knie an. »Komm, probier es aus.«

Dieser Einladung konnte er nicht widerstehen. Langsam zog er die Schale mit dem Öl näher und tauchte die Spitze der Kerze hinein. Zögernd durchpflügte er damit ihre klaffende Spalte. Einmal, ein zweites Mal, erst beim dritten Mal schob er die Kerze ein Stück in sie hinein. Noch immer erschien ihm die Öffnung viel zu klein, doch er sah, dass sie sich zwar eng um das weiße Wachs schloss, die Kerze aber trotzdem mühelos in ihr rosiges Fleisch glitt.

Atemlos machte er weiter, den Blick auf die sich immer weiter dehnende Scheide gerichtet. Das bloße Zusehen erregte ihn. Längst war er selbst wieder hart geworden und hätte liebend gerne den Platz der Kerze eingenommen, aber er respektierte Leilas Wunsch.

Vorsichtig begann er sie mit dem Wachspenis zu stoßen, aber da sie ihm auffordernd ihr Becken entgegenwölbte, erhöhte er das Tempo und die Vehemenz der Stöße. Er hätte nie gedacht, dass es ihn derart erregen könnte, zu sehen, wie eine Frau mit einem Hilfsmittel Befriedigung suchte. Und fand.

»Habt ihr es euch auf diese Weise im Harem gemacht?«, fragte er gepresst.

Sie nickte, ihr Atem ging flach, ihre Brustwarzen standen steil nach oben. Er griff danach und rieb sie mit der freien Hand.

»Ist es besser als mit einem Mann?«

Sie keuchte, und er hielt in seinem Tun inne. »Ist es besser?«, wiederholte er.

»Manchmal«, stieß sie undeutlich hervor.

»Warum?«

»Weil mich ein Mann nicht immer so vollkommen ausfüllt.«

Er spürte, wie Leila die Kerze in sich festhielt, und zog sie gegen den Widerstand heraus. Sie stöhnte so sehnsüchtig auf, dass ein heißer Lusttropfen aus seiner geschwollenen Eichel quoll.

Mit zusammengebissenen Zähnen kämpfte er gegen den Drang an, die Faust um seine Rute zu schließen. Stattdessen rammte er die Kerze mit schnellen, tiefen Stößen immer wieder in Leilas Körper. So lange, bis sie sich in einem von dumpfem Schluchzen begleiteten Höhepunkt verlor.

Erschöpft sah er auf sie hinunter. Sein Handgelenk schmerzte von dem verkrampften Griff, mit dem er die Kerze festgehalten hatte. Als er sie nun endgültig aus Leila herauszog, sah er, dass sich das Wachs ihrem Körper angepasst hatte. Wieder fuhr Erregung wie ein Blitzschlag durch seinen Körper.

Leilas Atem beruhigte sie sich, und sie öffnete die Augen. Ihr Blick wanderte von der verbogenen Kerze zu seiner Eichel, die sich feucht und gierig durch die Vorhaut schob.

»Komm her«, flüsterte sie. »Knie dich über mich.«

Ohne nachzudenken, tat er, was sie sagte. Mit gespreizten Beinen kniete er über ihren Hüften und sah sie erwartungsvoll an.

»Tauch deine Hände ins Öl und massiere meine Brüste damit.«

Wieder gehorchte er. Die vollen, weichen Rundungen glitten durch seine Finger und schmiegten sich in seine Handflächen ... Leilas Stimme riss ihn aus seinen Gedanken. »Komm näher und schieb dein Glied zwischen meine Brüste.«

Sein Kopf ruckte hoch. Auf ihrem Gesicht lag ein wissendes, sehr sinnliches Lächeln. Sobald er seine Rute zwischen ihren Brüsten positioniert hatte, drückte Leila sie fest zusammen. »Und jetzt beweg dich.«

Zögernd stieß er das Becken nach vorne, zog sich zurück und stieß wieder zu. Der Anblick, wie seine Eichel immer wieder zwischen ihren ölig glänzenden Brüsten auftauchte, schwemmte auch den Rest von Vernunft aus seinem Gehirn. Er stöhnte, seine Bewegungen entglitten seiner Kontrolle und gehorchten nur mehr einem animalischen Instinkt. Sie hob den Kopf und öffnete den Mund, um seine Kuppe jedes Mal, wenn sie zwischen ihren Brüsten auftauchte, mit der Zunge zu streicheln. Sein Stöhnen verlor sich in tiefen, kehligen Lauten, die fremd in seinen Ohren klangen.

Als er kam, ergoss er sich über ihre Brust, ihr Kinn, ihre Lippen. Keuchend starrte er auf die dicken, milchigen Tropfen und sah atemlos, wie sie mit der Zunge über ihren Mund fuhr und schließlich ihren Handrücken ableckte wie eine Katze die Pfote.

Es gab nicht vieles, das sich für alle Ewigkeit in sein Gehirn eingebrannt hatte, aber dieses Bild gehörte dazu. Zweifellos war es laszív und obszön, triebhaft und frivol, aber gleichzeitig brachte es tief in ihm eine weitere unbekannte Saite zum klingen.

Er konnte nicht anders, er beugte sich vor und küsste sie. Schmeckte sich selbst in der Süße ihres Mundes. Schmeckte seine Lust und ihre Hingabe, vereint in diesem unbeschreiblichen Moment.

Sie schlang die Arme um seinen Hals und erwiderte den Kuss sanft und leidenschaftlich zugleich. Ihre Reaktion drängte ihn dazu, sich zu offenbaren, ihr zu sagen, dass und wie sehr er sie liebte. Nur die Angst, alles zu zerstören, ließ ihn schweigen.

Aber musste sie nicht auch etwas für ihn empfinden? Er konnte sich nicht vorstellen, dass sie das alles nur tat, weil sie diese aberwitzige Vereinbarung geschlossen hatten. Oder weil sie sein Körper erregte. Sie zog Befriedigung aus allem, was bei ihren Liebesakten geschah, das war unübersehbar. Seine Lust bereitete ihr Vergnügen, und umgekehrt war es ebenso.

Leila setzte sich auf und griff nach dem Tuch, das schon einmal dazu gedient hatte, die Spuren seiner Leidenschaft zu beseitigen. »Hast du mit der Schneiderin Erfolg gehabt?«, fragte er, während er ihr dabei zusah.

»Ja, sie hatte einige passende Kleidungsstücke dabei, die ich ihr gleich abgekauft habe.«

»Gut, ich werde ihr das Geld dafür geben«, sagte er, ohne auch nur einen Moment darüber nachzudenken.

Leila faltete das Tuch übertrieben sorgfältig zusammen. »Das habe ich schon erledigt.« Sie sah ihn bei diesen Worten nicht an.

Justin nickte. »Oh, natürlich, ich hatte das Geld ja in unserem Zimmer gelassen.«

Jetzt hob sie doch den Kopf. »Ich hab es nicht von deinem Geld bezahlt, Justin. Ich besitze ein paar Schmuckstücke und habe der Schneiderin einen Ring für die Kleider gegeben.«

Sein Lächeln verblasste. »Du hast Schmuck? Woher?«

»Der Pascha bezahlte für meine Dienste mit Juwelen und Perlen.« Ihre Stimme klang ruhig, aber ihre Augen hatten jeden Glanz verloren.

Er hatte ohne zu zögern seine Habseligkeiten vor ihr ausgebreitet und ohne mit der Wimper zu zucken das einzig Wertvolle davon verkauft, um ihnen eine Perspektive zu eröffnen. Für ihn war es selbstverständlich gewesen, dass der Erlös ihnen gemeinsam gehörte. Deshalb begriff er nicht, warum sie ihm nicht schon früher von dem Schmuck erzählt hatte. »Warum hast du mir nichts davon gesagt?«

»Es erschien mir nicht wichtig.«

Die Worte klangen falsch in seinen Ohren. Doch dann verstand er: Sie vertraute ihm nicht. Sie schloss ihn aus ihren Entscheidungen aus. Aus ihrem Leben. Sie duldete gerade seine Anwesenheit, das war alles.

Er stand auf und drehte ihr den Rücken zu, um zu verbergen, wie sehr ihn ihr Verhalten verletzte. Er wollte sich schon erheben, doch ihre Stimme ließ ihn innehalten.

»Außerdem … möchte ich von dir kein Geld nehmen … dafür.«

Der Schlag saß, aber er schaffte es, nicht zu taumeln. Ohne

ein Wort verließ er den Raum und lehnte sich draußen gegen die geschlossene Tür. Noch vor wenigen Augenblicken hatte er sich im Paradies geglaubt, doch jetzt musste er erkennen, dass er in der Hölle gelandet war.

13

Meister Ingram schwatzte während des Abendessens vor sich hin und war so glücklich, Gäste zu haben, dass ihm deren Schweigsamkeit nicht weiter aufzufallen schien.

Leila hatte aufgehört zu zählen, wie viele Gänge schon serviert worden waren. Stattdessen bediente sie sich von allen Platten und nahm von allen Schüsseln, nur damit sie nicht einen Teil der Unterhaltung bestreiten musste.

Justin hatte nach ihrem Geständnis den Hamam verlassen und kein Wort mehr mit ihr gesprochen. Dass er ihr die Sache mit dem Schmuck übelnehmen würde, war ihr klar gewesen, aber dass er dermaßen starrsinnig reagierte, überraschte sie dennoch.

Sie bedauerte, dass sie den Schmuck überhaupt erwähnt und sein Geld nicht einfach angenommen hatte. Er wusste nicht, wie schwer es ihr fiel, über die Herkunft der Juwelen zu sprechen. Und natürlich wusste er auch nicht, dass sie ihn inzwischen zu sehr mochte, um mehr von ihm anzunehmen als sein Schweigen im Hinblick auf ihre Flucht.

Als sie alleine in ihrem Zimmer waren und er mit in den Händen vergrabenem Kopf auf dem Bett saß, hockte sie sich vor ihm nieder.

»Justin, es tut mir leid. Ich hätte es dir sagen sollen …«

Er ließ die Hände sinken und sah sie an. »Nein, du musst gar nichts. Wir haben eine Vereinbarung für die Dauer der Reise. Diese Vereinbarung erstreckt sich nicht auf so nebensächliche Dinge wie unsere privaten Besitztümer.«

Sein Gesicht war grau, die Augen blickten müde und desillusioniert. Von dem lebensfrohen, vertrauensvollen Jungen, von dem Mann, der seine Lust ohne Scheu zelebriert hatte, gab es keine Spur mehr, nicht einmal einen Schatten. Der Justin, den sie kennen gelernt hatte, war verschwunden, als hätte es ihn nie gegeben.

Leila wand sich innerlich. Es war ihre Schuld, dass er so abrupt hatte erwachsen werden müssen. Sie versuchte nach seiner Hand zu greifen, aber er zog sie weg.

Mit einem unhörbaren Seufzen stand Leila auf. Sie ging zum Spiegel, entfernte die Nadeln aus ihrem Haar und flocht es für die Nacht zu zwei Zöpfen. Dann zog sie die neuen Kleider aus, legte sie sorgfältig auf einen Hocker und kehrte zum Bett zurück. Es war breit genug für fünf, also bestand keine Gefahr, dass sie ihn unabsichtlich berührte. Sie schlüpfte unter die Decke und blies die Kerze auf ihrem Nachtkästchen aus.

Es war gespenstisch still im Raum. Justin hatte seine Kerze nicht gelöscht, und die zuckende Flamme warf unruhige Schatten an die Wände. Leila presste die Augen zusammen. Sie wollte schlafen, nichts als schlafen und nach Möglichkeit in einer anderen Welt aufwachen.

Plötzlich bewegte sich die Matratze, und Leila spürte Justins Atem in ihrem Nacken. Jedes Härchen an ihrem Körper richtete sich auf.

»Ich liebe dich.« Er berührte sie nicht, sondern wiederholte leise: »Ich liebe dich.«

Leila überlegte fieberhaft, was sie ihm antworten sollte. Seine Hand strich über ihren Oberschenkel, folgte dem Schwung ihrer Hüfte, um sich auf ihre Brust zu legen. Sofort stellte sich ihre Brustwarze auf.

Er rückte näher, und sie fühlte seine nackte Haut an ihrem Rücken. Die Erregung ließ ihren Magen flattern wie einen kleinen Vogel. Sie schloss die Augen. »Das ist keine Liebe,

Justin. Das ist Verlangen. Dein Körper verlangt nach Befriedigung, und ich bin nun einmal da, um dein Verlangen zu stillen.«

»Ich liebe dich«, wiederholte er, ohne seine Stimme zu heben oder damit aufzuhören, ihre Brust zu streicheln.

»Du wirst Frauen treffen, die du lieben kannst. Schöne, kluge Frauen aus deiner Welt. Frauen, die sich zur Mutter deiner Söhne eignen. Du wirst mich vergessen, irgendwann wirst du dich nicht einmal mehr an meinen Namen erinnern.« Der letzte Satz schmerzte sie mehr, als sie gedacht hatte.

»Ich liebe dich.« Er drang in sie ein, mühelos und mit einem einzigen Stoß. Seine Hand hielt ihre Brust umfasst, während er sie in die Kissen drückte. Sein Mund brannte sich in ihre Schulter, seine Knie drückten ihre Schenkel auseinander, um sich mehr Raum zu verschaffen.

Er schob die andere Hand zielstrebig unter ihren Bauch, zwischen ihre Schamlippen und liebkoste ihre Klitoris. Sein Mund leckte sich den Weg zurück zu ihrem Ohr, während er weiter in sie stieß. »Ich liebe dich.«

Leila stützte sich auf den Unterarmen auf. Sie konnte nicht mehr denken, das altbekannte Verlangen hatte alles andere ausgelöscht. Da war nur mehr sein heißes, hartes Fleisch, das sich wieder und wieder in sie bohrte, die unnachgiebigen Finger, die mit der geschwollen Knospe ihrer Brust und mit der geschwollenen Knospe zwischen ihren Beinen spielten.

Seine Zunge folgte den Konturen ihrer Ohrmuschel. Sein heißer Atem ließ Leila erschaudern, als er flüsterte: »Ich liebe dich.« Er hämmerte weiter und weiter in ihren Körper, bis ihr Höhepunkt über ihr zusammenschlug.

Sein Gewicht lastete schwer auf ihr. Sie wand sich unter ihm hervor und blieb neben ihm liegen. Ehe sie etwas sagen konnte, strichen seine Lippen sanft über ihren Mund.

»Ich liebe dich. Die einzige Frau, die die Mutter meiner Söhne werden soll, bist du.«

Alles Blut wich aus Leilas Gesicht, als sie den Sinn seiner Worte erfasste. Sie fühlte sich, als fiele sie in ein schwarzes, unendlich tiefes Loch.

Als sie endlich sprechen konnte, hatte ihre Stimme jeden Klang verloren. »Wenn du mich lieben würdest, dann hättest du das nicht getan.« Sie starrte ihn an, ein Blick, in dem sich neben Empörung auch Bestürzung widerspiegelte, und fuhr fort: »Wenn du mich lieben würdest, hättest du nicht einfach deinen Samen in mir vergossen. Du willst, dass ich die Mutter deiner Söhne werde – aber ob ich das will, das kümmert dich nicht. Hauptsache, du bekommst, was du willst.«

Ihre Augen brannten, aber sie würde nicht weinen. Sie hatte noch nie vor einem Mann geweint, und bei ihm würde sie gewiss nicht damit anfangen. Das hatte Zeit, bist sie alleine war. Oder zumindest, bis er schlief.

»Leila«, stammelte er und streckte die Hand nach ihr aus, aber sie rückte ein Stück von ihm ab, so dass er sie nicht berühren konnte. »Ich ... das wollte ich nicht. Daran habe ich nicht gedacht.«

Statt einer Antwort zog sie die Decke über sich und rollte sich zusammen. Ohne ein weiteres Wort rutschte sie ans äußerste Ende des Bettes. Als er nach ihrer Schulter greifen wollte, zischte sie zornig: »Fass mich nicht an. Ich habe genug.«

Sie hörte, wie er zurückwich und wie er nach einer kleinen Ewigkeit schließlich die Kerze ausblies. Erst jetzt wagte sie es, die Augen zu öffnen, und blinzelte in die Dunkelheit. Er schlief nicht, dazu ging sein Atem zu unregelmäßig.

Sie zog die Decke eng um ihren Körper. Wie hatte er das tun können? Und wie hatte sie nur die elementarsten Vorkehrungen vergessen können, um zu verhindern, dass sie ein Kind empfing? Er hatte sie überrumpelt, aber nach den vergangenen Tagen hätte sie wissen müssen, dass er sich auch in dieser Nacht über sie hermachen würde. Egal ob er wütend war auf sie oder nicht. Sie hätte vorbereitet sein müssen. Aber sie war es nicht gewesen. Und wenn das Schicksal es wollte, dann musste sie den Rest ihres Lebens für ein paar lustvolle Augenblicke bezahlen.

Sie spürte, wie eine Träne über ihre Wange rollte und im Kissen versickerte. Wie hatte sie nur so dumm sein können? Justin war ein Mann, und Männer versuchten immer, zu bekommen, was sie wollten. Mit ehrlichen und weniger ehrlichen Mitteln. Sie hatte es gewusst und sich dennoch einlullen lassen von seiner Naivität, von seinem wunderbaren Körper und der Anbetung in seinem Blick. Egal ob er es aus Berechnung oder aus reiner Verblendung getan hatte, sie musste damit rechnen, dass er sie heute Nacht geschwängert hatte.

»Ich werde dich heiraten«, sagte er in die Stille hinein. »Ich werde Kapitän Harris bitten, uns zu vermählen. Alles wird gut, mach dir keine Sorgen.«

Leila glaubte, ihren Ohren nicht zu trauen. Verstand er denn gar nichts? Hatte er wirklich keine Ahnung, was in ihr vorging? Glaubte er wirklich, sie würde freudig das eine Gefängnis gegen das andere eintauschen?

»Ich will dich nicht heiraten, Justin.«

»Aber wenn du doch mein Kind trägst?«

»So muss es nicht kommen.« Allerdings war es jetzt auch nicht mehr unmöglich, also konnte sie den Gedanken nicht ignorieren. »Aber sogar wenn ... ich will dich nicht heiraten. Und auch, wenn du es jetzt nicht verstehst, irgendwann wirst du es verstehen und mir dankbar sein.«

»Bin ich dir so gleichgültig?«

Sie seufzte. »Du bist mir nicht gleichgültig ... aber für mich wirst du immer nur einer von vielen sein, das ist alles. Du bist für mich nichts Besonderes – wie es ein Mann für die Frau, die er heiraten möchte, sein sollte. Warum willst du das nicht verstehen?«

Er schwieg, und sie widerstand der Versuchung, sich zu ihm zu drehen. Sie suchte nach Worten, die ihn davon überzeugen konnten, dass es zwischen ihnen keine Gemeinsamkeiten gab. Und niemals geben würde. Aber sein nächster Satz ließ sie in ihren Überlegungen innehalten.

»Ich glaube dir nicht«, sagte er völlig ruhig. »Ich glaube dir nicht, dass ich für dich nur einer von vielen bin. Du bist meine erste Frau, aber egal, was du behauptest, ich bin erst dein zweiter Mann. Du magst viel darüber wissen, wie du einen Mann erregst und ihm Befriedigung schenkst. Aber außer mit mir hast du dich bisher nur mit dem Pascha vereinigt.«

Leila war dankbar für die Dunkelheit, die sie einhüllte. Sie konnte ihm darauf keine Antwort geben, ohne zu lügen, oder ohne mehr von sich zu enthüllen, als ihr lieb war.

»Du stößt mich zurück, aber ich weiß nicht, warum. Ich weiß nur, dass deine Erklärungen aus der Luft gegriffen sind.«

Leila dachte fieberhaft nach. Sie musste diese Diskussion beenden, ehe sie mit dem Rücken an der Wand stand. Sie musste ihm etwas geben, woran er sich festhalten konnte, ohne nach Dingen zu graben, von denen sie nicht wollte, dass er sie fand. Also atmete sie tief ein und sagte leise: »Ich werde darüber nachdenken, was du gesagt hast. Ich werde darüber nachdenken, ob ich mich täusche. Ob uns mehr verbindet als körperliches Verlangen. Ob wir in deiner Welt eine Chance haben können.« Sie wartete, ob er etwas erwidern würde, aber er schwieg, und so sprach sie weiter. »In London werde ich dir sagen, zu welchem Ergebnis ich gekommen bin.«

»Und wenn du ein Kind unterm Herzen trägst?« Wieder brachte er die Sache hartnäckig auf den Punkt.

Ihr Mund wurde trocken. Egal, wie sehr sie versuchte, die Augen vor der Wahrheit zu verschließen – es gab nur eine

Antwort darauf, die sie nun widerwillig hevorpresste: »Dann muss ich dich wohl heiraten. Ob ich will oder nicht.« Schon ohne Kind war der Weg, der sie erwartete, steil und steinig, mit einem Kind und ohne Hilfe würde sie ihn nicht gehen können.

Sie hörte, wie Justin aufatmete, und hilflose Wut breitete sich in ihr aus. Sie war in eine Falle getappt, die sie hätte sehen müssen. Aber die Gefühle, die Justin in ihr geweckt hatte, hatten sie eingenebelt. *Gefühle machen schwach.* Wenn Jamilah nur wüsste, wie recht sie damit gehabt hatte.

Er kam näher, und sie spürte, wie er sich über sie beugte. »Ich werde dich nicht drängen, eine Entscheidung zu treffen, Leila. Ich liebe dich, ich würde nichts lieber tun, als den Rest meines Lebens mit dir zu verbringen. Aber ich könnte dich niemals dazu zwingen.« Seine Stimme wurde leiser. »Alles, was ich will, ist dein Glück. Selbst um den Preis meines eigenen Unglücks.«

Seine Worte trafen sie mitten ins Herz. Sie wünschte, es wäre nicht so. Sie wünschte, sie wäre all das, was er in ihr sah. Sie wünschte, er würde sie sehen, wie sie wirklich war – und dennoch lieben.

Und als sie begriff, was sie da dachte, begriff sie auch, dass sie nicht mehr darüber nachgrübeln musste, ob sie mehr mit Justin verband als reines körperliches Verlangen.

Am nächsten Morgen übergab Meister Ingram Justin den Rest des Geldes und brachte seine Gäste persönlich zum Hafen.

Leila zwang sich, ihren Unmut zu verbergen. Weder an der Tatsache, dass sie vermutlich Justins Kind unter dem Herzen trug, noch, dass sie sich in ihn verliebt hatte, war etwas zu ändern. Sie musste mit beidem fertig werden.

Zurück an Bord der »Sea Witch« erschien ihr die Kabine noch enger als zuvor. Justin tat, als wäre die letzte Nacht nie gewesen. Immer wieder lächelte er sie glücklich an und behandelte sie auch weiterhin mit größtmöglicher Aufmerksamkeit. Innerhalb und außerhalb des schmalen Bettes.

Je näher das Ziel der Reise kam, desto sicherer war sich Leila, dass sie ein Kind empfangen hatte. Angst und Panik wichen langsam der vagen Hoffnung, dass trotz allem, was dagegen sprach, eine Ehe mit Justin vielleicht doch eine Chance haben könnte. Sie begann von einer Familie zu träumen, von einem Platz, an den sie gehörte, und von einem Mann, der sie liebte. Und sie spürte, Justin ging es ähnlich. Zwar sprach er es nicht mehr laut aus, aber sie las es in seinen Augen und in den vielen kleinen Gesten des täglichen Zusammenlebens.

Ein winziger Funke Vorfreude begann in Leila zu glühen und wuchs mit jeder Zärtlichkeit, mit jeder nebensächlichen Aufmerksamkeit, die Justin ihr schenkte. Dieser Funke ließ alle möglichen Probleme und Schwierigkeiten unwichtig erscheinen und brachte sie dazu, sich in rosaroten Zukunftsplänen zu verlieren. Das Schicksal hatte ihr die Wahl abgenommen, und sie begann die Aussicht darauf, ihr Leben an der Seite Justins zu verbringen, nicht nur zu akzeptieren, sondern sich danach zu sehnen.

Deshalb traf es sie auch wie ein Blitz aus heiterem Himmel, als sie eines Morgens bemerkte, dass ihre monatliche Blutung eingesetzt hatte. So saß sie mit hängendem Kopf auf dem Bett, erschlagen von der Gewissheit, dass sie bloß einem schillernden Traum nachgehangen hatte. Und dass sie nichts mehr an Justin band.

»Komm schnell, wir laufen in den Hafen ein!« Justin steckte seinen Kopf zur Kabinentür hinein. »Zieh dich an, das musst du sehen.«

Sie nickte wie eine Marionette. Glücklicherweise schlug er die Tür wieder zu, ohne darauf zu warten, dass sie ihm folgte. Leila starrte auf ihre ineinander verschränkten Finger. Es gab keinen Grund mehr, bei Justin zu bleiben. Keinen, außer der Gewissheit, dass ihr Herz brechen würde, wenn sie ging. Aber das reichte nicht aus, ihn an sich zu binden, wenn die Zukunft so ungewiss und die Vergangenheit so bedrohlich war.

Sie raffte ihre Habseligkeiten zusammen, zog den weiten schwarzen Mantel an und verbarg das Bündel darunter. Den Schleier hatte sie nur locker um die Schultern gelegt. An der Tür warf sie einen letzten Blick zurück auf den kargen Raum, in dem sie einige so unbeschreiblich glückliche Tage verbracht hatte. Dann wandte sie sich um und zog die Tür hinter sich ins Schloss.

Als sie an Deck erschien, hatte die »Sea Witch« gerade angelegt. Die Mannschaft eilte bereits geschäftig über die Planken, die das Schiff mit den Themsedocks verband. Kisten und Fässer türmten sich entlang der Kaimauer, Geschäftsleute standen in kleinen Gruppen daneben, in lebhafte Diskussionen verstrickt. Beladene Fuhrwerke warteten neben Mietkutschen und privaten Gefährten.

Leila ließ ihre Blicke über das bunte Treiben wandern und zuckte zusammen, als ihr Justin den Arm um die Schulter legte.

»Wir sind da. Wir sind zu Hause.« Seine Begeisterung drang aus jeder Pore. »Ich bin schon so neugierig, ich kann es gar nicht erwarten, zu sehen, was sich alles verändert hat.«

Ohne eine Antwort abzuwarten, zog er sie enger an sich. »Ich werde den Kapitän bitten, unsere Sachen an Deck bringen zu lassen und eine Kutsche zu holen.«

Unsere Sachen. Er hatte sie seit jener Nacht nicht mehr nach ihrer Entscheidung gefragt, ganz offensichtlich ging er davon aus, dass alles klar war. Leila schluckte ihren Unmut hinunter und zwang ein Lächeln auf ihr Gesicht. »Das ist eine gute Idee.«

Er rieb ihren Oberarm unter der dünnen Galabea. »Ist dir kalt? Du zitterst ja!«

»Das ist nur die Aufregung«, wich sie aus. »Obwohl es hier tatsächlich ein bisschen kühl ist.«

»Ich hole dir meinen Mantel«, sagte er eifrig und wandte sich ab.

Leila blickte ihm nach, und der Schmerz ließ ihr Herz einen Schlag aussetzen. Ohne es zu ahnen, hatte er soeben die Tür zu ihrer gemeinsamen Zeit zugeschlagen.

Sie zog den Schleier über ihren Kopf und steckte ihn seitlich fest, damit er ihr Gesicht frei ließ. Mit wenigen Schritten erreichte sie die Planke, kurz darauf hatte sie die »Sea Witch« verlassen. Niemand schenkte ihr Aufmerksamkeit, niemand hielt sie auf.

Sie mischte sich unter das Volk, das die Docks bevölkerte, und steuerte den Platz an, auf dem die Mietkutschen standen. Unweit des ersten Wagens in der Reihe unterhielten sich die Lenker lautstark miteinander und schenkten ihr keine Beachtung.

Leila straffte sich und fixierte einen der Männer so lange, bis sich die ganze Gruppe zu ihr umdrehte. Dann nannte sie ihr Fahrziel und zog gleichzeitig ihre Hand, in der sich einige Geldscheine befanden, aus den Tiefen des Mantels. Die Augen der Männer saugten sich daran fest, einer sprang vor und verbeugte sich tief vor ihr.

»Mylady, wenn Sie mir folgen würden.« Er wollte nach den Geldscheinen greifen, doch Leila hielt das Bündel fest umklammert. Das stumme Duell dauerte ein paar Augenblicke, dann gab der Mann nach und ging zu seiner Kutsche. Er öffnete den Wagenschlag und klappte das Treppchen herunter.

Leila stieg ein. Sie zwang sich dabei, nicht zurückzuschauen zum Kai, wo die »Sea Witch« ankerte.

Die Kutsche rollte an und fuhr los. Leila lehnte den Kopf an die Polsterung. Jeder Nerv, jeder Muskel in ihr war zum Zerreißen gespannt. Noch immer bestand die Möglichkeit, dass Justin ihre Flucht entdeckt hatte und jeden Moment die Kutschentür aufriss.

Doch nichts dergleichen geschah. Die kleinen Läden und Schankstuben am Pier zogen gemächlich an ihr vorbei und wichen schließlich adretten Backsteinbauten.

Leila traten die Tränen in die Augen, doch sie konnte nicht sagen, ob aus Erleichterung oder aus Verzweiflung.

14

Justin ging unter Deck, öffnete die Kabinentür und sah sich nach seinem Mantel um. Er lag ordentlich zusammengefaltet auf einem Stuhl. Als er danach griff, bemerkte er, dass Leila aufgeräumt und das Bett gemacht hatte. Das penible Arrangement der wenigen Gegenstände verriet Leilas ausgeprägten Hang zur Ordnung, etwas, das ihm bisher noch nicht an ihr aufgefallen war. Er lächelte.

Obwohl er nach der Nacht in Malta nicht damit gerechnet hatte, hatten sich die letzten Tage an Bord ungewöhnlich harmonisch erwiesen. Er hegte weder einen Zweifel daran, dass Leila ihn liebte, noch, dass sie bei ihm bleiben würde. Sie würden ein Kind miteinander haben, einen Beweis ihrer Verbundenheit. Der Gedanke erfüllte ihn mit Ehrfurcht und Freude zugleich. Jetzt mussten nur mehr seine familiären Angelegenheiten in Ordnung gebracht werden, dann stand einer Zukunft in leuchtenden Farben nichts mehr im Weg.

Er nahm den Mantel und ging wieder an Deck. Oben erwartete ihn Kapitän Harris. »Wenn's recht ist, lasse ich Ihre Sachen an Land bringen, Mr Grenville«, bot er an.

»Sehr gut, Kapitän. Ich werde auch eine Kutsche benötigen, kümmern Sie sich doch bitte darum«, erwiderte Justin.

»Natürlich, ich schicke einen der Männer zum Standplatz und lasse einen Wagen vorfahren.« Er nickte seinem Passagier zu und wandte sich ab.

Justin machte sich auf den Weg zur Reling, wo er Leila zurückgelassen hatte. Das Löschen der Ladung war in vollem Gange, deshalb musste er mehrmals Halt machen, um die

Seeleute passieren zu lassen. Als er die Steuerbordseite endlich erreicht hatte, stellte er fest, dass Leila nicht mehr dort war. Suchend blickte er sich um, konnte sie aber nirgends entdecken. Er fragte die Seemänner, erntete jedoch nichts als Kopfschütteln. Niemand hatte sie gesehen.

Langsam, aber unaufhaltsam begannen sich seine Eingeweide in Eis zu verwandeln. Ein furchtbarer Verdacht stieg in ihm auf. Um ihn zu entkräften, ging Justin zur Kabine zurück.

Die fein säuberliche Anordnung aller Einrichtungsgegenstände bekam plötzlich eine völlig neue Bedeutung. Er öffnete die Laden der Kommode, aber nirgendwo fand sich ein Beweis, dass Leila jemals hier gewesen war. Sie hatte alle Spuren getilgt.

Justin sank auf den Stuhl vor dem Tisch und vergrub das Gesicht in den Händen. Das durfte nicht wahr sein. Sie konnte ihn doch unmöglich so getäuscht haben? Sie konnte ihn nicht anlächeln und ihm gleichzeitig ein Messer ins Herz stoßen.

Dennoch hatte sie es getan. Das Glücksgefühl, das ihn noch vor wenigen Augenblicken wie auf Wolken hatte schweben lassen, wich einem Schmerz, der ihn zu zerreißen drohte. Sie musste ihre Flucht geplant haben, von Anfang an, und sie hatte die erstbeste Möglichkeit genutzt, ihren Plan in die Tat umzusetzen. Sie hatte ihn nie geliebt, sie hatte ihn nur benutzt.

Ihr Gesicht tauchte vor seinem inneren Auge auf. Ihr Lächeln, das unzählige Versprechen barg, ihre strahlenden Augen, ihre leicht geöffneten Lippen, die ihn anflehten, sie zu küssen. Konnte ein Mensch sich wirklich so verstellen? Nein, ihre Hingabe war ebenso wenig geheuchelt gewesen wie die Lust, die sie empfunden hatte, wann immer sie sich geliebt hatten.

Er hob den Kopf und starrte ins Nichts. Er würde Leila finden, und er würde Antworten bekommen auf alle Fragen, die ihn bewegten. Wo konnte sie hier in England schon hingehen? Sie kannte niemanden hier, beherrschte nicht einmal die Sprache. Er würde sie finden. Es war nur eine Frage der Zeit.

Mit eckigen Bewegungen erhob er sich, schlüpfte in den Mantel und ging zurück an Deck. Der Kapitän ließ ihn wissen, dass die Kutsche bereits wartete, und schickte zwei Männer nach unten, um Justins Truhe zu holen. Harris musste von Leilas Flucht erfahren haben, denn er erwähnte sie mit keinem Wort. Justin schüttelte dem Mann die Hand, bedankte sich für das Entgegenkommen während der Reise und verließ die »Sea Witch«, ohne sich noch einmal umzusehen.

Am Pier nannte er dem wartenden Kutscher die Adresse des Familiensitzes am Alden Square, dann stieg er ein und lehnte sich erschöpft in die Polster zurück. In Gedanken war er noch immer bei Leila, aber er musste auch an die unmittelbare Zukunft denken, daran, wie er seiner Familie gegenübertreten wollte.

Schneller, als er erwartet hatte, hielt die Kutsche vor einem imposanten Stadtpalais, dessen Portal von zwei weißen Säulen eingerahmt wurde. Justins Herzschlag beschleunigte sich, als er aus dem Fenster auf die beeindruckende Fassade blickte. Erinnerungen tauchten vor seinem geistigen Auge auf, ohne dass er eine davon greifen konnte.

Mit einer angedeuteten Verbeugung öffnete der Fahrer den Wagenschlag. Justin hob den Deckel der Truhe und nahm die flache Lederbörse heraus, in der er seine Geldscheine verwahrte. Als er sie aufklappte, fiel ein Ring heraus. Stirnrunzelnd drehte er das Schmuckstück zwischen den Fingern. Ein quadratischer Amethyst, der von unzähligen Brillanten umrahmt wurde. Trotz seiner Größe handelte es sich eindeutig um ein Schmuckstück für Frauen. Sollte das ein Abschiedsgeschenk von Leila sein?

»M'lor'«, unterbrach ihn der Kutscher ungeduldig und riss ihn aus seinen Gedanken. »Soll ich bei der Truhe zur Hand gehen?«

»Ja, das wäre in der Tat wünschenswert.« Justin steckte den Ring auf seinen kleinen Finger und zählte einige Münzen ab, ehe er die Börse in seine Jackentasche stopfte. Dann trugen er und der Kutscher die schwere Truhe zum Portal des Hauses. Justin entlohnte den Fahrer, der seinen Hut lüftete und sich dann davonmachte.

Beklommen musterte Justin das imposante Portal. An der schweren Eichentür war ein Türklopfer in Form eines bronzenen Löwenkopfs angebracht, der einen geflochtenen Ring im Maul hielt. Die toten Augen starrten durch Justin hindurch, als wäre er Luft. Und genauso fühlte er sich in diesem Augenblick auch.

Er hatte die Frage, warum niemand für ihn das Lösegeld bezahlte, immer weit von sich geschoben, so weit, dass ihn die Antwort darauf nicht verletzen konnte. Keine der möglichen Erklärungen war ihm zufriedenstellend erschienen. Doch jetzt musste er sich der Wahrheit stellen.

Er schloss die Augen, atmete tief ein und betätigte den Türklopfer. Die Sekunden, die verstrichen, bis das Portal geöffnet wurde, ließen ihn um Jahre altern. Sein gesamtes Leben zog in einem wirren Farbenrausch an ihm vorüber.

»Sie wünschen?«

Justin blinzelte. Ihm gegenüber stand ein Mann in einer dunkelblauen Livree mit glänzenden Messingknöpfen. Sein schütteres Haar war pomadisiert und streng aus dem arrogant blickenden Gesicht gekämmt, die hellen Augen sahen ihn ausdruckslos an. Das war nicht Henson, der Butler aus seinen Kindertagen. Diesen Mann hier kannte Justin nicht.

»Ich möchte den Hausherrn sprechen.« Zu seiner Erleichterung klang seine Stimme fest.

»Geben Sie mir Ihre Karte, ich werde sehen, ob der Marquess zu sprechen ist.«

Daran hätte er denken sollen. Natürlich besaß er keine Visitenkarten. »Das wird nicht nötig sein, Mylord Wexford erwartet mich.«

Die Augen des Butlers verengten sich. »Wen darf ich melden?«

»Justin Grenville.«

Der Butler maß ihn von oben bis unten, dann trat er einen Schritt zur Seite, um ihn einzulassen. »Warten Sie hier. Ich werde sehen, ob der Marquess of Wexford Sie empfängt.«

Justin schob die Truhe mit der Schuhspitze ins Innere des Hauses. Der Butler verzog weder eine Miene noch machte er Anstalten, ihm zu helfen. Stattdessen ließ er die Tür lautstark ins Schloss fallen und ging mit steifer Grandezza an Justin vorbei.

Die Halle des Hauses war ihm immer riesig erschienen mit der breiten Treppe, auf deren Geländer er so oft nach unten gerutscht war. Heute war das Foyer zwar noch immer groß, aber es hatte seine beeindruckende Imposanz verloren.

Die Möbelstücke erkannte er nicht wieder, doch die bunten Glasfenster oberhalb der Treppe waren dieselben geblieben, ebenso wie der schwere Leuchter, der von der Decke hing.

Justin zog sich hinter eine auf einem Sockel thronende Vase zurück und behielt die Treppe im Auge. Nervosität ließ seine Handflächen feucht werden, aber er brauchte nicht lange zu warten.

Ein hochgewachsener, schlanker Mann schritt die Stufen hinab. Die Silhouette und die Bewegungen waren Justin so vertraut, dass ihn der Anblick schmerzte, obwohl er wusste, dass dieser Mann nicht sein Vater sein konnte.

Er atmete tief ein und trat einen Schritt vor. Der Mann verharrte auf der untersten Stufe. Das einfallende Licht ließ sein rotgoldenes Haar aufleuchten.

Justin hielt es nicht länger aus. »Onkel Edward«, flüsterte er heiser und ging auf den Mann zu. »Onkel Edward, es tut so gut, dich zu sehen.«

Der Mann blickte ihn nur ausdruckslos an. Justin streckte seinem Gegenüber die Hand entgegen, mehr schien ihm nicht angebracht. Und Edward Grenville, Marquess of Wexford, machte auch keine Anstalten ihn – den verlorenen Neffen – an seine Brust zu ziehen.

»Du bist also zurückgekommen, Justin. Wie ist dir die Flucht gelungen?«, fragt er, während er die ihm entgegenstreckte Hand schüttelte.

»Es war keine Flucht. Der Pascha hat mich freigelassen.«

Edward hob die Brauen. »Tatsächlich? Nun, wie auch immer. Schön, dass du wieder zu Hause bist. Ich werde Leland, meinen Kammerdiener, anweisen, dich unterzubringen. Ich nehme an, du brauchst Ruhe. Unterhalten können wir uns auch noch später.«

»Danke, Onkel Edward.«

Auf ein Zeichen eilte ein Dienstmädchen herbei, und wenig später betrat ein livrierter Mann um die vierzig das Foyer. Er blieb vor Edward stehen. »Sie haben nach mir geschickt, Euer Lordschaft?«

»Bereiten Sie ein Zimmer für meinen Neffen vor, und sehen Sie zu, dass es ihm an nichts fehlt«, befahl Edward. Dann wandte er sich mit einem verbindlichen Lächeln an Justin: »Wenn du Hilfe brauchst, wobei auch immer, Leland ist dein Mann der Stunde.«

»Ich werde es mir merken«, erwiderte Justin. »Wir sehen uns beim Abendessen, nehme ich an?«

»Ja, Tante Lilian ist ausgefahren, und Colin ist bis zu den Ferien in Eton.«

Edward drehte sich um, als wäre alles gesagt, und Justin blickte ihm mit gemischten Gefühlen nach. Er hatte weiß Gott nicht damit gerechnet, herzlich und voller Freude empfangen zu werden, aber die gleichgültige Kälte erstaunte ihn dennoch.

Leland räusperte sich. »Wenn Sie mir bitte folgen möchten, Mr Grenville.«

Justin schritt hinter dem Kammerdiener die Treppe hinauf. Auf dem Flur im ersten Stock hatte sich nicht viel verändert, weder die Gemälde an den Wänden noch die kleinen Tischchen mit Blumen waren verschwunden. Ein dicker Teppich schluckte jedes Geräusch.

An einer der Türen blieb Justin stehen, während Leland weiterging. »Kann ich dieses Zimmer haben?«

Der Kammerdiener kam zurück. »Bedauere, das sind die Räume von Master Colin.«

Zu erfahren, dass nun sein Cousin sein ehemaliges Zimmer bewohnte, versetzte Justin einen Schock. Nur mit Mühe bewahrte er eine unbeteiligte Miene. »Darf ich denn wenigstens einen Blick hineinwerfen?«

Leland runzelte die Stirn, öffnete dann aber doch die Tür, und Justin trat ein. Nichts in dem Raum war so, wie er es in Erinnerung hatte. Das Himmelbett stand an einem anderen Platz, die Vorhänge und der Baldachin schimmerten in dunklem Blau, statt in seiner Lieblingsfarbe Grün. Die Bücherregale hatte man bis auf eines entfernt und durch Vitrinen ersetzt, in denen verschiedene Minerale lagen. Auch der Sekretär aus hellem Nussbaumholz war neu.

Justin wandte sich ab. Im Grunde hätte er erleichtert sein sollen, denn nichts in diesem Zimmer erinnerte ihn an seine Jugend. Es war das Domizil eines Fremden.

Ohne ein Wort schloss Leland die Tür und ging weiter über den Flur. Der Raum, zu dem er Justin schließlich führte, gehörte zweifellos zu den Gästezimmern, denn er wurde von unpersönlicher Eleganz beherrscht.

»Ich hoffe, es ist alles zu Ihrer Zufriedenheit, Mr Grenville. Wenn Sie etwas benötigen, die Glocke ist hier.« Er deutete auf einen Klingelzug an der Wand. »Dinner wird um 20 Uhr serviert, im Artemissalon. Ich werde mir erlauben, Sie abzuholen.«

»Das ist nicht nötig, ich kenne den Weg. Sie dürfen sich zurückziehen.« Justins Stimme hätte Wasser in Eis verwandeln können. »Veranlassen Sie, dass meine Truhe heraufgebracht wird.«

Leland verbeugte sich wortlos und ging mit steifen Schritten zur Tür, während sich Justin auf das breite Bett fallen ließ. Seine Brust fühlte sich an, als würde sie von einem Schraubstock zusammengepresst. Er schluckte und wünschte, wieder ein Kind zu sein, das den Kopf in den Kissen vergraben und seinen Tränen freien Lauf lassen könnte. Aber er war erwachsen und musste sich den Tatsachen stellen, so unerfreulich sie auch sein mochten. Niemand würde ihm dabei helfen, seinen Platz im Leben zu behaupten, und dieser Platz bestand nun mal nicht in einem Asyl im Gästezimmer, sosehr Edward ihn das auch glauben machen wollte.

Anthony Grenville, Justins Vater, war zum Zeitpunkt seines Todes Inhaber des Titels und Oberhaupt der Familie gewesen. Ihm allein hatten Beryll Hall gehört, der Familiensitz in Derbyshire und die Londoner Residenz, in der er sich gerade befand. Und da Justin sein einziger Sohn war, gehörte das alles jetzt ihm. Ihm und nicht Edward, Anthonys sechs Jahre jüngerem Bruder.

Die Truhe wurde gebracht, und Justin befahl den beiden Dienern, sie auf den Tisch zu stellen. Während er den Inhalt ausräumte, überlegte er, wie er sich beim Abendessen verhalten sollte. Sein Vorhaben, einen für beide Seiten annehmbaren Kompromiss zu finden, hatte sich angesichts von Edwards Willkommen, besser gesagt, dem nicht stattgefundenen Willkommen, zerschlagen. Von nun an würde es Auge um Auge, Zahn um Zahn gehen, davon war er überzeugt. Es war kein Irrtum oder eine Verkettung unglücklicher Umstände gewesen, die seinen Onkel daran gehindert hatten, das Lösegeld zu zahlen. Nein, Edward hatte sich selbst als Marquess of Wexford sehen wollen, weshalb er die Briefe des Paschas unbeantwortet gelassen hatte in der Hoffnung, sein Neffe würde entweder exekutiert werden oder elendig in seinem Verlies zugrunde gehen.

Justins Blick fiel auf den Ring an seinem kleinen Finger. Keine Frage, er musste seine Stellung gegenüber Edward schnell festigen, damit er sich den wirklich wichtigen Dingen zuwenden konnte. Und das Wichtigste für ihn war, Leila zu finden.

15

Leila spürte jeden Knochen in ihrem Leib. Der Kutscher hatte ihrem Befehl Folge geleistet und nur gehalten, um die Pferde zu wechseln oder eine Mahlzeit in einer der Poststationen oder in einem Landgasthof einzunehmen.

Sie waren bereits seit drei Tagen unterwegs. Leila fühlte sich schmutzig und erschöpft, und sie hatte keine Ahnung, wie lange das Geld, das sie Justin gestohlen hatte, reichen würde. Obwohl sie ihm im Austausch einen ihrer Ringe in die Börse gesteckt hatte, betrachtete sie ihre Tat dennoch als Diebstahl. Aber auf der Liste all ihrer Vergehen gehörte das wohl zu den lässlichen Sünden. Sie versuchte, nicht an Justin zu denken und sich stattdessen auf die Zukunft zu konzentrieren, die ihr unsicherer erschien als jemals zuvor.

Die Kutsche hielt, und Leila blickte aus dem Fenster. Sie standen wieder vor einer Poststation, und der Fahrer stapfte gerade zum Gebäude.

Leila öffnete die Tür, um auszusteigen. Ihre Gelenke knackten unwirsch. Die Kopfschmerzen, die sie seit ihrer Abreise aus London begleiteten, verstärkten sich, als sie ins grelle Sonnenlicht trat. Sie hatte nur wenig geschlafen, immer wieder hatte sie das Gerüttel der Kutsche auf den holprigen Straßen geweckt.

Sie streckte die Arme über den Kopf, um die müden Glieder zu dehnen, und blickte sich um. Niemand war zu sehen. Also schlenderte auch sie zu dem kleinen Häuschen. Vielleicht schenkte man hier Apfelsaft oder gewässerten Wein aus. Hunger hatte sie keinen, aber ihre Kehle war so trocken wie die Landstraße.

Im einzigen Raum der Poststation standen einige Tische, der Kutscher lehnte an der Theke und sprach mit dem Postmeister. »Nach Hayden Manor sind es keine zehn Meilen mehr«, hörte sie ihn sagen.

Zehn Meilen. Ihr Herz machte einen kleinen Sprung. Zehn Meilen. Dann war sie wieder zu Hause.

Der Kutscher nahm einen Schluck aus seinem Bierkrug. »Haben Sie gehört, Mylady, wir sind noch vor Sonnenuntergang am Ziel.«

»Sehr schön«, antwortete Leila lahm. »Gibt es hier Apfelsaft?«

Der Postmeister nickte, wenig später stand ein irdener Becher vor Leila. Sie trank durstig. Der Kutscher zog einen Sessel zu ihrem Tisch und ließ sich darauffallen. »Ich will hier trotzdem die Pferde wechseln. Wer weiß, ob sie bei meiner Rückfahrt noch verfügbar sind. Und in diesem gottverlassenen Winkel des Landes hält mich nichts.«

Nordcornwall als gottverlassenen Winkel zu bezeichnen, das hätte Leila früher allenfalls ein Lächeln entlockt. Sie hatte die sanften grünen Hügel geliebt, wie auch die felsigen Küsten, an denen sich das Meer mit weißen Schaumkronen brach. Als Kind hatte es für sie nichts Schöneres gegeben, als auf ihrem Pferd über die Weiten von Penwith zu galoppieren und den Wind in ihrem Haar zu spüren. Natürlich hatten die Mutter und das Kindermädchen sie immer wieder gescholten, weil sie sich heimlich davonstahl. Ihr Vater war selten nach Hayden Manor gekommen, meist verbrachte er nur die Sommermonate hier. Den Rest der Zeit über hatte er seine Laufbahn im diplomatischen Corps verfolgt, die schließlich darin gegipfelt hatte, dass man ihn als Botschaftsattaché nach Rom schickte. Und in Rom war die rosarote Seifenblase zerplatzt, in der Leila bis dahin gelebt hatte.

»Die Pferde sind gewechselt, wir können fahren, Mylady.«

Der Kutscher stand auf und überließ es ihr, das frische Gespann und die Getränke zu bezahlen.

Als sie die Poststation verließ, zog sie den Mantel enger um sich. Eine kühle Brise wirbelte den Staub der Straße auf, und der Himmel verdunkelte sich. Wenig später begann es zu regnen. Die dicken Tropfen klatschten wütend an die Scheiben der Kusche, und die Blitze, die die Wolken zerrissen, tauchten die Landschaft immer wieder in ein gespenstisches Licht.

Leilas Nervosität wuchs. Sie hoffte, dass der Kutscher nüchtern genug war, nicht die Herrschaft über die Pferde zu verlieren. Als das Gefährt wieder anhielt, spähte sie erleichtert aus dem Fenster.

Im Licht eines zuckenden Blitzes erkannte sie die Vorderfront von Hayden Manor. Zahlreiche Fensterscheiben fehlten, verwittert und drohend reckte sich die Fassade dem Betrachter entgegen. Nichts wies darauf hin, dass hier jemand lebte.

Beklommen starrte Leila hinaus in den Regen. In allen ihren Überlegungen war sie niemals auf die Idee gekommen, dass ihr Vater den Familiensitz verlassen haben könnte. Was sollte sie jetzt tun?

Die Dunkelheit verschluckte das Licht Blitzes, und Leila entdeckte einen rötlichen Schein hinter einem der Fenster. Also war doch jemand hier! Mit neuer Zuversicht stieß sie die Tür auf und hastete durch den Regen zu dem auf vier gewaltigen Säulen ruhenden, mit Grünspan überzogenen Vordach.

Der Klingelzug neben dem Portal reagierte schwerfällig auf ihre Bemühungen, aber schließlich wurde das Tor doch geöffnet. Im selben Moment hörte Leila, dass die Kutsche wieder anfuhr. Sie wirbelte herum und sah, wie das Gefährt die Auffahrt so eilig umrundete, dass der Wagen gefährlich schwankte, und den Weg einschlug, den es gekommen war. Der verdammte Kutscher hatte sie tatsächlich mitten im Regen stehen lassen! Allein und einem ungewissen Schicksal entgegenblickend. Zorn stieg in ihr hoch.

Sie wandte sich wieder zur Tür um. Der Mann vor ihr trug ein altmodisches, fleckiges Rüschenhemd und eine abgewetzte Samtjacke. Graues Haar war nachlässig aus dem Gesicht gebürstet. Die zerknitterten Züge und der verkniffene Zug um den Mund verhinderten, dass sie ihn sofort erkannte.

»Sie wünschen?«, fragte er gereizt.

»Ich möchte zum Earl of Rosscliff«, antworte Leila und drückte das Bündel fester an sich.

»Der Earl empfängt keine Gäste«, sagte der Mann abweisend.

»Mich wird er empfangen.«

Die Miene des Mannes verfinsterte sich noch mehr. »Ach ja. Warum?«

Leila reckte das Kinn. »Ich bin seine Tochter.«

Die Augen des Mannes weiteten sich. Er öffnete den Mund, musste aber zweimal ansetzen, um die Worte herauszubringen. »Miss ... Miss Katherine?«

Sie brauchte selbst einen Moment, um den Namen als ihren eigenen zu erkennen. Wie auch den Mann, der vor ihr stand. »Mr Baynes? Sind Sie es wirklich?«, flüsterte sie überrascht.

»Ich bin es in der Tat, Miss Katherine. Welch eine Freude, Sie wiederzusehen. Niemand ...«, er schwieg abrupt.

»... hat damit gerechnet«, beendete sie den Satz und betrachtete ihn. Baynes war der Butler von Hayden Manor gewesen, der würdige, situierte Herrscher über die gackernde Dienerschaft. Eine Respektsperson aus ihren Kindertagen. Aber der Lauf der Zeit hatte ihn in einen griesgrämigen, verwahrlosten alten Mann verwandelt.

Ehe sie sich versah, verbeugte er sich tief. »Miss Katherine, ich kann gar nicht sagen, wie froh ich bin, dass Sie hier sind. Ich bringe Sie sofort zum Earl.«

Er wandte sich ab, aber sie hielt ihn am Ärmel fest. »Wie geht es meinem Vater? Ist er wohlauf? Wo sind die anderen Dienstboten, warum ist es hier so kalt und dunkel?«

Baynes sah sie mit traurigen Augen an. »Er kümmert sich um nichts mehr, es ...« Mit einem tiefen Seufzer schüttelte er den Kopf. »Miss Katherine, Ihr Vater ist vor mehr als sechs Jahren gestorben. Nur mehr Ihr Großvater und ich leben noch hier. Der Earl hat den Tod seines einzigen Sohnes nie verwunden. Es ist ein Segen, dass Sie hier sind, Miss Katherine.«

Sie versuchte den Schlag zu verdauen. Ihr Vater war tot, und ihr Großvater der einzige Verwandte, der ihr noch geblieben war. Damit hatte sie nicht gerechnet. »Bringen Sie mich zu ihm, Mr Baynes«, sagte sie mit rauer Stimme. »Ist er denn bei guter Gesundheit, oder sollte man ihn schonend auf mein Eintreffen vorbereiten?«

»Nein, er ist gesund an Geist und Körper. Aber er ist verbittert und hadert mit dem Schicksal, das ihm alles genommen hat. Sie kommen zum rechten Zeitpunkt. Zweifellos wird der Anblick seiner Enkelin sein kaltes Herz erwärmen.« Baynes nahm die Öllampe von der Wand. »Kommen Sie mit, ich bringe ich Sie zu ihm.«

Die Worte des Butlers beruhigten sie nicht. Im Gegenteil. Sie fühlte sich nach der langen Reise schmutzig und hätte gerne die Kleider gewechselt. Aber dazu war nun keine Zeit mehr.

Im schemenhaften Licht der Lampe erkannte sie die mit weißen Tüchern verhängten Bilder und Möbel im Salon. Auf dem versiegelten Parkett lagen keine Teppiche, deshalb hallten ihre Schritte an den Wänden wider wie in einem Mausoleum.

»Der Earl bewohnt ein Apartment hier unten, um sich das Treppensteigen zu ersparen. Ich bin im Zimmer nebenan untergebracht, außer der Küche sind alle Räume des Hauses unbewohnt. Ich werde natürlich sofort eine Suite für Sie fertig machen, Miss Katherine.«

Sie nickte und hielt den Atem an, als der Butler vor einer der Türen stehenblieb und klopfte. Er trat ein, ohne auf eine Antwort zu warten, und sie folgte ihm.

In einem Lehnsessel, vor dem ein niedriger Fußhocker stand, saß ihr Großvater. Die Beine wurden von einer dünnen Decke verhüllt, der Kopf lehnte an der hohen gepolsterten Rückwand. Seine Hände hatte er im Schoß verschränkt.

Im Kamin knisterte ein schwaches Feuer, einige Kerzen spendeten Helligkeit. In einer der Ecken stand ein altmodisches Bett aus dunklem Holz, vor dem Fenster ein Schreibtisch und an den Wänden hohe Bücherregale. Den Boden bedeckte ein Teppich, dessen Muster man nur mehr erahnen konnte.

»Euer Lordschaft«, begann der Butler. »Wir haben Besuch, sehen Sie nur.«

Die schweren Lider des alten Mannes hoben sich und enthüllten blassblaue Augen, deren durchdringender Blick sich jetzt auf sie richtete. Langsam hob er den von dichtem, weißem Haar bedeckten Kopf, und noch langsamer richtete er sich auf, bis er kerzengerade dasaß.

Die Musterung dauerte endlos lange und wurde schließlich durch ein einziges Wort beendet. »Katherine.«

Erst jetzt war sie wirklich bereit, den Namen zu akzeptieren. »Ja, Großvater, ich bin Katherine, ich bin zurückgekommen.«

Die knotigen Finger schlossen sich um die Armlehnen, und einen Augenblick lang dachte Katherine, dass er sich hochstemmen würde, aber er hielt sich nur fest.

»Und wo ist …«, er kämpfte mit den Worten, als müsste er erst den richtigen Ausdruck finden. »… deine Mutter?«

»Sie blieb im Harem des Paschas in Alexandretta. Sie ist

nicht mehr in der Lage, zu reisen.« Ihre Stimme klang kühl und fest, wie sie dankbar feststellte.

»Das ist natürlich ein Jammer«, sagte der alte Mann ironisch. »Ich hätte ihr zu gerne ins Gesicht gespuckt. Und ihr dann den Hals umgedreht.«

Katherine schluckte. »Großvater, ich verstehe deine Gefühle ...«

Sein bitteres Auflachen unterbrach sie. »Du verstehst also meine Gefühle? Wohl kaum! Diese Schlampe hat meinen einzigen Sohn auf dem Gewissen! Er hat es nie verwunden, dass sie ihn verlassen hat, um mit einem dahergelaufenen Wilden zu leben. Alles hat er für sie getan, alles! Und was war der Dank?«

Der Hass, der aus seinen Worten troff, brachte Katherines Knie zum Zittern. »Meine Mutter«, begann sie nervös, »hat mir aufgetragen, ihre Entschuldigung zu überbringen. Da mein Vater tot ist, überbringe ich sie dir, Großvater. Sie bedauert, was geschehen ist. Hätte sie noch einmal die Wahl, sie würde sich anders entscheiden.« Sie senkte den Kopf. »Louise wurde nicht glücklich.«

»Auf jeden Fall glücklicher als Randolf«, stellte ihr Großvater unbeeindruckt fest. »Und glücklicher als ich.«

Katherine schwieg.

»Hat sie dich deshalb hergeschickt? Um ihr Gewissen zu erleichtern?«

Katherine unterdrückte den Impuls, ihm entgegenzuschleudern, dass sie ebenfalls das Opfer der Pläne ihrer Mutter gewesen war, die sie einfach bei Nacht und Nebel auf das Schiff des Paschas geschafft hatte. Sie war damals noch ein Kind gewesen und hatte keine Ahnung gehabt, was vorging, denn ihre Mutter hatte immer nur von einem Abenteuer gesprochen, das ihr bestimmt Spaß machen würde.

Ein Spaß, der ihr Leben zerstört, sie gedemütigt und ihr

Herz verhärtet hatte. Und jetzt stand sie vor Jocelyn Tregarth, dem sechsten Earl of Rosscliff, der sie ansah wie einer der Reiter der Apokalypse und von ihr eine Rechtfertigung verlangte.

Sie holte zitternd Luft. »Ich bin geflohen. Ich konnte nicht mehr so leben, wie man es von mir verlangte.«

Jocelyn maß sie schweigend, und die Kälte in ihr verstärkte sich. »Ich habe gedacht ... gehofft, dass mich meine Familie aufnimmt.«

Ihr Großvater hustete meckernd. »Deine Familie. Von deiner Familie bin nur noch ich übrig; von der Sippschaft deiner Mutter lebt ja keiner mehr.«

Katherine blickte zu Boden. »Ich bin nicht nur Louises Tochter, ich bin auch die Tochter deines Sohnes. In mir fließt dein Blut, Großvater.«

Statt einer Antwort schnaubte er unwillig. »Glaubst du, das weiß ich nicht? Hältst du mich für senil oder verblödet oder beides?«

»Nein, Großvater«, erwiderte Katherine tonlos. Sie fühlte sich am Ende ihrer Kräfte, müde und nicht in der Lage, mit diesem bösartigen alten Mann die Klingen zu kreuzen.

In das Schweigen hinein sagte der Butler: »Ich werde für Miss Katherine ein Zimmer und ein leichtes Abendessen herrichten. Sie ist sicher müde und hungrig. Euer Lordschaft braucht Zeit, sich an die neue Situation zu gewöhnen. Morgen früh sieht bestimmt alles ganz anders aus.« Er berührte Katherine am Ellbogen und ließ ihr damit keine Wahl. Sie knickste. »Gute Nacht, Großvater.«

Der alte Mann starrte sie ungnädig an, dann lehnte er sich zurück und schloss wortlos die Augen. Baynes führte sie aus dem Raum. »Er meint es nicht so. Morgen wird er sich bestimmt darauf besinnen, dass Sie sein einziges Enkelkind sind.«

Katherine nickte, allein, ihr fehlte der Glaube. Und ihr fehlte die Kraft für Diskussionen. Die Küche, in die der Butler sie führte, war groß wie ein Ballsaal und leer. Um den Herd standen ein paar Töpfe und Pfannen, das restliche Geschirr war in den Schränken verstaut. Sie setzte sich an den Tisch und wartete, während Baynes aus der Speisekammer Käse, Brot und Schinken holte. Er richtete ihr einen Teller an und brachte auch ein Glas Rotwein.

Katherine aß lustlos. Das Brot war für ihren Geschmack zu trocken und zäh, der Käse zu fett, und der Schinken roch so eigenartig, dass sie ihn beiseiteschob. Zumindest der Wein schmeckte, und sie hoffte, der Alkohol möge ihr einen tiefen und traumlosen Schlaf schenken. Doch vor allem hoffte sie, am nächsten Morgen aufzuwachen und festzustellen, dass alles nur ein böser Traum gewesen war.

Doch es war kein böser Traum gewesen, das musste Kate am nächsten Morgen erkennen. Sie war aus der Hölle geflohen, um im Fegefeuer aufzuwachen.

In der Küche trank sie Tee, verschmähte die Eier mit Speck, die ihr Baynes anbot, nahm stattdessen zwei trockene Biskuits und machte sich dann auf den Weg zu ihrem Großvater.

Wie am vergangenen Abend saß er aufrecht in seinem Sessel, das Haar gebürstet, das Hemd gewechselt. Seine Miene allerdings war dieselbe – abweisend und grimmig.

Kate beschloss, seine Stimmung zu ignorieren, und rief fröhlich: »Guten Morgen, Großvater, was für ein wunderschöner Tag! Ich war schon draußen, die Luft ist wunderbar klar und frisch. Und das Grün der Bäume wirkt so gesund und saftig, ich hatte ganz vergessen, wie schön es hier ist.«

Ohne auf ihre Worte einzugehen, musterte er sie finster.

»Du brauchst anständige Kleider, so kannst du hier nicht herumlaufen.«

Kate blickte hinab auf den hellgelben Kaftan und die bronzefarbenen Hosen, die sie angezogen hatte. Sie wusste nicht, was an dem Aufzug unanständig sein sollte, aber sie wollte wegen einer solchen Kleinigkeit auch keinen Streit anfangen. Dass sie in England andere Kleider brauchen würde, war ihr schon auf dem Schiff klar geworden.

»Ich darf also hierbleiben?«, fragte sie stattdessen und lächelte ihn freundlich an.

»Man mag mir einiges nachsagen, aber nicht, dass ich meine Pflichten der Familie gegenüber vernachlässige«, entgegnete er mürrisch. »Du kannst hierbleiben, und ich werde überlegen, wie sich deine Zukunft gestalten soll.«

Kate biss sich auf die Lippen. Durch eine vorschnelle Erwiderung könnte ihre Zukunft schneller der Vergangenheit angehören, als ihr lieb war. Zweifellos würde sich eine Lösung finden, mit der ihr Großvater und sie selbst leben konnten, wenn sich die Lage etwas entspannt hatte.

»Ich danke dir«, sagte sie deshalb so ruhig wie möglich. »Gibt es in der Gegend eine Schneiderin, zu der ich fahren kann?«

Der Earl zuckte mit den Schultern. »Woher soll ich das wissen? Du wirst warten müssen, bis Lady Dexter nach Hayden Manor kommt. Ich werde sie ersuchen, sich um dich zu kümmern, in all diesen Belangen, von denen ich nichts verstehe.«

»Lady Dexter?« Kate setzte sich dem Earl gegenüber. Die Gelegenheit, sich mit ihm über ein unverfängliches Thema zu unterhalten, würde sie nicht verstreichen lassen.

»Williams Witwe. Er starb vor mehr als zwei Jahren, seitdem kümmert sie sich ums Haus und die Ländereien. Und sie kommt mehrmals die Woche vorbei, um zu sehen, ob ich noch lebe.« Er lachte meckernd. »Zwar gibt sie vor, Pasteten, kalten Braten und Apfelkuchen zu bringen, da Baynes ganz fürchterlich kocht …« Er brach ab und zog die Brauen zusammen. »Kannst du kochen?«

Kate schüttelte den Kopf.

»Natürlich, nicht einmal das«, stellte er herablassend fest, und Kate schluckte die Bemerkung hinunter, dass Lady Katherine Rosscliff wohl kaum in Haushaltsführung unterrichtet worden wäre, auch wenn man sie nicht nach Alexandretta gebracht hätte.

»Wie gesagt, Lady Dexter kommt hin und wieder vorbei, erzählt mir all den Klatsch und Tratsch, den ich nicht hören will, und spielt Schach oder Karten mit mir. Dabei säuft sie mir meinen guten französischen Kognak weg und hat nicht einmal den Anstand, mich gewinnen zu lassen.« Die Stimme des Earls war lebhafter geworden, und Kate wertete das als Zeichen, dass Lady Dexter durchaus in seiner Gunst stand, auch wenn der Alte das niemals zugeben würde. Seine nächsten Worte bekräftigten ihre Vermutung.

»Als sie hier ankam, hielt ich sie für ein verwöhntes Londoner Großstadtpflänzchen.« Er schnaubte verächtlich. »Das war sie wohl auch. Aber sie hat sich im Lauf der Zeit gut eingefügt. Und sie war William eine perfekte Ehefrau. Ein Jammer, dass sie ihm keinen Erben schenken konnte.«

»Du verstehst es wirklich, mich neugierig zu machen. Ich bin schon gespannt, Lady Dexter kennen zu lernen.« Das war keine Lüge. Sie konnte sich an Lord Dexter erinnern – als sie mit ihren Eltern auf den Kontinent gereist war, mochte er knapp vierzig Jahre alt gewesen sein. Wie ihr Vater hatte er häufig in London geweilt, allerdings zum Vergnügen und nicht zur Arbeit, wie ihr Großvater immer wieder verächtlich festgestellt hatte. Dexters Besitz grenzte an die Ländereien von Hayden Manor und wurde von einem tüchtigen Verwalter betreut, so dass die Abwesenheit des Lords keinen größeren Schaden anrichtete.

»Dexter änderte sich während seiner Ehe sehr zu seinem Vorteil. Er blieb nahezu das ganze Jahr lang hier, nur ein- oder zweimal fuhr er nach London, und Lady Serena begleitete ihn.«

Der Earl schwieg und schien in Erinnerungen zu schwelgen. Schließlich seufzte er. »Was soll's, vorbei ist vorbei. Lady Dexter wird dir behilflich sein, dich wieder an die Zivilisation anzupassen. Wenigstens etwas, worüber ich mir keine Sorgen machen muss.«

Kate verschlang die Finger im Schoß, so fest, dass die Knöchel weiß hervortraten. Sie atmete ein paar Mal tief durch, um sich zu beruhigen. Wenn sie jedes Wort ihres Großvaters persönlich nahm, würde sie vermutlich innerhalb weniger Tage an einem Gehirnschlag sterben. Sie sollte sich auf den positiven Teil der Botschaft konzentrieren: Sie durfte auf Hayden Manor bleiben, sie würde neue Kleider bekommen, und sie würde Lady Dexter kennen lernen, die sie sich als gemütliche Matrone vorstellte, mit der sie sich vielleicht sogar anfreunden konnte.

Kate lernte Lady Dexter bereits am nächsten Tag kennen, und sie musste ihre Meinung gründlich revidieren, denn die Frau war alles andere als eine gemütliche Matrone.

Sie betrat den Salon, in dem Kate mit ihrem Großvater saß, in einem eleganten Kleid aus dunkelgrünem Mousselin. Die Ausstrahlung, die sie umgab, brachte die Luft um sie herum zum Flirren. Das weizenblonde Haar war auf ihrem Kopf zu einer komplizierten Frisur aufgesteckt, an der die Zofe vermutlich lange gearbeitet hatte. Am meisten überraschte Kate allerdings die Tatsache, dass die Frau höchstens zehn Jahre älter als sie selbst sein konnte. Ihre türkisfarbenen Augen sprühten vor Lebensfreude, und sie erwiderte Kates neugierigen Blick freimütig und voller Interesse.

»Euer Lordschaft, welche Freude, Sie wohlauf zu sehen. Allerdings vermisse ich das Schachbrett und Ihren so vorzüglichen Kognak.« Ihre Stimme klang voll und angenehm dunkel. Sie lächelte, ging auf Kate zu, streifte ihren Handschuh ab und streckte ihr die Hand entgegen. »Ich bin Lady Serena Dexter.«

Erstaunt über die formlose Freundlichkeit, griff Kate nach der Hand. »Ich bin Katherine, die Enkelin des Earl of Rosscliff.«

Lady Serena hob die schön geschwungenen Brauen. »Enkelin? Welche Überraschung. Jocelyn, warum haben Sie mir nie erzählt, dass Sie eine Enkelin haben?«

Der mürrische Blick ihres Großvaters richtete sich auf Kate. »Weil ich dachte, sie wäre tot.«

Kate zog scharf die Luft ein, und auch Lady Serenas Lächeln gefror für einige Sekunden. Dann fing sie sich und sagte leichthin: »Wie schön, dass Sie sich getäuscht haben.«

Der Earl schnaubte. »Das wird sich erst weisen. Ich brauche Ihre Hilfe, Serena«, fügte er ohne Umschweife hinzu. »Kate braucht neue Kleider, Schuhe und den ganzen üblichen Tand. Könnten Sie sie mit zu Ihrer Schneiderin nehmen?«

Lady Serena ließ ihren Blick über Kates Hosen, den Kaftan und das kurze Brokatjäckchen wandern. »Natürlich, obwohl ich Ihre Kleider sehr apart finde, Kate. Ungewöhnlich, aber sehr hübsch.«

»Danke, Lady Dexter«, antwortete Kate erleichtert. »Allerdings sind sie in dieser Umgebung nicht angebracht, da muss ich meinem Großvater zustimmen.«

»Außer, Sie kreieren eine neue Mode, meine Liebe. Das Orientalische ist im Augenblick sehr beliebt, es –«

Erbost stieß der Earl mit seinem Stock auf den Fußboden, und Lady Dexter blickte ihn erstaunt an. Er schüttelte den Kopf. »Kommt gar nicht in Frage, Kate wird anständige Kleider bekommen. Röcke, die ihre Beine bedecken, und Kleider, deren Ärmel nichts von ihrem Körper verraten. Haben wir uns verstanden?«

Serena warf Kate einen Blick zu und nickte. »Natürlich, Jocelyn. Kate soll mich begleiten. Ich werde nach Mrs Calmy schicken, spätestens morgen wird sie auf Fulton Hall eintreffen und kann Maß nehmen.«

»Nun, ich möchte Ihre Hilfsbereitschaft nicht missbrauchen«, meinte der Earl. »Baynes kann Kate auch morgen früh zu Ihnen bringen.«

»Papperlapapp, ich freue mich, wieder einmal einen Gast zu haben. Und für Baynes ist die Reise viel zu anstrengend.« Lady Serenas Stimme verriet, dass sie diese Angelegenheit nicht diskutieren würde.

Der Earl zuckte mit den Schultern. »Wenn Sie darauf bestehen, dann nehmen Sie sie eben mit«, sagte er, als wäre Kate ein Paket, nach dessen Meinung man nicht fragen musste.

Lady Serena griff nach Kates Hand, die sich in den dünnen Stoff ihrer Hose gekrampft hatte. »Ich würde mich sehr freuen, wenn Sie für ein paar Tage zu mir kämen. Sie haben bestimmt viel zu erzählen. Und meinem Leben mangelt es ohnehin an Höhepunkten.«

Das herzliche Lächeln, mit dem sie Kate ansah, löste die Versteinerung. »Ja, ich komme gerne mit Ihnen, Lady Dexter.«

»Nennen Sie mich doch Serena, meine Liebe. Ich bin sicher, wir werden Freundinnen.«

Kate nickte, und Serena ließ ihre Hand los. »Aber ich bin nicht nur hierhergekommen, um einen gebratenen Kapaun in Ihrer Küche zu verstauen, Jocelyn, sondern weil ich wieder einmal eine Partie Schach spielen und einen guten Kognak genießen möchte.«

»Kate, hol das Brett und nimm den Kognak aus dem Schrank«, bellte der Earl.

Kate befolgte den Befehl mit zusammengebissenen Zähnen. Nachdem sie das Brett auf den Tisch zwischen ihren Großvater und Serena gestellt hatte, holte sie die Kristallflasche mit der goldbraunen Flüssigkeit samt drei Gläsern. Als sie alle drei füllte, merkte sie, dass der Earl den Mund öffnen wollte – fraglos, um ihr zu verbieten, etwas von dem Kognak zu trinken. Ein Blick von Lady Dexter brachte ihn allerdings dazu, den Mund wieder zu schließen.

Kate sah den beiden bei ihrer Partie zu, und die Schnelligkeit, mit der sie spielten, beeindruckte sie. Erst als nur mehr wenige Figuren auf dem Brett standen, nahmen sich die Spieler mehr Zeit für die Züge. Lady Serena beendete die Runde schließlich ohne großes Federlesen. »Schach und matt, Jocelyn.« Sie trank den letzten Schluck Kognak aus und wandte sich an Kate, ohne eine Erwiderung des Earls abzuwarten. »Kommen Sie, wir machen uns auf den Weg, ehe es sich Ihr Großvater anders überlegt und ich alleine fahren muss.«

Der Earl starrte noch immer auf die Figuren, dann schob er das Brett so heftig zur Tischmitte, dass einige davon zu Boden fielen. Kate bückte sich und hob sie auf. »Dann sage ich dir auf Wiedersehen, Großvater.«

»Wir sehen uns, Jocelyn«, sagte Lady Serena. »Mrs Calmy wird Ihnen später die Rechnungen schicken. Ich darf doch davon ausgehen, dass sie ihren Lohn unverzüglich erhalten wird?«

Der Earl brummte etwas Unverständliches.

»Wie bitte?«, fragte Lady Serena scharf.

»Verdammt, ja, sie wird ihr Geld erhalten«, antwortete er gereizt.

Lady Dexter hob die Brauen. »In Anwesenheit zweier Ladys sollten Sie Ihre Wortwahl überdenken, mein Lieber, aber ich nehme Ihre Zusage als gegeben an.«

Gemeinsam mit Kate wandte sie sich zum Gehen. »Leben Sie wohl, Jocelyn. Bis zum nächsten Mal.«

16

Während der Fahrt plauderte Serena munter über alles und jedes, ohne dabei in plumpe Vertraulichkeit zu fallen. Kate begann sich zu entspannen, da sie nicht das Gefühl hatte, aus falschem Mitleid heraus ausgefragt zu werden. Lady Dexter war nicht nur hübsch, sondern verfügte über Fingerspitzengefühl und Herzensbildung.

Das Anwesen von Fulton Hall erschien auf den ersten Blick kleiner als Hayden Manor, wirkte aber bestens gepflegt. Das Zimmer, in das Serena geführt wurde, war in zartgelben Tönen gehalten und gewährte einen Blick auf den Garten, in dem die ersten Rosen zu blühen begannen. Alles war blitzsauber und die Möbel geschmackvoll aufeinander abgestimmt.

»Wenn es dir nicht gefällt, zeige ich dir gerne ein anderes Zimmer, Kate. Aber zu deinem schwarzen Haar finde ich diesen Farbton ganz entzückend. Du musst dir unbedingt ein oder zwei Kleider in zitronengelb anfertigen lassen.«

Kate strich mit den Fingern über die polierte Oberfläche eines Tischchens. »Es ist wunderschön, vielen Dank, Serena.«

»Gut. Ich ziehe mich rasch um, schreibe eine Nachricht für Mrs Calmy und dann nehmen wir unten im Salon unseren Tee. Einverstanden?«

»Gerne.«

Serena war schon bei der Tür, da drehte sie sich noch einmal um. »Möchtest du vielleicht eines meiner Kleider anziehen? Ich habe gar nicht daran gedacht, dass du nichts zum Wechseln hast.«

Kate zögerte. Sie wollte Serenas Freundlichkeit nicht überstrapazieren. »Nun ... wenn es dir nichts ausmacht ...«

»Aber nein, ich schicke dir eines der Mädchen, sie wird dir auch beim Ankleiden behilflich sein.«

So kam es, dass Kate eine Stunde später in einem hellblauen Tageskleid, das mit bunten Schmetterlingen bestickt war, hinunter in den Salon ging. Emily, das Mädchen, das ihr das Korsett geschnürt und die Knöpfe des Kleides geschlossen hatte, zeigte ihr den Weg.

Serena saß bereits auf dem Sofa und blickte ihr entgegen. Ihr Gesicht spiegelte die Überraschung, die sie empfand. »Du siehst wunderschön aus, Kate, das Kleid steht dir vorzüglich.« Sie machte eine kurze Pause. »Behalte es. An dir sieht es viel besser aus als an mir.«

Kate sträubte sich nicht lange. »Danke.« Sie setzte sich in einen Lehnsessel und nahm die Teetasse, die Serena ihr reichte. Das ungewohnte, steife Korsett verhinderte, dass sie sich gemütlich zurücklehnen konnte. So hockte sie kerzengerade auf der äußersten Kante und stützte die Ellbogen auf die Armlehnen. Während sie versuchte, nicht zu tief zu atmen, schoss ihr der Gedanke durch den Kopf, dass sie diese Art von Kleidern den Rest ihres Lebens tragen musste.

»Das Haus ist wirklich wunderschön«, begann sie. »So hatte ich mir immer Hayden Manor vorge ...«, sie brach erschrocken ab. »Entschuldige.«

»Aber warum denn? Ich verstehe deinen Schock durchaus, und ich könnte in einer derartigen Ruine auch nicht leben. Deshalb habe ich dich doch eingeladen«, fügte sie hinzu.

Kate rührte in ihrer Tasse. Dass der Zustand des Anwesens derart offensichtlich war, hatte sie nicht bedacht. »Hat mein Großvater kein Geld, um das Haus in Schuss zu halten?«

»Das weiß ich nicht. Aber unter uns, ich glaube nicht, dass Geld das Problem ist. Hayden Manor hat für ihn einfach keinen Wert mehr. Für wen sollte er es auch bewahren? Sein einziger Sohn ist tot, und das verwindet er nicht. Vielleicht ändert er seine Haltung, jetzt, wo du da bist ...« Ihre Worte klangen nicht sehr überzeugt.

Kate wollte dieses Thema nicht weiter vertiefen. »Wie ist mein Vater gestorben? Weißt du das?«

»Er trank sich zu Tode. Ich kann mich nicht erinnern, ihn ein einziges Mal nüchtern gesehen zu haben. Er stand immer abseits in einer Ecke und brütete vor sich hin, wenn sich die anderen unterhielten.« Sie sah Kate an. »Deine Mutter hat ihn verlassen, ist das richtig?«

»Meine Mutter lernte in Rom den Gesandten des Sultan Abdul Mecid kennen, verliebte sich in ihn und schloss sich ihm an, als er die Stadt verließ, um nach Alexandretta zurückzukehren.«

»Sie hat dich mitgenommen.« Keine Frage, eine Feststellung.

»Ja. Sie träumte von einer goldenen Zukunft, war bezaubert vom Charme des Paschas, von der Art, wie er sie behandelte, von den Erzählungen über den Harem. Dafür hat sie alles zurückgelassen, einen neuen Namen angenommen und auch mir einen neuen Namen gegeben. Sie wollte völlig neu beginnen.«

»Hat es sich denn gelohnt?«

Kate schloss kurz die Augen. »Nein«, sagte sie dann. »Heute ist sie eine unglückliche Frau, die mit Opium Vergessen sucht. Sie bereut ihre Entscheidung jeden wachen Augenblick.«

Serena betrachtete sie aufmerksam. »Und du? Was ist mit dir?«

»Nun, ich bin geflohen«, erwiderte Kate. »Ist das nicht Antwort genug?«

»Bist du ...« Serena räusperte sich. »Bist du noch unberührt?«

»Nein. Aber was tut das zur Sache?«

»Ich habe so viele Gerüchte gehört über den Orient. Über die Männer. Über den Harem. Ich würde so gerne wissen, wie es wirklich ist. Kannst du das verstehen?«

Wie es wirklich ist. Sie würde es nicht glauben. Kate seufzte unhörbar. Trotzdem sagte sie: »Natürlich verstehe ich das. Ich werde dir alles erzählen, was du wissen möchtest.«

»Und ich erzähle dir alles, vom Leben hier oder vom Leben in London.« Serena lächelte aufmunternd.

»Oh ja, das interessiert mich wirklich.« London. Das Wort alleine brachte die Erinnerung an Justin zurück, den sie während der letzten Tage aus ihrem Gedächtnis verbannt hatte. Sie wollte ihn vergessen, aus ihrer Erinnerung radieren, um jeden Preis, so schnell und gründlich als möglich.

»Das Leben in Cornwall ist sehr ruhig und beschaulich. Solange Will lebte, habe ich es genossen, aber in letzter Zeit ...«, sie brach ab.

»Du warst also glücklich in deiner Ehe?«, fragte Kate neugierig. Ihre Eltern waren verheiratet worden, und sie konnte sich an kein Ehepaar erinnern, das sich aus reiner Zuneigung vermählt hätte.

»Ja, das war ich. Wir haben uns wirklich geliebt, auf eine Weise, von der ich vorher nicht wusste, dass sie existierte. Als Will starb, da ging ein Teil von mir mit ihm. Ich werde nie wieder so sein, wie ich war, als er noch lebte.«

»Wie habt ihr euch kennen gelernt?«, erkundigte sich Kate, um Serena auf andere Gedanken zu bringen.

»In London, während meiner ersten Saison. Ich war 18, er 22 Jahre älter als ich. Er wollte niemals heiraten, und meine Eltern hatten einen Herzog für mich ausgesucht. Aber wir sahen uns an, und alles war entschieden.« Sie lächelte verträumt. »Innerhalb von drei Monaten waren wir verheiratet. Nach der Saison verließen wir London, um auf Fulton Hall den Sommer zu verbringen. Dabei stellten wir fest, dass wir die Stadt nicht vermissten. Also richteten wir uns dauerhaft hier ein. Hin und wieder besuchten wir Freunde in London, meistens aber luden wir sie hierher ein. Alles war perfekt, so unglaublich perfekt.«

Kate griff nach Serenas auf der Armlehne des Sofas liegenden Hand, die zu zittern angefangen hatte, und drückte sie. Sie fühlte sich hilflos, keines der Worte, die ihr auf der Zunge lagen, konnte Serenas Schmerz mildern.

»Er fiel bei einer Parforcejagd vom Pferd und brach sich das Genick. Wir hatten sieben Jahre, neun Monate und drei Tage.« Sie atmete tief durch. »Das ist mehr, als vielen anderen Menschen vergönnt ist. Damit versuche ich mich zu trösten. Aber es gelingt mir nicht immer.«

»Du bist noch so jung. Du wirst jemand anderen finden ...«, versuchte Kate sie zu trösten.

»Nein.« Das Wort durchschnitt die Luft wie ein Peitschenschlag. Serena presste die Lippen aufeinander. »Diese Liebe gibt es nur einmal. Der Versuch, sie zu wiederholen, hieße, einen Traum in einem Einmachglas festhalten zu wollen. Das werde ich nicht tun. Vielleicht werde ich irgendwann noch einmal heiraten, um nicht alleine zu sein, aber diese Beziehung wird eine ganz andere Qualität haben als jene zu Will.«

Kate nickte. Sie wusste nicht, was sie sagen sollte. Serena klang so entschlossen, dass jedes weitere Wort in Bedeutungslosigkeit verpuffen würde.

»Warst du schon einmal verliebt?«

Die Frage traf Kate wie ein Blitz aus heiterem Himmel. Was sollte sie darauf antworten? Sie sah Serena an und öffnete den Mund, um die Frage zu verneinen. Doch etwas in den Augen der anderen Frau brachte sie dazu, die Wahrheit zu sagen. »Ich weiß es nicht. Ich war nicht lange genug mit ihm zusammen, um mir wirklich über meine Gefühle klar zu werden.

Aber als ich ihn verlassen musste ...« Sie hielt inne, holte tief Luft und fügte hinzu: »Fühlte es sich an, als würde mir das Herz herausgerissen.«

Serena drückte Kates Hand. »Eine bessere Antwort hättest du mir und dir nicht geben können.«

Sie wechselte zu einem belanglosen Thema und bohrte nicht weiter.

Der Tag verging in gelöster Stimmung, und erst als Kate abends im Bett lag, dachte sie an die Unterhaltung zurück. Der Schmerz, den sie so lange verdrängt hatte, überwältigte sie, und sie rollte sich unter der Decke zusammen.

Sie vermisste Justin so sehr. Vielleicht hätten sie eine Chance gehabt. Vielleicht liebte er sie tatsächlich und nicht nur die Vorstellung, die er von ihr hatte.

Aber darauf würde sie niemals eine Antwort bekommen.

Zwei Wochen später kehrte Kate nach Hayden Manor zurück. In ihrem Gepäck befanden sich über ein Dutzend Kleider für alle Gelegenheiten. Drei weitere würde Mrs Calmy demnächst liefern. Die mit Serena verbrachte Zeit hatte Kate einiges über das Leben gelehrt, das man als erwachsene Frau hierzulande führen musste, darüber hinaus aber war ihr die Freundin wirklich ans Herz gewachsen.

Sie fühlte sich wesentlich besser als an dem Tag, an dem sie Hayden Manor verlassen hatte, und konnte es gar nicht erwarten, ihrem Großvater gegenüberzutreten.

Der Earl saß wie erwartet in seinem Lehnstuhl. Im Gegensatz zu Baynes, der sie voller Freude begrüßt hatte, hob er gerade einmal den Kopf und ließ seinen durchdringenden Blick über sie wandern. Kate wusste, dass sie in dem neuen hellgelben Tageskleid hübsch aussah. Nonchalant streifte sie die Handschuhe ab, die sie dem wartenden Butler reichte, und zog die beiden Nadeln aus dem kecken Hütchen, das auf ihren hochgesteckten Locken saß. Dann trat sie auf ihren Großvater zu und lächelte ihn an. »Wie geht es dir?«, fragte sie freundlich und reichte ihm die Hand.

Er schwieg, und Kate blieb nichts übrig, als die Hand wieder zurückzuziehen. Sie spürte, wie sich ihre Selbstsicherheit in Luft auflöste. Wut ergriff sie. Er mochte ein alter, verbitterter, vom Leben enttäuschter Mann sein, aber sie trug daran nicht die Schuld. Sie hatte ebenso gelitten, auch sie war ein Opfer, und alles, was ihr von ihrer Familie geblieben war, saß ihr gegenüber und blickte sie an, als wäre sie sein größter Feind. Und nicht seine Enkelin und einzig lebende Verwandte.

Sie öffnete den Mund, um ihm gehörig die Meinung zu sagen, da verzog er die Lippen, was man mit etwas gutem Willen als Lächeln interpretieren konnte. »Lady Serena hat Mrs Calmy nicht ohne Grund empfohlen. Du siehst tatsächlich aus wie eine englische Lady und nicht wie eine letztklassige Jahrmarktsattraktion. Zwar habe ich die Rechnung für geradezu unverschämt gehalten, aber ich erkenne gute Arbeit, wenn ich sie sehe. Und was diese Schneiderin an dir vollbracht hat, grenzt an ein Wunder.«

Kates Kopf wurde ganz leer. Sie kämpfte damit, nicht in eine Ohnmacht zu sinken, obwohl das vielleicht die einfachste Lösung gewesen wäre. Ihre Fingernägel gruben sich in die Handflächen, und sie atmete tief durch.

»Es freut mich, dass du für dein Geld bekommen hast, was du wolltest«, sagte sie ruhig. »Darf ich mich zurückziehen? Die Fahrt war anstrengend.«

»Natürlich. Erhole dich. Wir erwarten einen Gast zum Abendessen.«

»Einen Gast?«

»Ja, Sir Richard Vaughn beehrt uns mit seinem Besuch. Das

gibt dir Gelegenheit, deine Umgangsformen – die du bei Lady Dexter hoffentlich auf Hochglanz gebracht hast – zu präsentieren.«

Ein Gefühl der Kälte breitete sich in Kate aus. Nicht einmal er konnte so weit gehen, sie kaum drei Wochen nach ihrer Ankunft an einen Mann zu verschachern.

Doch im Verlauf des Abendessens merkte sie, dass ihr Großvater sehr wohl so weit gehen konnte. Ohne mit der Wimper zu zucken, stellte er Kate als seine vom Kontinent heimgekehrte Enkelin vor, und der Gast nahm diese Ankündigung widerspruchslos hin. Sir Vaughn war ein grobschlächtiger Mann in seinen späten Dreißigern. Er besaß ein Anwesen in der Nähe, auf dem sich eine Kohlenmine befand. Lady Vaughn hatte die Geburt ihres ersten Kindes nicht überlebt, deshalb war er seit sechs Jahren Witwer.

Sir Vaughn betrachtete Kate mit dem Blick eines Mannes, der seinen Bestand an Pferden zu vergrößern gedachte und sich fragte, ob der Gaul wohl den geforderten Preis wert war.

Die Konversation bei Tisch beschränkte sich auf die üblichen Themen wie Wetter, Ernte und die Unzuverlässigkeit des Dienstpersonals. Kate saß dem Gast gegenüber, der aus tiefliegenden dunklen Augen jede ihrer Bewegungen verfolgte. Die dumpfe Bedrohlichkeit der Situation verdarb Kate den verbliebenen Appetit zur Gänze. Sie wollte nur noch weg, die Tür ihres Zimmers hinter sich zuschlagen und weder ihren Großvater noch diesen ekelhaften Kerl jemals wiedersehen.

Doch dieser Wunsch wurde nicht erfüllt, denn nachdem der Butler ein Tablett mit Kristallflaschen und Gläsern gebracht hatte, enthüllte ihr Großvater ohne Umstände den Grund für Sir Vaughns Anwesenheit.

»Sir Vaughn hat sich heute Abend herbemüht, um mir eine große Sorge abzunehmen, Kate«, begann er salbungsvoll. »Er ist nicht nur bereit, dich zur Frau zu nehmen, sondern wird darüber hinaus auch dafür Sorge tragen, dass euer zweitgeborener Sohn der Erbe von Hayden Manor wird.«

Kates Augen weiteten sich ungläubig. »Das kann nicht dein Ernst sein, Großvater. Ich habe nicht die Absicht zu heiraten«, würgte sie heraus.

»Deine Absichten interessieren hier niemanden. Es geht um das Schicksal von Hayden Manor. Auf Richard kann ich mich in jeder Hinsicht verlassen, er ist ein Ehrenmann, der dir ein Heim geben wird.«

Kate begann zu zittern. »Du ... du hast das alles geplant, während ich bei Serena war. Hast meine Abwesenheit dazu genutzt, um mich allen Junggesellen im Umkreis eines Tagesritts anzubieten?«

Der Earl verzog angewidert das Gesicht. »Du bist vulgär und unverschämt. Ich alter Mann kann dir keine Manieren mehr beibringen, aber Richard wird sich bestimmt auch darum kümmern.«

»Worauf du dich verlassen kannst, Jocelyn.« Sir Vaughn lachte meckernd. »Andererseits gibt ein bisschen Wildheit der Sache noch mehr Würze.«

Kate sprang so heftig auf, dass der Sessel umfiel. »Niemals. Ich werde weder Sir Vaughn noch irgendeinen anderen Mann heiraten, den du bestimmst, Großvater.«

»So?« Der eisige Blick des Earls legte sich wie ein kaltes Band um ihren Hals. »Und was willst du tun?«, fragte er seidenweich. »Glaubst du, ich füttere dich hier durch? Ein nutzloses, in Samt und Seide gehülltes Stück Fleisch?«

Tränen der Wut stiegen in Kates Augen. »Du brauchst mich nicht durchzufüttern. Ich gehe. Noch heute. Ich muss nicht hierbleiben, ich habe Geld. Es war sentimental und dumm, überhaupt herzukommen.«

Sie hastete zur Tür, aber die Stimme ihres Großvaters hielt sie zurück. »Täusch dich nicht. Du kannst nicht einfach gehen, denn du besitzt nichts. Du bist auf meine Großzügigkeit und Hilfe angewiesen. Und auf das Wohlwollen von Sir Vaughn.«

Langsam sickerten die Worte in ihr Gehirn. Fassungslos drehte sie sich zu den beiden Männern um. »Du hast mich bestohlen? Mein eigener Großvater hat mich bestohlen?« Die Ungeheuerlichkeit dieser Erkenntnis brachte ihre Stimme dazu, sich zu überschlagen.

Ihr Großvater streichelte den Stiel des Weinglases. »Du vergisst dich, Kate. Was sollte ich dir schon stehlen? Du bist mit nichts als deinen Kleidern – wenn man diese Fetzen überhaupt Kleider nennen kann – hier erschienen. Was sollte ich dir also gestohlen haben?«

Ein schwacher Funken Hoffnung keimte in Kate auf. Vielleicht täuschte er ja nur etwas vor? Vielleicht wusste er gar nichts von dem Schmuck? Ohne ein weiteres Wort rannte sie auf ihr Zimmer. Dort riss sie den Deckel von der Truhe und löste eines der Bodenbretter, unter das sie das Säckchen mit den Juwelen geschoben hatte. Der Beutel war fort.

Entsetzt sank Kate vor der Truhe auf den Boden. Warum hatte sie den Schmuck bloß hier zurückgelassen? Warum hatte sie ihn nicht mit zu Serena genommen?

Weil sie nicht im Traum daran gedacht hatte, dass ihr eigener Großvater sie bestehlen könnte. Übelkeit überkam sie, und sie kämpfte gegen den Drang an, sich zu übergeben.

»Du bist ein schrecklich ungezogenes Mädchen, Kate«, sagte eine Stimme von der Tür her. »So spricht man nicht mit seinem Großvater. Das werde ich dir beibringen. Und noch so einiges andere.«

Zitternd wandte sich Kate um und sah Sir Vaughn am Türrahmen lehnen. »Morgen werde ich das Aufgebot bestellen, in spätestens drei Wochen bist du meine Frau und wirst mich mit Respekt und Achtung behandeln.«

Ehe sie etwas darauf erwidern konnte, stieß er sich vom Türrahmen ab und ging zurück in den Salon. Seine schweren Schritte hallten im Flur.

Kates Herz raste. Sie musste schnell handeln, ihr Großvater würde mit Sir Vaughn sicher noch den einen oder anderen Kognak trinken. Mehr Zeit brauchte sie nicht. Hastig zerrte sie das Kleid von ihrem Körper, und es war ihr egal, dass der Stoff zerriss und Knöpfe absprangen. Dann schlüpfte sie in ihre Hosen und streifte einen Kaftan über. Die anderen Kleidungsstücke, die sie auf Malta gekauft hatte, raffte sie zu einem Bündel zusammen.

Ihre Finger hatten längst aufgehört zu zittern, als sie eine der Kerzen aus dem Leuchter nahm und ihr Zimmer verließ.

17

»Kate, um Himmels willen, was ist geschehen?« Serena eilte die Treppe ins Foyer hinunter und band dabei den Gürtel ihres bunt gemusterten Morgenrocks zu. Aus ihrem zu zwei Zöpfen geflochtenen Haar lösten sich bereits die ersten Strähnen. Die Zofe, die sie geweckt hatte, folgte ihr auf dem Fuße.

Kate sah den beiden Frauen entgegen und umklammerte das Bündel in ihrer Hand. Vergeblich suchte sie nach Worten, um zu erklären, warum sie nicht länger bei ihrem Großvater bleiben konnte.

Mittlerweile hatte Serena sie erreicht und sah sie prüfend an. »Jane, Sie dürfen gehen, wir kommen zurecht.« Die Zofe knickste gehorsam.

Serena schien zu spüren, dass Kate völlig außer sich war, denn sie zog das Mädchen ohne Umschweife in die Arme. »Sag mir, was passiert ist, keine Sorge, du kannst hierbleiben, so lange, wie du willst.«

Serenas sanfte Stimme und die Wärme, die sie umfing, lösten Kates Anspannung. Sie begann zu weinen, und die Worte sprudelten förmlich aus ihr heraus. Schluchzend berichtete sie, was vorgefallen war.

»Und dann bist du einfach in den Stall gerannt und hast dir ein Pferd geschnappt?«, fragte Serena schließlich ungläubig, während sie weiterhin beruhigend Kates Rücken streichelte.

»Ja. Glücklicherweise hatten wir vor ein paar Tagen Vollmond, sonst hätte ich den Weg hierher nie gefunden.« Kate hob den Kopf und blickte Serena aus tränennassen Augen an.

»Ich darf wirklich bleiben? Du schickst mich nicht wieder zurück?«

»Nein, natürlich nicht.«

»Und wenn mich Großvater holen kommt? Oder Sir Vaughn?« Kates Unterlippe begann zu beben.

»Selbst wenn Beelzebub persönlich auf meiner Schwelle stünde, ich gäbe dich nicht heraus, Kate, verlass dich darauf.«

Beelzebub schien anderweitig beschäftigt zu sein, doch er schickte schon am nächsten Morgen seine Vertretung in Gestalt von Sir Richard Vaughn. Kate, die mit Serena gerade beim Frühstück saß, fing prompt an zu zittern, sobald der Butler den Besucher ankündigte.

»Du bleibst hier, ich werde schon mit ihm fertig.« Serena erhob sich und ging in den Salon, wo Sir Vaughn wartete.

»Lady Dexter.« Er fletschte die Zähne zu einem Lächeln und hob Serenas Hand andeutungsweise an die Lippen.

»Sir Vaughn, nehmen Sie doch Platz.« Sie deutete auf das Sofa.

»Danke, ich stehe lieber.« Sir Vaughn verschränkte die Hände hinter dem Rücken und fixierte Serena mit seinen dunklen Augen. »Ich will Sie nicht unnötig aufhalten, Lady Dexter, und mache es deshalb kurz: Ich komme im Auftrag des Earl of Rosscliff. Seine Enkelin ist heute Nacht im Zustand geistiger Verwirrung aus dem Haus geflüchtet. Es besteht Grund zur Annahme, dass sie sich bei Ihnen aufhält. Schließlich sind Sie die einzige Person, die sie hier kennt.«

Serena hob die Brauen. »Ach, was war denn der Grund für ihre Flucht? Oder sollte ich besser sagen, für ihre Verwirrung? Gestern Nachmittag, als sie mich verließ, war sie nämlich noch gänzlich unverwirrt und frohen Mutes.«

Sir Vaughn räusperte sich. »Nun, man weiß natürlich nie, was in einem jungen Mädchen vorgeht, das gerade die beglückende Botschaft erhalten hat, sich verheiraten zu dürfen.«

»Auch diese Neuigkeit überrascht mich, Sir Vaughn. Wer ist denn der Glückliche?«

»Der Earl hat mir die Freude erwiesen, meinen Antrag anzunehmen.« Er strich sich mit der flachen Hand über das schüttere Haar, durch das bereits die Kopfhaut schimmerte.

»Der Earl? Demnach hat man Kate in dieser Angelegenheit also nicht befragt?«, erkundigte sich Serena ruhig.

»Lady Dexter, ich bitte Sie. Sie wissen doch, wie solche Dinge in unseren Kreisen geregelt werden. Und in diesem Fall ist die Sache außerdem sehr heikel. Niemand weiß genau, was der armen Kate in der Vergangenheit widerfahren ist. Diese Eheschließung dient ihrem eigenen Wohlergehen. Der Earl ist nicht in der Lage, schützend seine Hand über sie zu halten – in seinem gebrechlichen Zustand.«

Serena verzog das Gesicht. »Sie brauchen mir nichts vorzumachen, Sir Vaughn. Kürzen wir diese Farce ab, mir wird übel, wenn ich mir all das noch länger anhören muss. Lady Katherine befindet sich in meinem Haus. Aus eigenem Willen.« Sie hob die Hand, da der Mann auffahren wollte. »Im Übrigen ist sie volljährig und bei geistiger Gesundheit, jeder Arzt wird das bestätigen können. Und nein, sie hat nicht die Absicht, Ihren Antrag anzunehmen, Sir Vaughn.«

»Das will ich von ihr selbst hören.« Speicheltröpfchen hingen an Sir Vaughns Lippen.

»Nein. Sie will und wird nicht mit Ihnen sprechen. Es muss Ihnen genügen, dass allein der Gedanke, Ihre Frau zu werden, ihr so ...« Sie machte eine effektvolle Pause. »... widerwärtig ist, dass sie bei Nacht und Nebel das Haus verlassen und bei mir Zuflucht gesucht hat.«

Sir Vaughns Gesicht hatte sich bei diesen Worten dunkelrot

verfärbt. Er schnappte nach Luft wie ein Karpfen auf dem Trockenen. »Wer glauben Sie, dass Sie sind, Lady Dexter, dass Sie sich erlauben, so mit mir zu reden? Sie vergessen sich. Sie vergessen auch, dass Sie selbst eine Fremde hier sind und bar jeden männlichen Schutzes.«

Serena verschränkte die Arme vor der Brust. »Soll das eine Drohung sein?«, fragte sie kalt.

»Der Earl hat Kate sein Haus verboten«, sagte Sir Vaughn statt einer Antwort. »Wenn sie mich nicht heiratet, hat sie niemanden mehr. Sie ist ein Nichts. Der Earl wird sie enterben und sich von ihr lossagen.«

Serena griff nach dem Klingelzug. »Ich nehme an, dass Kate es vorzieht, lieber ein Nichts zu sein, als Ihre Frau zu werden. Leben Sie wohl, Sir Vaughn. Cresswell wird Sie hinausbegleiten.«

Der Butler öffnete die Tür und sah Vaughn mit einem kühlen Blick an. »Wenn Sie mir bitte folgen würden.«

Sir Vaughns Finger krampften sich um seinen Hut. »Das wird Ihnen noch leidtun, Lady Dexter. Mir scheint, Sie wissen nicht, wie Sie Ihre Prioritäten zu setzen haben. So gefestigt, wie Sie offenbar glauben, ist Ihre Position hier nicht.«

Cresswell griff nach Vaughns Oberarm. »Folgen Sie mir bitte.«

»Was fällt Ihnen ein, Sie ...«

Die Tür hinter Vaughn fiel ins Schloss, und Serena sank auf den nächsten Stuhl. Ihre Handflächen waren feucht, und ihr Herz raste. Sie wünschte, Sir Vaughns Drohungen würden sie kaltlassen, aber so war es nicht. Der Mann besaß eine Menge Freunde in der Gegend, und die Leute hier hielten zusammen, vor allem gegen eine Fremde, eine Außenseiterin wie sie.

Egal, fürs Erste war die Gefahr gebannt. Sie legte die Finger an die Stirn und versuchte sich zu beruhigen. Wenn sie Kate gegenübertrat, musste sie Souveränität und Zuversicht ausstrahlen. Wenn das Mädchen auch nur ahnte, dass ihre Anwesenheit zu Problemen führen konnte, dann würde sie mit Sicherheit auf der Stelle zu ihrem Großvater zurückkehren und womöglich diesen widerlichen Vaughn heiraten.

Serena blieb noch ein paar Minuten sitzen, um sich zu sammeln. Dann atmete sie tief durch, stand auf und ging zu Kate ins Frühstückszimmer zurück. Mit strahlendem Lächeln rief sie: »Er ist weg und er wird auch nicht wiederkommen, es ist alles in Ordnung.«

Kate schloss die Augen und lehnte sich sichtlich erleichtert auf dem Sofa zurück. »Wundervoll. Wie soll ich dir nur danken?« Sie öffnete die Augen wieder und blickte Serena neugierig an: »Was hast du ihm gesagt?«

»Dass du volljährig bist und dir dein Großvater keine Vorschriften zu machen hat.«

»Und das hat er einfach so geschluckt?«

»Mehr oder weniger.« Serena setzte sich neben Kate. »Er sagte, dass dich dein Großvater enterben und verstoßen wird, wenn du ihn nicht heiraten wirst.«

»Damit kann ich leben.« Sie seufzte. »Ich weiß nicht, wonach ich gesucht habe, als ich nach Hayden Manor gekommen bin. Aber dort habe ich nichts als Kälte und Hass vorgefunden. Er hat mich bestohlen, stell dir das vor. Mein eigener Großvater, mein letzter lebender Verwandter hat meine Sachen durchwühlt und mir meinen einzig wertvollen Besitz genommen. Und das nicht etwa aus einer Not heraus, sondern um mich gefügig zu machen.«

»Was genau hat er dir eigentlich gestohlen?«, fragte Serena.

»Geschmeide, Juwelen, Perlen.« Widerstrebend fügte sie hinzu: »Diese Dinge bekam ich vom Pascha für meine Liebesdienste, damit wollte ich mein neues Leben aufbauen. Ich dachte daran, Hayden Manor zu renovieren und zu einem richtigen Heim zu machen, später vielleicht Pferde zu züchten ...« Sie wandte sich ab. »Doch jetzt ... habe ich nichts mehr.«

Serena umarmte sie. »Blödsinn. Du hast mich. Und alles, was mir gehört, gehört auch dir. Ich habe mehr Geld, als ich in einem Leben ausgeben kann. Mach dir deshalb keine Sorgen.«

Kate erwiderte die Umarmung. »Ich danke dir. Und ich hoffe, dass ich dir irgendwann etwas für deine Großzügigkeit zurückgeben kann.«

Serena lachte. »Deine Gesellschaft ist Lohn genug. Ich habe dich schon kurz nach deiner gestrigen Abreise vermisst. Wir werden es uns hier wirklich schön machen.«

In den folgenden Tagen stellte Kate fest, dass Serena Wort hielt. Niemals brachte sie die Mittellosigkeit ihres Gastes zur Sprache oder benutzte die Tatsache, dass Kate in allem von ihr abhängig war, als Druckmittel, um ihren Willen durchzusetzen. Stattdessen behandelte sie Kate wie ihre leibliche Schwester.

Tatsächlich teilten sie eine Nähe, wie Kate sie bisher nicht erfahren hatte. Und so offenbarte sie Serena nach und nach die tiefverborgenen Wahrheiten über ihr Leben im Harem – erzählte ihr vom endlosen Warten, von den Machtspielchen der Frauen untereinander, von den Demütigungen, die sie erfahren musste. Es erleichterte sie ungemein, all diese Dinge einmal laut auszusprechen. Und Serena stellte kluge Fragen und hörte mit wirklichem Interesse zu.

Trotzdem konnte Kate das Gefühl nicht abschütteln, dass Serenas Vorstellung vom Harem noch immer sehr wenig mit der Wirklichkeit zu tun hatte, die sie ihr vermitteln wollte. Nach wie vor begannen ihre Augen zu leuchten, wenn Kate von den vielen Süßigkeiten und den ausufernden Badezeremonien berichtete.

Nach dem Genuss mehrerer Gläser Sherry war die Stimmung schließlich so vertraulich geworden, dass Serena Kate mehr oder weniger deutlich fragte, was mit den Liebesdiensten gemeint gewesen war, von denen sie gesprochen hatte. Vorsichtig begann Kate zu erzählen, und als sie merkte, dass ihr die Freundin ohne Anzeichen von Entrüstung lauschte, berichtete sie ihr von den Einzelheiten der Unterrichtsstunden mit Jamilah. Doch die Frage, die Serena schließlich mit leiser Stimme stellte, überraschte Kate.

»Vermisst du es?«

Kate zog die Brauen zusammen. »Den Unterricht?«

»Nein, nicht den Unterricht. Vermisst du es, mit einem Mann zusammen zu sein? Dich mit ihm zu vereinigen?«

Kate dachte an Justins Körper, wie er schwer und heiß auf ihr gelegen hatte. Wie sein Mund ihre Brüste liebkost hatte, während er in sie stieß. Hitze sammelte sich in ihrem Unterleib.

»Ja«, antwortete sie heiser. »Ich vermisse es.«

Serena atmete laut aus. »Gut. Ich dachte schon, mit mir stimmt etwas nicht.« Sie wischte ein imaginäres Stäubchen vom Tisch. »Ich kam mir vor wie eine Abnormität aus einer Kuriositätenschau, als mir klar wurde, dass ich nicht nur Will vermisste, sondern auch das, was wir taten. Er war ein ausgezeichneter Liebhaber, aber das begriff ich erst nach Jahren.« Sie hob den Kopf. »Er war mein erster Mann, und ich war völlig ahnungslos. Meine Mutter hatte mir nur ein paar kryptische Sätze mit auf den Weg gegeben, die sich in der Hauptsache darum drehten, dass der Ehemann immer recht hat, in allem, was er tut.« Sie lächelte.

»Und weiter?«, fragte Kate neugierig.

»Zuerst bewies er eine geradezu überirdische Geduld. Die

erste Nacht hielt er mich nur in seinen Armen und redete mit mir. Offenbarte mir, was es mit den geflüsterten Geheimnissen zwischen Mann und Frau auf sich hatte. Für mich war es unvorstellbar romantisch, ihm so nahe zu sein, mich küssen zu lassen, seine Hände auf meinem Körper zu spüren. Viel später hat er mir dann gestanden, dass er an jenem Tag nahezu wahnsinnig vor Verlangen gewesen war. Es war für ihn Himmel und Hölle in einem.« Ein verträumter Ausdruck glitt über ihr Gesicht. »In der nächsten Nacht benutzte er seinen Mund nicht mehr zum Reden. Nachdem ich den ersten Schock überwunden hatte, seine Lippen und seine Zunge zwischen meinen Beinen zu spüren, schenkte er mir einen Höhepunkt nach dem anderen. Irgendwann schlief ich erschöpft ein. Als ich aufwachte, hatte ich genug von diesen Spielereien. Ich wollte ihn endlich wirklich in mir spüren, wirklich seine Frau sein, so wie er es mir in der Nacht zuvor prophezeit hatte. Und so nahm er mich, obwohl er eigentlich noch ein wenig hatte warten wollen. Erst als ich in diesen Dingen mehr Erfahrung besaß, konnte ich einschätzen, wie sehr er sich auch da noch zurückgehalten hat. Er glitt in mich, und ich dachte, es würde mich zerreißen, doch ich wollte den Schmerz, wollte ihn, wollte nicht aufhören, wollte ihn in mir haben, so tief wie nur irgend möglich. Meine Welt fiel auseinander und fügte sich zu einem neuen, funkelnden Ganzen. Es war einfach unbeschreiblich.« Sie seufzte und verschränkte die Arme vor der Brust. »Ich darf nicht daran denken, sonst fängt mein Körper vor Verlangen an zu glühen.«

»Streichelst du dich?« Die Frage rutschte Kate heraus, ehe sie darüber nachdenken konnte, ob das nicht doch zu weit ging.

»Ja, beinahe jede Nacht. Ich schließe die Augen und sehe Will vor mir. Es sind seine Hände, sein Mund, sein heißes, hartes Glied, das sich in mich bohrt.« Sie verzog abfällig den Mund. »Und nicht der Stiel meiner Haarbürste.«

»Hast du nie daran gedacht, dir einen Liebhaber zu nehmen?«, wagte Kate einen weiteren Vorstoß.

Serena lachte bitter. »Hier? Wo jeder jeden kennt? Wo man mich von Anfang an misstrauisch beäugt hat, weil Will sich keine der Töchter aus dem hiesigen Landadel genommen hatte, sondern sich eine Frau aus der Stadt mitbrachte? Eine, die nicht nur viel zu jung war, sondern die auch schöne Kleider mehr liebte als Pferde und die Jagd?«

Daran hatte Kate nicht gedacht. Natürlich war die Gesellschaft hier relativ geschlossen und als alleinstehende Witwe war Serena vermutlich nicht daran interessiert, alle gegen sich aufzubringen.

»In letzter Zeit dachte ich oft daran, nach London zu gehen, aber alleine macht das keine Freude. Meine ältere Schwester hat nach Edinburgh geheiratet, und mein Bruder ist bei der königlichen Marine. Meine Eltern verbringen den Großteil des Jahres in Bath, sie vertragen das Londoner Klima nicht so recht.« Nachdenklich sah sie Kate an. »Aber jetzt habe ich ja dich. Dir würde es auch guttun, von hier wegzukommen, zumindest für ein paar Wochen. Was hältst du davon, wenn wir beide für die nächste Saison nach London fahren? Wills Stadthaus gehört mir, ebenso wie Fulton Hall, auch wenn seiner Familie das ganz und gar nicht recht war. Ich habe Geld genug, damit wir uns jeglichen Putz und Luxus leisten können, den wir wollen. Wir könnten Gesellschaften geben, ins Theater gehen, Bälle besuchen, mit Männern flirten …«

London. Der Name leuchtete in allen Regenbogenfarben vor Kates geistigem Auge auf. Und der Name, der ihm auf dem Fuße folgte, lautete Justin.

»Wir geben dich ebenfalls als Witwe aus. So hast du alle Freiheiten, die auch ich habe.« Serena ergriff Kates Hände. »Ab sofort bist du Lady Katherine Dowbridge aus Denbighshire in Nordwales. Dort gibt es so viele kleine Landsitze, da fällt einer mehr oder weniger gar nicht auf. Dein Mann starb vor ein paar Jahren an Lungenentzündung, und da er dir nichts hinterließ, verdingtest du dich als meine Gesellschafterin.« Serena strahlte übers ganze Gesicht. »Das ist nur eine kleine Modifikation der Wahrheit.«

»Eine sehr kleine Modifikation«, warf Kate trocken ein.

»Die niemandem schadet. Komm, lass uns alles vorbereiten.«

18

Drei Wochen später trafen Serena und Kate in London ein. Die Dienstboten waren schon einige Tage zuvor vorausgefahren, um das Haus bereit zu machen.

Das Stadthaus in der St. James Street war kleiner als Fulton Hall und sehr modern eingerichtet. Kate fühlte sich auf Anhieb wohl. Sie war froh, Cornwall verlassen zu haben, denn in den letzten Tagen hatte Serena zunehmend bedrückt gewirkt. Ohne Genaueres zu wissen, nahm Kate an, dass ihre Weigerung, Sir Vaughn zu ehelichen, irgendwie damit in Zusammenhang stand. Zwar war er nicht wieder aufgetaucht, aber dass er so einfach aufgab, hatte Kate nicht glauben können. Und als dann eines Morgens eine tote Katze auf der Türschwelle von Fulton Hall gelegen hatte, zweifelte Kate nicht länger daran, dass man Serena unter Druck setzte.

Der Verwalter in Cornwall hatte versprochen, sich um alles zu kümmern und Lady Dexter brieflich über alle Vorkommnisse zu informieren. Serena würde in London auf andere Gedanken kommen, denn schon während der Fahrt hatte sie weit weniger angespannt gewirkt und oft gelacht.

Die Ankunft von Lady Dexter machte in der Stadt schneller die Runde, als die in Auftrag gegebenen Abendkleider geliefert werden konnten. Besucher gaben sich die Klinke in die Hand und verliehen ihrer Freude darüber Ausdruck, Serena wieder in der Hauptstadt begrüßen zu dürfen. Die Tatsache, dass ihre Freundin trotz der langen Abwesenheit noch immer so beliebt war, überraschte Kate. Und noch mehr überraschte sie der Umstand, dass Serenas Bekannte ihre Sympathie auch auf sie selbst ausdehnten. Kate wurde genauso liebenswürdig behandelt und ganz selbstverständlich in alle Gespräche mit einbezogen. Niemand erkundigte sich nach ihrer Vergangenheit; die Information, dass Kate Witwe und Serenas Gesellschafterin war, stellte alle zufrieden.

Trotzdem vibrierte Kate vor Nervosität, als sie gemeinsam ihre erste Einladung zu einer feierlichen Abendgesellschaft wahrnahmen. Schon das Kleid aus burgunderrotem Satin mit goldbesticktem Saum hatte sie sprachlos vor Staunen gemacht. Das Dekolleté zeigte mehr von ihren Brüsten, als sie jemals zuvor in der Öffentlichkeit enthüllt hatte. Ihre Haut schimmerte wie Perlmutt, und aus ihrem hochgesteckten Haar fiel eine gedrehte Locke verspielt auf ihre Schulter. Serena hatte ihr ein Rubincollier mit passenden Ohrgehängen geliehen, das ihre Erscheinung auf atemberaubende Weise perfektionierte.

Serena selbst trug ein mitternachtsblaues Kleid mit Perlenstickerei und Diamantschmuck und hatte sichtlich weniger Probleme, sich in dem überfüllten Ballsaal zurechtzufinden. »Komm, dort ist die Gastgeberin«, flüsterte sie Kate zu und öffnete mit einer eleganten Handbewegung ihren Spitzenfächer.

Die Countess Bellington, in deren Haus sie sich befanden, stand umringt von zahlreichen Gästen im Alkoven. Sie gehörte zu den zeitlosen Schönheiten, die genauso gut fünfundzwanzig wie auch fünfundvierzig Jahre alt sein konnten. Erst, wenn man ihr nahe genug war, um die kleinen Lachfältchen in ihren Augenwinkeln zu sehen, bemerkte man, dass sie die Jugendjahre bereits hinter sich gelassen hatte.

Die Countess entdeckte Serena und hob ihre Hand, um sie mit dem zusammengeklappten Fächer herbeizuwinken. Die umstehenden Gäste wichen widerstrebend zurück und die Countess streckte ihre Arme aus. »Serena, sind meine Gebete also doch erhört worden.« Die beiden Frauen küssten sich auf die Wangen und lächelten sich strahlend an.

»Es scheint so. Und jetzt, da ich wieder da bin, verstehe ich gar nicht, wie ich so lange wegbleiben konnte. Du siehst umwerfend aus, Letty. Zehn Jahre jünger als bei unserer letzten Begegnung.«

Die Countess machte eine wegwerfende Handbewegung und lachte. »Die Landluft scheint dir jedenfalls gut bekommen zu sein, meine Liebe. Und wen hast du uns mitgebracht?«

»Eine liebe Freundin, Letty. Lady Katherine Dowbridge.«

Kate knickste. »Countess Bellington, es ist mir eine Ehre, Ihr Gast sein zu dürfen.«

»Die Freude ist ganz auf meiner Seite, Lady Katherine.« Sie blickte wieder zu Serena. »Wir müssen uns unbedingt unterhalten, es gibt so viel zu erzählen. Wenn wir es heute Abend nicht schaffen, lade ich mich morgen zum Nachmittagstee bei dir ein.«

»Du bist mir jederzeit willkommen, Letty, das weißt du ja. Aber natürlich will ich dich nicht länger von den Pflichten als Gastgeberin fernhalten. Wir sehen uns später.«

Sie nickte der Countess zu und nahm Kate am Arm, um mit ihr weiterzuschlendern. Livrierte Diener boten den Gästen Champagner in hauchdünnen Glaskelchen an, und Kate trank durstig. Die Luft im Raum war heiß und stickig, und das Funkeln der Juwelen, der Kronleuchter und der unzähligen Spiegel erschlug sie beinahe. Sie hörte Serena zu, die immer wieder stehenblieb und ein paar Worte mit den Anwesenden wechselte. Obwohl sie sich bemühte, der Konversation zu folgen und sich die Namen zu merken, verloren sich ihre Gedanken immer wieder in Erinnerungen.

Die Feste des Paschas hatten dieses hier an zur Schau gestelltem Prunk übertroffen, aber niemals hätte sie dort eine aktive Rolle spielen dürfen. Sie hatte stets tief verschleiert bei den anderen Frauen gehockt und die Darbietungen verfolgt, ohne selbst ein Teil davon zu sein. Nicht einmal das Festmahl nahmen die Gäste gemeinsam ein, denn die Frauen aßen in einem abgetrennten Raum. Verglichen mit den steifen, in ein zeremonielles Korsett gepressten Festen des Paschas war diese Veranstaltung geradezu kurzweilig und sprühte vor Leben, und jeder Gast durfte das Seine zum Gelingen beitragen.

Verträumt ließ Kate ihre Blicke über die bunten Blumengestecke wandern. Ihr schwerer Duft mischte sich mit den Parfums der Damen und dem Wachsgeruch der unzähligen Kerzen in den Kristallleuchtern. Sie nippte an ihrem Champagnerkelch und betrachtete sich in einem der hohen Spiegel. Außerhalb des Schlafgemaches des Paschas wäre das Tragen eines solchen Kleides ein Grund gewesen, eine Frau für den Rest ihres Lebens mit Missachtung oder gar Verbannung zu strafen. Seltsam, wie die eine Kultur die andere als barbarisch betrachtete und dabei ihre eigenen Regeln zum Maßstab nahm.

Sie atmete tief ein, und die Rubine auf ihrer Brust funkelten übermütig. Was wohl Justin sagen würde, wenn er sie so sah? Seit sie erfahren hatte, dass sie nach London gehen würde, hatte sie den Gedanken an ihn nicht mehr aus dem Kopf gebracht. Seinen Erzählungen nach zu schließen, musste sein Vater ein Gelehrter oder ein Archäologe gewesen sein, und wegen des verlangten Lösegeldes gehörte seine Familie zur begüterten Oberschicht. Es war also nicht ausgeschlossen, ihm irgendwann im Rahmen einer gesellschaftlichen Veranstaltung zu begegnen.

In ihren Träumen hatte sie sich die Szene wieder und wieder ausgemalt. Er würde sie sehen, auf sie zueilen und sie in seine Arme schließen. Dabei würde er immer wieder murmeln, wie sehr er sie liebte und wie froh er war, sie endlich wiederzuhaben. Seine Küsse würden ihren – ohnehin schwachen – Protest im Keim ersticken. Alle Schwierigkeiten würden sich in Luft auflösen, und sie wären bis ans Ende ihrer Tage glücklich miteinander.

Das Geräusch von zersplitterndem Glas riss sie aus ihren Gedanken, und sie drehte sich um. Keine zehn Meter von ihr entfernt stand ein Mann in einem dunkelblauen Abendanzug. Seine Hand schien noch immer das Glas festzuhalten, das längst auf dem Boden zerschellt war. Und er starrte sie an, als sähe er einen Geist.

Sämtliches Blut wich aus ihren Wangen. Unbewusst legte sie die Hand an ihre Kehle. Sie hatte gehofft und geträumt, dass sie Justin wiedersehen würde. Aber nicht damit gerechnet, dass es so schnell passieren könnte. Und dass es vollkommen anders verlief als in ihren Träumen.

Er presste die Lippen zusammen, dass sich die Wangenknochen und das Kinn scharf abzeichneten. Seine Blicke nagelten sie auf ihrem Platz fest und waren so kalt, dass sie ihr Blut in Eis verwandelten.

Ein Dienstmädchen eilte mit einem Putzlappen herbei, um das Malheur zu beseitigen. Justin machte einen Schritt, um ihr auszuweichen, dann drehte er sich um und verschwand in der Menschenmenge.

Kate schluckte hart. Ihr Kopf fühlte sich völlig leer an, während sie mühsam versuchte, das Geschehene zu verarbeiten. Er hatte sie gesehen, er hatte sie erkannt, und er hatte sich einfach umgedreht und war gegangen.

Sie würde nicht weinen. Nicht deshalb, nicht wegen ihrer Dummheit, sentimentale Erinnerungen gehegt zu haben. Im Grunde hatte sie immer gewusst, dass nichts sie verband. Ein paar gemeinsame Tage auf einem Schiff, jungenhafte Neugier, was körperliche Bedürfnisse und deren Befriedigung anging. Natürlich hatte er im Eifer des Gefechts geglaubt, sie zu lieben, und ebenso natürlich hatte er in den vergangenen Wochen eingesehen, dass er sich geirrt hatte. Vermutlich hatte er längst eine andere, eine passendere Frau gefunden.

Kate atmete tief ein. Es war gut so. Gut, dass es so schnell passiert war und sie ihre Zeit nicht länger mit Hirngespinsten verschwenden musste. Sie trat zu der Gruppe, mit der sich Serena gerade unterhielt. Ohne Umschweife fragte sie die Frau, die ihr am nächsten stand: »Wer ist der Mann, der gerade das Glas fallen lassen hat?«

»Der Rotblonde? Das ist Justin Grenville, der Marquess of Wexford. Aber Sie können ihn unmöglich kennen, meine Liebe, er ist erst vor wenigen Wochen aus der Gefangenschaft eines osmanischen Potentaten befreit worden und in London eingetroffen. Seine Manieren sind etwas … nun … gewöhnungsbedürftig.«

Serena warf Kate einen fragenden Blick zu, aber ehe sie etwas sagen konnte, ergriff schon ein anderer Mann aus der Gruppe das Wort. »Vielleicht hat Lady Dowbridge von dem Skandal gehört, Eleonor.«

»Welcher Skandal, Sir Henry?«, erkundigte sich Serena, noch ehe Kate den Mund aufmachen konnte.

»Seine Eltern waren offiziell für tot erklärt worden, von ihm gab es kein Lebenszeichen, deshalb übernahm sein Onkel Edward den Titel und die Familiengeschäfte. Nun, sein Neffe hat ihn keine Woche nach seiner Ankunft auf die Straße gesetzt und der Queen seine Aufwartung gemacht, um klarzustellen, dass er der rechtmäßige Erbe ist und nicht sein Onkel. Außerdem hat er alle Hausangestellten entlassen und neues Personal eingestellt. Ein Wunder, dass er nicht die Möbel zerhackt und verbrannt hat.«

»Liebling, Edward Grenville besitzt durchaus eigene Güter und führt den Titel Lord Lexington, er fiel also weich.«

»Dennoch wirbelte so ein Vorgehen natürlich einigen Staub auf.«

»Und auch sonst lässt das Verhalten des neuen Marquess of Wexford sehr zu wünschen übrig. Er ist ein Herumtreiber.« Sir Henry räusperte sich und senkte seine Stimme. »Weder einem guten Glas abgeneigt noch einem guten ...«

»Henry!«, rief seine Frau entsetzt.

»Ach was, Eleonore, wir sind doch alle erwachsen. Und dass Wexford seit seiner Heimkehr mehr Nächte in Bordellen verbracht hat als in seinem eigenen Haus, ist beileibe kein Geheimnis.«

Kate schwieg und versuchte diese Flut an Informationen zu verdauen.

»Kennst du ihn?«, fragte Serena. Alle Umstehenden sahen sie neugierig an.

»Nein, natürlich nicht. Ich hatte mich nur erschrocken, weil er das Glas fallen ließ.« Die Lüge kam ihr erstaunlich glatt über die Lippen, und sie lächelte freundlich in die Runde.

»Vermutlich hat er mehr getrunken, als ihm guttut«, meinte Sir Henry und griff nach dem Arm seiner Frau. »Dort drüben sehe ich James, komm, lass uns gehen.«

Die Gruppe zerstreute sich. Kate und Serena schlenderten weiter. »Und du kennst ihn wirklich nicht?«, fragte Serena mit spürbarem Zweifel in der Stimme, sobald sie außer Hörweite waren.

Vielleicht würde sie ihr später die Wahrheit sagen, aber ganz sicher nicht hier, inmitten eines Ballsaales voller Menschen. »Ach, Serena, ich ...«

Ihre Stimme erstarb, da sich plötzlich ein Mann vor ihnen aufbaute. Er fixierte Kate mit einem kalten Blick aus grünen Augen. »Ich hätte nicht gedacht, dich ausgerechnet hier zu anzutreffen, Leila.«

Kate spannte jeden Muskel in ihrem Körper an. »Es tut mir

leid, aber Sie müssen mich verwechseln, mein Name ist nicht Leila.«

Sie wollte an ihm vorbei, aber er stellte sich ihr in den Weg. »So, dein Name ist also nicht Leila …« Seine Stimme war noch kälter als sein Blick. Als er weitersprach, wechselte er in die osmanische Sprache. »Eine weitere Lüge? Sag, kannst du sie überhaupt noch zählen? Oder ist es dir egal? Sammelst du Namen und Lügen und Männer wie andere Leute Porzellanfiguren?«

Auch wenn es ihr schwerfiel, bewahrte Kate nach außen hin die Ruhe, als sie auf Englisch erwiderte: »Ich verstehe Sie nicht, Lord Wexford, Sie müssen sich irren. Bitte lassen Sie Lady Dexter und mich zufrieden. Vielleicht finden Sie ja am Kartentisch Unterhaltung.«

Serena machte eine unmerkliche Geste in Richtung einer Gruppe Männer, aber weder Kate noch Justin bemerkten es.

»Was ist mit unserem Kind, Leila?«, fuhr Justin auf Osmanisch fort. »War das auch nur eine Lüge? Um die Aufmerksamkeit eines liebeskranken Narren davon abzulenken, dass er nur als Mittel zum Zweck diente?«

»Ich verstehe die Sprache nicht, die Sie sprechen, Lord Wexford und …«

»Hören Sie auf, die Ladies zu belästigen, Wexford, oder ich sorge dafür, dass Sie in kein Haus des *tons* mehr Zutritt haben.« Während der Mann sprach, hatte einer seiner Begleiter Justin am Oberarm gepackt, ein anderer vertrat ihm den Rückweg. »Das Eis, auf dem Sie sich bewegen, ist ohnehin sehr dünn.«

Justin wehrte sich nicht, wich aber auch nicht zurück. »Frauen wie dich gibt es überall, Leila, das habe ich inzwischen gelernt. Ganz egal, ob sie in Baracken oder in Palästen wohnen, sie bleiben stets, was sie sind: Huren.«

Der Schlag saß, und Kate hatte Mühe, weiterhin so zu tun,

als ob sie nichts von dem verstand, was Justin sagte. Mit einiger Anstrengung lächelte sie die Männer an. »Danke für Ihre Hilfe, Gentlemen, Lord Wexford ist einer Verwechslung erlegen, vielleicht hat er dem vorzüglichen Champagner zu sehr zugesprochen und braucht ein wenig frische Luft.«

Die Männer zerrten Justin weg, und Serena griff nach Kates Ellbogen. »Gehen wir in den Erfrischungsraum, du bist weiß wie eine Wand«, sagte sie leise. »Du hast verstanden, was er gesagt hat, nicht wahr?«

Kate nickte.

»Und es waren keine Komplimente.«

»Nein. Es war purer, unverhohlener Hass.« Sie atmete tief durch. »Und das Schlimmste ist, dass er mit allem, was er gesagt hat, recht hatte.«

19

Noch nie hatte Justin es so sehr bedauert, nüchtern zu sein, wie in diesem Moment. Wenn er betrunken gewesen wäre, hätte er mit den drei Männern eine Schlägerei angefangen, die er zweifellos verloren hätte. Und dann hätte er sich besser gefühlt.

Wie hatte er nur sagen können, was er gesagt hatte? Es gab keine Entschuldigung dafür. Weder der Schock, Leila so unverhofft wiederzusehen, noch die Verwirrung, einer ganz anderen Frau gegenüberzustehen, als er erwartet hatte, rechtfertigten seine Worte.

Auch nicht der Tumult aus Wut, Zorn, Freude, Erleichterung, Leidenschaft und Begehren, der in ihm getobt hatte, taugte als Entschuldigung. Nicht einen Augenblick lang hatte er geglaubt, sich geirrt zu haben. Er würde Leila überall und in jeder Verkleidung erkennen. Sein Herz schrie nach ihr, und sein Körper verzehrte sich jede Nacht nach ihrem.

Wie hatte sie ihn nur so dreist verleugnen können? Wie konnte sie glauben, dass er sie damit davonkommen lassen würde? Und wieso überhaupt dieses absurde Schauspiel?

Nachdem ihm vor Überraschung das Glas aus der Hand gefallen war, hatte er sich geistesgegenwärtig nach den Namen der beiden Frauen erkundigt. Lady Dexter und ihre Gesellschafterin Lady Dowbridge, beides Witwen aus Cornwall.

Cornwall. Und er hatte beinahe jeden Stein in London umgedreht, um Leila zu finden. Auf die Idee, dass sie die Stadt verlassen haben könnte, war er nicht gekommen. Andererseits hatte er auch nicht gewusst, dass sie genauso wenig osmanischer Abstammung war wie er. Sie war Britin, ihre Aussprache makellos, wenngleich mit einem kaum wahrnehmbaren, sehr reizvollen Akzent versehen.

»Justin, was hast du jetzt wieder angerichtet?« In der Stimme des ehrenwerten Peter Cushingham schwang milder Spott mit. »Ich dachte, ich könnte dich wenigstens eine halbe Stunde aus den Augen lassen, ohne dass eine Katastrophe eintritt.«

Justin blickte Pete an, den jüngsten Sohn von Lord Milton. In Kindertagen waren sie Freunde gewesen, und nach seiner Rückkehr hatte sich Peter als Erster eingefunden, um ihn willkommen zu heißen. Das Band der Freundschaft war stark genug gewesen, die Zeit und die Entfernung zu überdauern.

Peter hatte es sich zur Aufgabe gemacht, Justins Manieren aufzupolieren und ihn in die Gesellschaft einzuführen. Ein Umstand, der von ihm Geduld und Nachsicht in einem Ausmaß verlangte, das sogar einen Erzengel überfordert hätte.

»Es ist nichts geschehen«, erwiderte Justin. »Ich habe für einen Moment vergessen, die Spielregeln der Zivilisation zu befolgen, und wurde unsanft darauf hingewiesen.«

»Was keine Antwort auf meine Frage ist.« Peter schlenderte zu der Kutsche, die gerade vorfuhr. »Der Abend ist noch jung, was wollen wir unternehmen?«

»Lass mich am Alden Square aussteigen. Ich habe keine Lust, noch unter Menschen zu gehen.«

Pete runzelte die Stirn. »Das ist ja ganz etwas Neues. Ich frage mich wirklich, was da drinnen passiert ist.«

Justin lehnte den Kopf an die gepolsterte Rückwand der Kutsche und schloss die Augen. »Ich hab sie gefunden.«

Ungläubig beugte sich Pete vor. »Du hast sie gefunden? Die Frau, die du seit deiner Rückkehr suchst?«

Justin hatte ihm keine Einzelheiten über sich und Leila

erzählt, nur, dass er bei der Überfahrt eine Frau kennen gelernt und sie in London aus den Augen verloren hatte.

»Ja.«

»Und weiter?« Pete klopfte ungeduldig mit dem Absatz des Schuhs auf den Kutschenboden.

»Nichts weiter. Sie gibt vor, mich nicht zu kennen.«

»Wie heißt sie?«

Justin öffnete die Augen. »Das ist nicht wichtig.«

»Ich bekomme es ohnehin heraus, du kannst es mir also auch gleich sagen.«

»Dann finde es meinetwegen heraus.« Er musste sich einen Plan zurechtlegen, denn er hatte nicht die Absicht, Leila so einfach entwischen zu lassen.

Nach einer schlaflosen Nacht stand Justin am nächsten Nachmittag vor dem Haus, das Lady Dexter laut seinen Nachforschungen bewohnte.

Der Butler nahm seine Karte entgegen und bat ihn in die Halle. Demnach hatten weder Lady Dexter noch Leila Anweisung gegeben, ihn nicht vorzulassen. Ein gutes Zeichen, sofern sie nicht einfach darauf vergessen hatten.

Lady Dexter öffnete die Tür des Salons, in den ihn der Butler geführt hatte. Sie sah aus wie eine nordische Göttin, kühl und unnahbar. Ihr Blick war dazu angetan, ihn in einen Gletscher zu verwandeln, noch ehe er den Mund geöffnet hatte.

Sie reichte ihm nicht die Hand, so blieb ihm nichts übrig, als sich zu verbeugen. »Lady Dexter.«

»Es erstaunt mich sehr, dass Sie es wagen, nach dem gestrigen Vorfall in meinem Haus zu erscheinen, Mylord Marquess. Zu Ihren Gunsten will ich annehmen, dass Sie sich entschuldigen möchten.«

»Auch das, aber meine Entschuldigung gilt in erster Linie Ihrer Gesellschafterin, Lady Dexter.«

»Ich nehme nicht an, dass Kate den Wunsch verspürt, Sie noch einmal zu sehen.« Nicht nur ihr Blick, auch ihre Stimme ließ Eisblumen an den Fenstern erblühen.

Wenn sie ihn hinauswarf, würde er so bald keine zweite Gelegenheit bekommen, mit Leila zu sprechen. »Das käme auf einen Versuch an. Sagen Sie ihr bitte, dass ich hier bin, um mich für die peinliche Verwechslung und mein Benehmen zu entschuldigen.«

In der vergangenen Nacht hatte er beschlossen, Leilas Spiel mitzuspielen und abzuwarten, wohin es führte. Vielleicht ergab die Charade einen Sinn, wenn er alle Teilchen vor sich hatte.

Ohne sichtbare Gemütsregung ließ er Lady Dexters schweigende Musterung über sich ergehen. Dennoch fiel ihm ein Stein vom Herzen, als sie schließlich kurz angebunden sagte: »Ich werde sehen, ob sich Lady Dowbridge mit Ihnen unterhalten möchte.«

Sie verließ den Raum, um kurz darauf tatsächlich mit Leila zurückzukommen. Bei ihrem Anblick beschleunigte sich Justins Herzschlag. Sie trug ein hochgeschlossenes, elfenbeinfarbenes Tageskleid ohne sonderliche Raffinesse. Ihr locker hochgestecktes Haar betonte ihre klaren Gesichtszüge und die kleinen Perlen, die an ihren Ohrläppchen glänzten.

Am vergangenen Abend war sie ihm wie die Personifizierung der mythischen Venus erschienen. Samtige Haut, üppige Kurven, volle Lippen und anmutig geformte Arme. Eine Göttin, die den Sterblichen Audienz gewährte.

Jetzt sah sie wie ein Mensch aus, ein gelangweilter und verärgerter Mensch zwar, aber immerhin ein Mensch. Er riss sich zusammen und verbeugte sich vor ihr. Wie Lady Dexter reichte auch sie ihm nicht die Hand.

»Lady Dowbridge, ich bin gekommen, um mich für mein gestriges Betragen zu entschuldigen.«

Sie sah ihn unverwandt an, und er hatte Mühe, nicht in diesen tiefvioletten Seen zu ertrinken.

»Wie Sie richtig vermutet haben, erlag ich einer Verwechslung, Lady Dowbridge. Ich habe eine Frau gekannt, die Ihnen äußerlich sehr ähnelt, und ließ mich ungestümerweise dazu hinreißen, an diese Bekanntschaft anzuknüpfen.«

Leila blickte ihn weiterhin schweigend an, so fuhr er fort: »Es war die Freude, die mich alle nach meiner Gefangenschaft mühsam erlernten gesellschaftlichen Umgangsformen vergessen ließ.«

»Freude?« Die Ungläubigkeit in ihrer Stimme verriet sie, ehe sie hinzufügen konnte: »Die … Äußerungen in der mir unverständlichen Sprache klangen mir nicht eben nach Freude.«

»Doch, es war Freude, die ich empfunden habe, auch wenn ich sie nicht in die richtigen Worte fassen konnte«, antwortete er gelassen. »Aber natürlich hat sie nicht Ihnen gegolten, Lady Dowbridge, deshalb bitte ich Sie, meine Entschuldigung anzunehmen.«

Ihr Rücken straffte sich. »Ich nehme Ihre Entschuldigung an, Mylord Wexford.«

»Sie sehen mich erleichtert, Lady Dowbridge. Darf ich Sie zum Zeichen meiner Aufrichtigkeit zu einer Ausfahrt in den Hyde Park einladen?«

Serena räusperte sich. »Ich glaube, das wird nicht nötig sein, Lord Wexford. Wir sind von Ihrer Aufrichtigkeit überzeugt. Und mehr gibt es dazu nicht zu sagen, nicht wahr, Kate?«

»Ich stimme dir zu, Serena. Mylord Wexford, ich bedanke mich für Ihren Besuch.« Sie reichte ihm die Hand, und er hob sie andeutungsweise an die Lippen. Dabei achtete er darauf, dass sie den Amethystring sah, den er am kleinen Finger trug. Wie erwartet, erstarrte ihre Hand in seiner. Sofern er noch einen Beweis gebraucht hätte, dann hatte er ihn gerade bekommen.

»Ich danke, dass Sie mich empfangen haben, Lady Dowbridge. Vielleicht sehen wir uns ja irgendwann wieder.« Er ließ ihre Hand los und wandte sich an Serena, die bereits nach dem Butler geläutet hatte. »Lady Dexter, Ihr ergebener Diener.«

Ohne sich noch einmal umzudrehen, verließ Justin den Raum und folgte dem Butler zur Tür. Es war nicht so gelaufen, wie er es geplant hatte, aber immerhin wusste Leila nun, dass er nicht so einfach aufgeben würde.

Er setzte sich in seine Kutsche und wartete. Nach einer guten halben Stunde hatte er gefunden, wonach er suchte. Der Junge, der missmutig einen Stein vor sich herkickte, drehte sich um, als Justin ihn auf zwei Fingern herbeipfiff. Gemächlich schlenderte er heran.

»Wie heißt du, Kleiner?«

Der Junge bohrte die Fäuste in seine zerschlissene Hose. Schmutzspuren in seinem Gesicht verrieten, dass er mit Wasser und Seife nicht auf vertrautem Fuß stand.

»Jimmy.«

»Jimmy. Gut. Hast du Lust, dir während der nächsten paar Tage ein paar Mäuse zu verdienen?«, fragte ihn Justin.

»Käm' drauf an, Mylor'«, nuschelte er.

»Im Haus dort drüben wohnt Lady Dexter. Ich will wissen, wohin sie abends ausgeht. Schaffst du es, das herauszubekommen und mir mitzuteilen?«

»Kommt drauf an«, wiederholte der Junge.

Justin kramte nach einer Münze. »Hier. Wenn du es weißt, bekommst du eine weitere, und wenn die Lady tatsächlich dort war, noch eine. Sind wir im Geschäft, Jimmy?«

Der Junge nickte. »Wo finde ich Sie, Mylor'?«

»Beryl Hall am Alden Square, ich bin der Marquess of Wexford.«

»Ich werde zur Stelle sein, sobald ich was weiß, Lord Wexford«, sagte der Junge, ließ die Münze in der Tasche seiner schäbigen Jacke verschwinden und machte sich davon.

Justin blickte ihm nach und gab dem Kutscher das Zeichen zur Abfahrt.

Als er am Abend desselben Tages im Ballsaal des Earl of Comden stand, tat es Justin zum ersten Mal leid, dass er nicht auf Pete gehört und Tanzunterricht genommen hatte. Leila wirbelte mit wechselnden Partnern über das Parkett und amüsierte sich ganz offensichtlich bestens – ebenso wie Lady Dexter.

Bisher hatte sie ihn bis auf ein kühles Kopfnicken weitgehend ignoriert. Und seine Geduld neigte sich dem Ende zu. Er nahm ein Glas vom Tablett eines der bereitstehenden Diener und ging, als der Tanz zu Ende war, damit zu Leila. Sie setzte sich gerade auf einen zierlichen Sessel und fächelte sich mit dem Fächer Luft zu. »Lady Dowbridge, Sie sehen erhitzt aus. Gestatten Sie mir, Ihnen eine kleine Erfrischung zu reichen.«

Sie schaute zu ihm auf, und das Lächeln auf ihren Lippen verblasste. Fast nahm er an, sie würde ablehnen, aber dann griff sie doch nach dem Glas.

»Ich danke Ihnen, Lord Wexford.« Sie nippte von dem Champagner. »Sie tanzen nicht?«

»Ich hatte keine Gelegenheit, es zu erlernen. Meine Gefangenschaft sah keine Tanzstunden vor. Und als ich hier in London ankam, war ich zu beschäftigt, um mich darum zu kümmern.«

Sie nickte, machte aber keine Anstalten, sich nach weiteren Einzelheiten zu erkundigen. Gut, dann eben nicht.

»Lord Dowbridge zu verlieren muss bestimmt ein großer Verlust für Sie gewesen zu sein.« Seine Stimme verriet nichts von seiner Neugier.

Sie drehte das Glas in ihren behandschuhten Fingern. »Das war es in der Tat. Und ich werde noch sehr lange brauchen, um diesen Verlust zu überwinden«, sagte sie ruhig, blickte ihn aber nicht an.

»Das verstehe ich nur zu gut«, antwortete er. »Auch ich habe jemanden verloren. Den Schmerz, plötzlich ganz alleine zu sein, werde ich niemals vergessen.«

Ihre Wangen röteten sich, und sie trank hastig das Glas leer. »Ich habe Viscount Ravenhurst den nächsten Tanz versprochen, er kommt gerade. Wenn Sie mich bitte entschuldigen ...«

Sie wollte aufspringen, aber er hielt ihre Hand fest und sah ihr in die Augen. »Ich werde warten, Lady Dowbridge, egal, wie lange es dauert.«

Der Puls in ihrer Halsgrube hämmerte ein so wildes Stakkato, dass er es nicht übersehen konnte. Wilde Freude breitete sich in ihm aus. Was auch immer sie vorhatte, er war ihr nicht gleichgültig.

Er ließ ihre Hand los und beobachtete mit einem Anflug von Eifersucht, wie Ravenhurst sie auf die Tanzfläche führte. Sie blieben neben Lady Dexter stehen, deren Partner Lord Ivo Sheridan war, ein gutaussehender, mit allen Wassern gewaschener Lebemann, berüchtigt ebenso für seinen Hang zum Spiel wie zu schönen Frauen.

Als die Musik einsetzte, erhob sich Justin und schlenderte hinter ein üppiges Blumenarrangement. Nach dem Tanz verbeugte sich Ravenhurst galant und brachte Leila zu ihrem Platz zurück. Mit einiger Befriedigung bemerkte Justin, dass sie sich nach ihm umsah. Auch als sich Lady Dexter neben sie setzte, fuhr sie fort, den Raum mit Blicken abzusuchen.

Justin lächelte und beschloss, dass der Moment gekommen war, das Fest zu verlassen.

Serena strich eine Locke aus ihrem erhitzten Gesicht und setzte sich neben Kate. »Was wollte Wexford? Sich noch einmal entschuldigen?«, fragte sie gut gelaunt.

Kate hob die Schulten. »Konversation machen, nichts weiter.«

»Ich wünschte, du würdest mir endlich die Wahrheit sagen«, entgegnete Serena und nahm Lord Sheridan das Glas ab, das er ihr gebracht hatte. Seine Anwesenheit beschränkte die Unterhaltung auf unverfängliche Themen.

Kate verfolgte mit mäßigem Interesse, wie Serena mit Sheridan flirtete. Die Gesten und Blicke wurden im gleichen Maße feurig wie die Wortgefechte zweideutig. Keiner der beiden achtete auf sie. Infolgedessen bekam sie Gelegenheit, über Justins Worte nachzudenken. *Den Schmerz, ganz alleine zu sein, werde ich nie vergessen.* Sie erinnerte sich an seine hasserfüllten Beleidigungen vom vergangenen Abend. War Schmerz dafür verantwortlich? Oder doch nur verletzter Stolz?

Trotzdem suchte er ihre Nähe. Zuerst, um sich zu entschuldigen, dann um sie dazu zu bringen, an etwas zu denken, das sie um jeden Preis vergessen wollte.

Den ganzen Abend hindurch hatte sie seine Blicke gespürt, hatte gewusst, dass er sie beim Tanz beobachtete. In jeder Faser ihres Körpers erwachte die Erinnerung an seine Liebkosungen. An seinen Mund auf ihren Brüsten, seine Hände auf ihrer Haut, sein hartes Glied, das so oft in sie eindrang, bis sie vor Lust zu bersten glaubte ...

Dass er gegangen war, ohne Abschied, ohne ein Wort, sollte sie mit Erleichterung erfüllen, denn wenn er geblieben wäre, hätte sie einen Vorwand gesucht und gefunden, ihm nahe zu sein. Aber wie sollte sie ihm erklären, was geschehen war? Warum sie ihn belogen und verlassen hatte? Warum sie sich weigerte, sich ihm zu erkennen zu geben?

»Er ist es.« Serenas Stimme riss sie aus ihren Überlegungen.

»Wer ist was?«, fragte Kate zerstreut.

»Lord Sheridan wird mein Liebhaber«, stellte Serena im Plauderton fest. »Er ist jung, sieht verteufelt gut aus und weiß, wie man eine Lady erfreut. Innerhalb und außerhalb des Schlafzimmers. Und er will keine Bindung. Er ist einfach perfekt.«

»Wenn du es sagst.« Kate versuchte sich an einem missglückten Lächeln. Sie konnte keine Begeisterung aufbringen. »Fährst du mit zu ihm?«

»Heute Nacht?« Serena lachte. »Nein, ein bisschen soll er noch schmoren. Auch wenn es mir schwerfällt, ihn auf Distanz zu halten. Sein Mund ist eine einzige Versuchung.« Sie seufzte theatralisch und leckte sich die Lippen. »Der Wintergarten hier soll ganz außergewöhnlich sein, vielleicht bitte ich Ivo, mich bei der Besichtigung zu begleiten.«

Da Kate schwieg, runzelte Serena die Stirn. »Ravenhurst ist doch auch ganz passabel, findest du nicht? Und er tanzt, als hätte er sein Leben lang nichts anderes gemacht.«

»Damit könntest du recht haben.« Kate blickte zu dem eleganten jungen Mann, der ihr vom gegenüberliegenden Ende des Saales heiße Blicke zuwarf, während er sich mit einem Bekannten unterhielt.

»Ich würde dich nur ungern einsam wissen, während ich mich amüsiere«, fuhr Serena fort.

Kate zuckte zusammen. Einsam. Die Erinnerung an Justins

Worte flammte erneut auf. Sie räusperte sich. »Mach dir keine Gedanken, mir geht es gut. Ravenhurst macht sich gerade auf den Weg zu uns.«

»Dann will ich nicht länger stören.« Serena erhob sich graziös und sagte zu Lord Ravenhurst. »Sie wissen nicht zufällig, wie man zum Wintergarten kommt?«

20

»Und du irrst dich bestimmt nicht?« Justin blickte Jimmy ungläubig an.

»Ich hab mich in den letzten beiden Wochen kein einziges Mal geirrt, Mylor'«, erwiderte Jimmy nicht ohne Stolz und betrachtete das Geldstück in Justins Hand begehrlich. »Die beiden Ladys waren immer dort, wo ich Ihnen gesagt hab, dass sie sein werden.«

Damit hatte er recht. Justin ließ die Münze in Jimmys Hand fallen. »Gut. Wir sehen uns morgen.«

Der Junge steckte das Geld in seine Tasche, vollführte eine übertriebene Verbeugung und schlenderte pfeifend aus dem Raum.

Justin erhob sich von seinem Platz hinter dem Schreibtisch und ging zum Fenster. Nach einem Besuch des Drury Lane Theaters in Begleitung von Lord Sheridan und Lord Ravenhurst planten Lady Dexter und Lady Dowbridge den Besuch von »Delilah's Castle«.

Justin spürte, wie ihm der kalte Schweiß ausbrach. In den vergangenen Tagen hatte er Ravenhursts Bemühungen um Leila mehr oder weniger belächelt. Sie wollte den charmanten Tänzer nicht. Das sah er in jeder Bewegung und in jedem Blick, den sie diesem Mann schenkte. Was nicht unbedingt bedeutete, dass sie ihn, Justin, wollte. Wie dem auch sei, er hatte Ravenhurst nicht als Bedrohung für das empfunden, was zwischen ihm und Leila war.

Wenn sie allerdings tatsächlich in Ravenhursts Begleitung zu »Delilah's« ging, dann musste er handeln. Sogar in der kurzen Zeit, die er sich in London aufhielt, hatte sich der Ruf des Hauses bis zu ihm herumgesprochen. Einfach ausgedrückt war es ein Ort, an dem Frauen diskret Zerstreuung finden konnten. Mit mitgebrachten Partnern oder mit Männern, die den Besuch von »Delilah's« einem gewöhnlichen Bordell vorzogen. Aber es war stets die Frau, die entschied, mit wem sie sich in einen der luxuriösen Räume zurückzog. Die meisten Gäste im »Delilah's« trugen Masken, allerdings bestand dazu keine Pflicht, denn man kannte sich ohnehin.

Justin umklammerte das Fensterbrett. In den vergangenen zwei Wochen hatte er nichts weiter getan, als an jenen Orten zu erscheinen, an denen sich Leila aufhielt. Ein wenig unverfängliches Geplauder, ein paar nichtssagende Sätze, die vielleicht mehr als eine Bedeutung besaßen. Das war alles gewesen. Er hatte sie in keinster Weise bedrängt, er wollte nur dafür sorgen, dass sie wusste, dass er da war. Dass er wartete, so wie er es versprochen hatte.

Aber er würde nicht zusehen, wenn sie sich – aus welchen Gründen auch immer – mit Ravenhurst bei »Delilah's« vergnügte – auf die einzige Art, die dort möglich war.

Die Stunden bis zum Abend zogen sich endlos dahin. Justin überlegte, ob er ins Theater fahren sollte, verwarf die Idee aber wieder. Er hatte kein Problem damit, einen Skandal zu entfachen – etwas, das zweifellos geschehen würde, wenn es zu einer Auseinandersetzung zwischen ihm und Ravenhurst kam, aber er wollte nicht, dass Leilas Ruf dadurch in Mitleidenschaft gezogen wurde. Also machte er sich am späten Abend auf zu »Delilah's Castle«.

Man ließ ihn ein, nachdem er seine Karte auf das Silbertablett des livrierten Dieners gelegt hatte, der öffnete. Eine in schwarze Seide gekleidete Frau las lautlos seinen Namen, musterte ihn von oben bis unten und nickte dann. »Willkommen, Mylord. Ich wünsche einen angenehmen Abend.« Sie verzog die rot geschminkten Lippen zu einem breiten Lächeln und band ihm einen gelben Seidenschal um den rechten Oberarm. »Das ist Ihr Erkennungszeichen, Mylord.« Ehe er nachfragen konnte, führte sie ihn schon weiter und reichte ihm dabei eine schwarze Satinmaske mit Samtbändern.

Der Salon besaß die Ausmaße eines Ballsaals. In einer Ecke spielte ein Mann auf einem Pianoforte, in einer anderen wurden Getränke ausgeschenkt. Mehrere Grüppchen elegant gekleideter Männer standen beisammen und unterhielten sich in gedämpfter Lautstärke. Nur wenige von ihnen trugen Masken, aber jeder hatte ein buntes Seidentuch um den Arm gebunden.

Justin ließ sich ein Glas Whisky kredenzen und beobachtete die Vorgänge um sich herum. In smaragdgrüne Jacken und elfenbeinfarbene Kniehosen gekleidete Pagen gingen zwischen den Männern herum und überreichten dem einen oder anderen mit einer kleinen Verbeugung ein Kärtchen.

Der betreffende Mann steckte das Kärtchen ein und wandte sich zur Tür. Justin ließ sich seine Vermutung über den Zweck dieses Prozederes von einem Pagen bestätigen.

In den Gemälden an der Wand befanden sich Gucklöcher, durch die die Frauen im Nebenraum die Männer beobachteten, bevor sie ihre Wahl trafen. Ein Page überbrachte dem Auserkorenen, den er an der Farbe des Seidentuchs erkannte, ein Kärtchen mit der Nummer des Zimmers, in dem die Frau auf ihn wartete.

Justin drehte das Glas zwischen den Fingern. Er war noch nie hier gewesen, also hatte er vom Gang der Dinge keine genaue Vorstellung gehabt. Und jetzt, da er den Ablauf kannte, wusste er noch viel weniger, wie er verhindern sollte, dass sich Leila mit Ravenhurst in eines der Zimmer zurückzog.

Ihm zu folgen und ihn niederzuschlagen erschien Justin zwar reizvoll, würde aber vermutlich den sofortigen Verweis aus dem Haus zur Folge haben.

Unschlüssig schlenderte er durch den Saal und blickte sich um, konnte aber weder Ravenhurst noch Sheridan unter den Anwesenden entdecken. Vielleicht kamen sie ja auch gar nicht, vielleicht hatte sich Jimmy geirrt. Er wollte sich gerade in einen der Lehnsessel setzen, als ein Page vor ihm stehen blieb.

Justins Nackenhaare richteten sich auf. Daran hatte er nicht gedacht. Aber natürlich konnte ihn jede Frau auswählen, die durch die Gucklöcher in den Saal spähte. Und eine Ablehnung stand vermutlich nicht zur Debatte.

Der Page reichte ihm das Kärtchen und Justin griff danach. Eine verschnörkelte Sieben stand darauf. »Obergeschoss rechts«, murmelte der Page und wollte sich zurückziehen.

»Warte«, sagte Justin geistesgegenwärtig. »Zeig mir den Weg.«

Er verließ hinter dem Jungen den Salon und packte dessen grün livrierte Schulter, sobald sie im Foyer ankamen. »Sag, was tue ich, wenn die Lady nicht ... nicht nach meinem Geschmack ist?«

Die Miene des Pagen zeigte keine Regung. »Natürlich können Sie dann gehen, allerdings wird das hier nicht gerne gesehen, Mylord.«

Justin fluchte unhörbar. »Ich warte auf Lady Dowbridge«, sagte er leise. »Ist sie schon hier?«

Das Gesicht des Jungen wurde – insofern das möglich war – noch ausdrucksloser. »Ich kenne keine Namen, Mylord. Auch nicht den Ihren.«

Justin gab auf. Sei's drum. Er würde der Lady auf Zimmer sieben schon eine gute Ausrede präsentieren, um schnellstens wieder hierher zurückzukehren. Während er die Treppe hinaufstieg, band er sich die Maske um.

Nach einem letzten, tiefen Atemholen klopfte er an die Zimmertür und trat ein. Drei im Raum verteilte Kerzen spendeten ein mildes Zwielicht. Er erspähte Brokatvorhänge, die in einem warmen Goldton gehalten waren, auch die Holzschnitzereien am Bett und die Rahmen der großen Spiegel glänzten in mattem Gold. Die zweite vorherrschende Farbe war Elfenbein.

Aus den Augenwinkeln nahm er eine Bewegung wahr; die Umrisse einer Gestalt lösten sich aus dem Schatten. Seide raschelte leise. Justin stand regungslos da und blickte die Frau an. Auch sie trug eine Maske. Dennoch erkannte er sie sofort. Seine Handflächen wurden feucht, seine Kehle trocken.

»Keine Fragen und keine Namen. So ist es hier üblich.« Ihre Stimme streichelte seine Sinne. Er blickte auf das Dekolleté des burgunderroten Kleides, das ihre weiße Haut schimmern ließ.

»Warum ich und nicht Ra ...«

In einer blitzschnellen Bewegung stand sie vor ihm und legte ihm den Finger auf die Lippen. »Keine Fragen, so ist es hier üblich.«

Der Schock, den ihre Berührung in ihm auslöste, raubte ihm jeden klaren Gedanken. »Leila ...«, murmelte er unsicher.

»Ich bin nicht Leila.« Bitterkeit schwang in ihrer Stimme mit, und sie wandte sich ab.

Ohne nachzudenken, griff er nach ihrer Hand und zog sie näher zu sich. »Oh doch, heute Nacht bist du Leila.«

Sie hob den Kopf. Ihre Augen hinter der Maske glänzten verdächtig.

Er holte tief Atem. »Wer immer du bist, heute Nacht bist du Leila. Für mich. Nur für mich.«

»Hast du sie geliebt, diese Leila?«

»Ich liebe sie.« Er legte eine Hand um ihre Taille und presste sie an sich.

»Heute Nacht.«

Für immer, wollte er schreien. Aber stattdessen neigte er den Kopf. »Heute Nacht.« Dann küsste er sie. Ihre Lippen waren so weich wie in seiner Erinnerung. Ihr Mund schmeckte süß und scharf und erregend zugleich. Es war wie nach Hause kommen.

Er war nach Hause gekommen.

Ihre Finger wühlten in seinem Haar. Ihre Brüste pressten sich an ihn und ihre Hüften rieben sich an seiner Erektion. Schwer atmend löste er sich schließlich von ihr und hob die Hände, um die Maske abzunehmen.

Leila hielt seinen Arm fest. »Nein. Lass es. Lass die Illusion perfekt sein.«

Es gefiel ihm nicht, aber trotzdem willigte er ein. »Wie du willst, Leila.«

Ohne ein weiteres Wort begann sie seine Weste und sein Hemd aufzuknöpfen. Dann legte sie ihre Handflächen auf seine Brust und spreizte die Finger. Langsam und genießerisch strich sie über seine Haut, und er konnte ein Erschauern nicht unterdrücken.

Er hob die Hände und zog die Nadeln aus ihrem Haar. Dicht und glänzend fielen die schwarzen Strähnen auf ihre Schultern. Seine Beherrschung bekam Risse, die sich unkontrollierbar ausbreiteten, so lange, bis seine Selbstkontrolle zusammenkrachte wie eine morsche Holzwand.

Er zerrte ihr das Kleid von den Schultern, ohne darauf zu achten, dass die Nähte nacheinander aufplatzten, und zog es über ihre Hüften, bis es schließlich zu ihren Füßen lag. Als er sich wieder aufrichtete, griff er in den Ausschnitt ihres Korsetts und hob die Brüste heraus. Der Anblick der steil aufgerichteten dunkelrosa Spitzen jagte seine Vernunft endgültig über die Grenzen des klaren Verstandes. Er beugte sich vor, saugte an ihnen und rollte sie zwischen Daumen und Zeigefinger. Er hasste das starre Korsett, das ihren Körper vor ihm verbarg, aber er hatte weder ein Messer noch die Geduld, die Bänder an ihrem Rücken zu lösen. Seine Hände glitten über ihre Oberschenkel und legten sich um ihr Hinterteil. Er drückte das feste Fleisch, massierte es, fuhr wie unabsichtlich in die enge Kluft, die die beiden Halbkugeln trennte. Der Rausch, in den er verfiel, trieb ihn zu blindwütiger Raserei. Mit einem Ruck riss er sie an sich und rieb sich mit obszönen kreisenden Bewegungen an ihrer Scham.

Ihre Fingernägel ritzten seine Haut und gruben sich in seine Schultern. Längst lagen seine Jacke und sein Hemd auf dem Boden. Sie keuchte auf, als er seine Zähne benutzte, um ihre Brustspitzen zu reizen, und wölbte den Rücken, um ihm entgegenzukommen.

Er wartete, dass sie ihm Einhalt gebot, dass sie ihn zurückstieß, schreiend ihre Kleider zusammenraffte und vor ihm floh. Aber stattdessen packte sie ihn an den Haaren, zog seinen Mund auf ihren und küsste ihn so tief und gierig, dass er glaubte, verbrennen zu müssen.

Als sie aufhörte, hob er sie hoch und warf sie aufs Bett. Während er sich von seiner Hose befreite, betrachtete sie ihn mit einem sphinxhaften Lächeln und räkelte sich einladend auf den glänzenden Laken. Sie spreizte die Schenkel und ließ ihre Hand dazwischengleiten. Ihre Scham war nicht länger nackt, sondern von dichten schwarzen Löckchen bedeckt, die einen scharfen Kontrast zum rosaroten Fleisch ihrer klaffenden Spalte bildeten.

Endlich hatte er sich nicht nur von seiner Hose, sondern auch von seinen Schuhen befreit. Er kniete sich zwischen ihre Beine und drückte ihre Schenkel noch weiter auseinander. Ihr Duft betörte seine Sinne und steigerte sein Verlangen in ungeahnte Dimensionen. Mit einem heiseren Laut presste er seinen Mund auf das heiße Fleisch und saugte an ihrer Klitoris. Sie bäumte sich auf, und ihre Hüften wölbten sich ihm entgegen.

Während er mit der Zunge ihre geschwollenen Falten durchpflügte, schob er zwei Finger in sie und fickte sie mit langsamen, trägen Stößen. Ihre Hände verkrallten sich in seinem Haar, um seinen Kopf zwischen ihren Schenkeln festzuhalten. Als sie schließlich kam, zerrte sie so heftig daran, dass seine Kopfhaut zu glühen begann.

Er leckte sie weiter, aber ehe ihre Kontraktionen ganz aufhörten, richtete er sich auf und brachte sich in Position. Mit einer einzigen Bewegung rammte er sich bis zum Anschlag in sie. Ihr Körper hieß ihn freudig willkommen und umfing ihn wie heiße Seide. Mit geschlossenen Augen pumpte er weiter. Ihre Hände strichen über seine Arme und umfassten seine Schultern. »Du bist so schön«, flüsterte sie heiser. »Und so unglaublich, ganz und gar unglaublich.«

Ihre Worte brachten einen Teil seines Verstandes zurück. Die von wütender Lust getriebene Raserei verebbte, und er öffnete die Augen, um auf sie hinunterzublicken. Ihr Haar floss wie schwarze Tinte über die Kissen. Dunkel und geheimnisvoll glitzerten ihre Augen durch die halbmondförmigen Schlitze der Maske. Ihre vom Küssen geschwollenen Lippen glichen einer unwiderstehlichen Frucht. Sein Blick wanderte über den delikaten Schwung, mit dem ihr Hals in die Schultern überging, über die zarten Schlüsselbeine und blieb an dem Muttermal auf ihrer rechten Brust hängen.

Langsam beugte er sich über sie und streifte mit dem Mund ihre Lippen. »Ich habe dich so vermisst, ich bin halb wahnsinnig geworden bei dem Gedanken, dass ich dich niemals wiedersehen könnte.«

Sie schlang die Arme um seinen Hals und zog ihn auf sich.

»Ich will dich spüren, auf jedem Inch meiner Haut. Und darunter.«

Justin vergrub sein Gesicht an ihrem Hals und seine Finger in ihrem seidigen Haar. Sie roch nach Jasmin und nach Leila, ein vertrauter und doch so erregender Duft. Die Stäbe des Korsetts drückten sich in seinen Magen, als er tief einatmete, und er richtete sich unwillig auf.

»Ich hasse dieses Ding«, murmelte er. »Und ich werde es dir ausziehen. Sofort.«

Sie protestierte nicht, sondern seufzte nur, als er sich aus ihr zurückzog. Der Blick, mit dem sie seine harte, feucht glänzende Rute betrachtete und sich dabei die Lippen leckte, beschleunigte seinen Puls.

»Dreh dich um«, befahl er schroffer, als er wollte.

Sie rollte sich auf den Bauch und stützte sich auf ihre Ellbogen. Der Anblick ihrer festen, runden Pobacken, die in lange, schlanke Schenkel übergingen, war überaus erfreulich, und Justin hatte Mühe, sich nicht von seinem Vorhaben ablenken zu lassen. Er runzelte die Stirn und bereute schon seine vollmundige Ankündigung, da er keine Ahnung hatte, wie er Leila das Korsett ausziehen sollte. Er sah die Bänder, er sah die Ösen, und wenn er ein Messer gehabt hätte, wäre sein Problem keines gewesen, aber er hatte weder ein Messer noch eine Idee, wie er nun vorgehen sollte.

Er kniete sich über Leila und schob ihr Haar beiseite. Am oberen Ende der Verschnürung entdeckte er endlich die Schlaufen, mit denen das Ganze fixiert war. Er zog daran, und zu seiner Erleichterung glitten die obersten Bänder wie von Zauberhand durch die Ösen. Die Haut, die der Stoff freilegte, trug die Druckstellen der Korsettstäbe. Fassungslos strich er mit den Fingerspitzen über das geschundene Fleisch. »Das ist ja barbarisch.«

Sie blickte sich über die Schulter. »Barbarischer, als einen Jungen zehn Jahre lang in Einzelhaft zu halten?«

Er hob den Kopf und sah sie an. Als sie begriff, dass sie sich unwiderruflich verraten hatte, presste sie ihre Lippen zusammen.

»Nimm die Maske ab«, befahl er tonlos. »Du brauchst sie nicht mehr.«

Leila richtete sich ein wenig auf, während Justin die Korsettbänder aus den Ösen zog. Das Geräusch, das sie dabei verursachten, klang in der Stille scharf wie Peitschenschläge.

Nach einigem Zögern legte sie schließlich die Maske auf das Kopfkissen. »Es ist einfacher, wenn es etwas gibt, hinter dem man sich verstecken kann.«

»Das tust du ja noch immer.«

Sie senkte den Kopf. »Was willst du hören?«

»Die Wahrheit.«

»Die Wahrheit hängt vom Standpunkt des Betrachters ab.«

»Dann erzähl mir deine.« Die Bänder waren nun vollständig gelöst. Die beiden Hälften des Korsetts fielen aufs Bett und boten ihren nackten Rücken seinen Blicken dar. Ohne nachzudenken, begann er die geschundene Haut zu streicheln.

»Und wo soll ich anfangen?« Die Resignation in ihrer Stimme war unüberhörbar.

»Was ist mit unserem Kind passiert?« Nächtelang hatte er sie in ihrem Blut liegen sehen, in einer stickigen Kammer, in der sich eine Hebamme damit abmühte, sie von ihrer ungewollten Last zu befreien. Oder halb verhungert am Straßenrand, mit einem aufgeschwollenen Bauch. Oder in einem Bordell, wo sie die Wünsche ganz speziell veranlagter Kunden erfüllte.

»Es gab kein Kind«, sagte sie leise. »Ich habe mich geirrt, als ich annahm, guter Hoffnung zu sein. Meine Blutung setzte an jenem Morgen ein, als wir in London eintrafen. Daher gab es keinen Grund, bei dir zu bleiben.«

»Also bist du einfach gegangen, ohne ein Wort darüber zu verlieren.« Er stieg über sie und streckte sich neben ihr aus.

Sie starrte weiter auf das Kissen. »Es gab nichts mehr zu sagen. Ich habe meinen Teil des Pakts eingehalten. Du hast für dein Schweigen bekommen, was du wolltest.«

»Habe ich das?«

»Ja, das hast du.« Jetzt drehte sie sich doch zu ihm. »Und nach dem, was mir zu Ohren gekommen ist, hast du keine Nacht ausgelassen, deine erlernten Fähigkeiten zu perfektionieren.«

Ihr Haar verhüllte ihre Brüste. Er streckte die Hand aus, um die Strähnen so zu arrangieren, dass ihre rosige Brustwarze neugierig hervorlugte.

»Wie viele waren es nach mir?« Ihre Stimme zitterte unmerklich, aber ihm entging es trotzdem nicht.

Ohne sein Tun zu unterbrechen, entgegnete er: »Du würdest mir nicht glauben.«

Sie griff nach seiner Hand und hielt sie fest. »Das käme auf den Versuch an.«

Ihre Augen blickten ihn unverwandt an, und wie immer begann er sich in den violetten Tiefen zu verlieren. »Keine.«

»Keine?«, wiederholte sie ungläubig. »Aber man erzählt sich, dass du mehr Nächte in den Bordellen der Stadt als in deinem Haus verbringst.«

»Dem kann ich auch nicht widersprechen.« Er wand seine Hand aus ihrem Griff. »Und doch habe ich in meinem Leben nur mit einer einzigen Frau geschlafen. Mit der Frau, die ich heiraten wollte, mit der Frau, die die Mutter meiner Kinder sein sollte.«

Sie sah ihn so verständnislos an, dass er ein Lächeln nicht unterdrücken konnte. »Ich habe dich gesucht, Leila. Ich dachte, du bist vielleicht in einem Bordell untergekommen. Darum ging ich hin, und um unangenehmen Fragen auszuweichen, verbrachte ich die Nacht dort. Schlafend. Meist alleine.«

»Du hast mich in den Bordellen von London gesucht?« Fassungslosigkeit schwang in ihrer Stimme.

»Ja.« Sein Lächeln erstarb. »Ich suchte dich auch in den Hafenkneipen und Pubs, ich habe nahezu jeden Stein in London umgedreht, um dich zu finden. Schließlich konnte ich ja nicht ahnen, dass du keine osmanische Sklavin, sondern die Witwe eines britischen Lords bist.«

Sie senkte den Kopf. »Das bin ich nicht.«

»Eine weitere Lüge? Findest du dich eigentlich noch zwischen all den Lügen zurecht? Weißt du eigentlich noch, was die Wahrheit ist?«

»Ja, das weiß ich«, sagte sie trotzig und presste die Lippen zusammen.

»Dann lass hören.«

21

Kate sah ihn an. Auch er hatte die Maske abgenommen, und sie kam nicht umhin, sogar in diesem Moment die makellose Perfektion seines Gesichts zu bemerken. Das schwache Kerzenlicht konturierte seine Züge und verlieh ihm das Aussehen eines auf Erden wandelnden Engels.

Sie hatte mittlerweile einige blonde Männer mit heller Haut kennen gelernt, aber keiner konnte Justin das Wasser reichen. Seit sie von Serenas Plan gehört hatte, dieses spezielle Etablissement aufzusuchen, war der Gedanke an ihn da gewesen. Und daran, alle vernünftigen, rationalen Gründe beiseitezuschieben, die sie hindern würden, ihren Plan auszuführen: noch einmal mit ihm zusammen zu sein, seinen Körper auf ihrem zu spüren. Sie hatte gehofft, dass sie es sich ersparen könnte, ihm Erklärungen zu liefern. Immerhin hatte er ihr Spiel die ganze Zeit über mitgespielt. Aber offenbar ließ er sie nicht so einfach davonkommen.

»Mein Name ist Katherine Tregarth, ich bin die Enkelin des sechsten Earl of Rosscliff«, begann sie, nachdem sie tief Atem geholt hatte. »Als ich neun Jahre alt war, ging mein Vater mit mir und meiner Mutter als Gesandter nach Rom. Dort verliebte sich meine Mutter in Ahmet Pascha. Sie brannte mit ihm bei Nacht und Nebel durch, er nahm uns mit nach Alexandretta in seinen Palast und brachte uns in seinem Harem unter.«

Die Erinnerungen kehrten zurück, allerdings hatte die Zeit ihnen die Spitze genommen. »Zu Beginn war alles wundervoll. Der Pascha vergötterte meine Mutter, sie träumte davon, dass er sie zu einer Kadine machen und ihr erlauben würde, seine Kinder zu gebären.« Sie seufzte. »Aber der Pascha tat weder das eine noch das andere. Er wurde meiner Mutter schnell müde, obwohl sie sich alle Mühe gab, sich in den Harem einzugliedern und das Leben einer osmanischen Frau zu führen. Sie legte sogar ihren Namen ab, und auch mir gab sie einen neuen: Leila. Als der Pascha sie nicht mehr rufen ließ, verfiel meine Mutter in Schwermut. Das Einzige, das sie am Leben erhielt, war die Hoffnung, seine Liebe irgendwann zurückzugewinnen.«

»Wie hätte das möglich sein sollen?«, fragte Justin nachdenklich.

Kates Mundwinkel zogen sich nach unten, ehe sie es verhindern konnte. »Durch mich. Sooft es ging, präsentierte sie mich dem Pascha. Sie erzählte mir die märchenhaftesten Dinge über ihn und pflanzte mir ihren Traum vom Glück ein: eines Tages seine Frau und die Mutter des künftigen Paschas zu werden. Dazu erzog sie mich mit der Hilfe von Jamilah, der eigentlichen Herrscherin im Harem. Mein ganzes Sein, meine ganze Existenz war auf die eine Nacht gerichtet, in der mich der Pascha zu sich holen würde. Sie hatten dafür gesorgt, dass ich gut vorbereitet war und nichts anderes wollte, als endlich meine Bestimmung als Frau zu erfahren. Letztendlich brachten sie mich dazu, mich in das Bild zu verlieben, das sie mir von Ahmet Pascha präsentiert hatten.«

Kate sah ihn durch ihre Wimpern hindurch an, aber er spielte weiter mit ihrem Haar. »Diese erste Nacht, in der er mir die Unschuld nahm, war gut, denn er war kein brutaler Despot, sondern hatte Spaß daran, mich alles erproben zu lassen, was Jamilah mich gelehrt hatte. Auch die folgenden Begegnungen verliefen zu seiner – und meiner – Zufriedenheit. Allerdings endete sein vermeintliches Werben schon nach ein paar Wochen; ein anderes Mädchen hatte sein Interesse erregt, und ich versank in der Anonymität des Harems.« Sie schloss die Augen und sammelte ihre Kraft, um auch die letzte Wahrheit laut auszusprechen. »Ich vermochte ihn nicht zu fesseln. Nichts an mir war so außergewöhnlich, so beachtenswert, dass er mir einen höheren Rang in der strengen Hierarchie des Harems gegönnt hätte. Zu begreifen, dass ich das Schicksal meiner Mutter teilen sollte, dass ich kaum mehr als eine Sklavin war, ließ mich vor Verzweiflung fast sterben. Erst viel später erfuhr ich, dass der Pascha für Ungläubige wenig übrig hatte und es deshalb schon eine große Geste gewesen war, uns im Harem zu behalten, statt uns einfach in die Gosse zu stoßen, nachdem er bekommen hatte, was er wollte.«

»Deshalb bist du geflohen.«

Kate nickte langsam. Die wahren Gründe taten nichts zur Sache, und sie hatte sich schon mehr als genug vor ihm gedemütigt.

»Und warum hast du mir nichts davon gesagt?«

Sie seufzte. »Ich wusste nicht, was mich in England erwartet. Und ...«, sie brach ab, überlegte, fand aber keine mildernden Worte für das, was sie sagen musste. »Und ich wollte endlich einmal frei sein. Ich wollte nicht das eine Gefängnis gegen das andere eintauschen.«

»Das war mein Heiratsantrag für dich? Die Aussicht auf einen lebenslangen Gefängnisaufenthalt?«

»Eine Ehe bedeutete für mich erneute Abhängigkeit. Ich dachte, ich könnte es alleine schaffen, könnte mein Leben so leben, wie ich es wollte, ohne jemals wieder Rechenschaft ablegen zu müssen. Aber natürlich kam alles ganz anders«, schloss sie bitter. »Und heute bin ich mehr denn je von dem Wohlwollen eines Menschen abhängig.«

»Serena?«

Kate nickte. »Ja, sie half mir, die Hölle, als die sich Hayden

Hall entpuppte, zu verlassen. Dafür schulde ich ihr Dank und Loyalität.«

»Was genau ist passiert?«

»Mein Großvater stahl mir die Juwelen, die ich vom Pascha bekommen hatte und mit denen ich hoffte, mein Leben so gestalten zu können, wie es mir gefiel. Damit nicht genug, wollte er mich an einen seiner Bekannten verschachern. Da ich mich weigerte, diesen Kerl zu heiraten, drohte er damit, mich zu enterben und zu verstoßen. Serena nahm mich auf. Obwohl die Männer im Dunstkreis meines Großvaters begannen, auch sie zu bedrohen. Sie hat mir zwar nie etwas davon gesagt, aber ich habe einige seltsame Vorkommnisse bemerkt. Außerdem erfolgte unsere Abreise nach London recht überstürzt. Es war ihre Idee, mich als ihre Gesellschafterin auszugeben, und als Witwe konnte ich ebensolche Freiheiten genießen wie sie.«

»Ist sie auch hier?«

»Ja. Sie hatte Gerüchte über das ›Delilah's‹ aufgeschnappt, und da Ivo sie mittlerweile langweilt, wollte sie sich einmal hier umsehen. Es blieb mir nichts übrig, als sie zu begleiten«, schloss sie trocken.

»Also langweilt dich Ravenhurst auch schon?« Seine Finger strichen über ihre Schulter.

»So nahe, dass er mich langweilen könnte, ist er mir nie gekommen. Aber das weißt du ja bestimmt«, setzte sie hinzu. »Immerhin weißt du ja auch, wo ich mich jeden Abend aufhalte.«

»Ist das der Grund, warum du Serena begleitet hast?« Seine Stimme klang wie dunkler Samt. »Weil du wusstest, dass ich hier sein würde?«

»Ja.« Sie wollte nicht mehr lügen, und sie wollte auch nicht mehr so tun, als ob er ihr gleichgültig war. »Dich zu sehen, Abend für Abend mit dir zu sprechen über Nichtigkeiten, die man hierzulande als kultivierte Konversation betrachtet, war pure Folter.«

Seine Augen glitzerten. »Ich hatte gehofft, dass du es so empfindest.«

»Ja, das dachte ich mir schon. Sehr durchtrieben, diese Taktik. Ich habe dich das nicht gelehrt.«

»Nein, aber ich hatte einige Wochen Gelegenheit, die Rituale zu beobachten, mit denen man sich hier hofiert. Sie gefallen mir nicht, aber ich dachte, sie könnten dich dazu bringen, mich nicht länger als unerwünschten Mitwisser deiner Vergangenheit zu sehen.«

»Das tat ich keinen Augenblick lang. Allerdings hätte ich dir lieber die Kleider vom Leib gerissen, als mich über eine missglückte Opernaufführung zu unterhalten.«

»Soll das heißen, du hast mich auch vermisst?« Die Atemlosigkeit in seiner Stimme ließ Kates Blut schneller durch die Adern fließen.

Vermisst. Das Wort konnte ihre Empfindungen niemals beschreiben. »Es verging kein Tag, an dem ich nicht an dich dachte. Keine Nacht, in der ich mich nicht nach dir sehnte.«

»Das hatte ich gehofft, aber die Entscheidung lag bei dir.«

»Und ich habe sie getroffen.«

»Kate …«, begann er, und sie schloss die Augen.

»Sag es noch einmal«, bat sie heiser. Ihren Namen aus seinem Munde zu hören, erregte alle ihre Sinne.

»Kate«, wiederholte er und zog sie an sich. Sie spürte seinen nackten Körper an ihrer Haut, ihre harten Brustspitzen rieben sich an seinem Oberarm und sein ebenso hartes Glied presste sich an ihren Schenkel.

Sie bewegte sie gerade so viel, dass er wie von selbst zwischen ihre gespreizten Beine glitt. Im Unterschied zum ersten Mal tauchte er so langsam in sie, dass sie vor Verlangen zu vergehen glaubte. Ihr langgezogenes Stöhnen mischte sich mit seinem, und als er endlich zur Gänze in sie eingedrungen war, schlang sie die Beine um seine Hüften.

Er stützte sich auf die Ellbogen auf, doch statt sich zu bewegen, küsste er sie so heiß und tief, dass sie in einem purpurnen Meer aus Lust versank. Als er endlich anfing, in sie zu stoßen, sie immer wieder aufs Neue auszufüllen, klammerte sie sich an ihn wie eine Ertrinkende. In ihr tobten Gefühle, die sie nicht kannte. Aufgewühlt barg sie den Kopf an seinem Hals. Er flüsterte mit heiserer Stimme Liebkosungen in ihr Ohr, vermischte beide Sprachen zu einem aufreizenden Mantra, das immer wieder von dunklem Stöhnen unterbrochen wurde. Jeder Nerv in ihr reagierte auf ihn, schrie nach ihm und forderte ihn auf, ihr mehr und mehr zu geben. Und er gehorchte, bis sie der Höhepunkt mit der Gewalt eines Feuersturms überrollte. Ihr Körper bäumte sich wild auf, ihre Finger krallten sich in Justins Fleisch, und dann wurde alles schwarz um sie.

Als sie die Augen wieder öffnete, fühlte sie sich noch immer benommen. Ihre Kehle brannte und ihre Muskeln fühlten sich an wie Gelee. Kraftlos wandte sie den Kopf.

Auf einen Ellbogen gestützt betrachtete Justin sie mit gerunzelter Stirn. Seine Miene drückte Besorgnis aus. »Alles in Ordnung? Du warst wohl … besinnungslos. Habe ich … übertrieben?«, fragte er unsicher.

Ein Lächeln glitt über Kates Lippen. »Nein, ganz und gar nicht. Es ist nur …« Sie holte tief Luft. »Du bist so … so … Wenn du Liebe machst, dann ist für nichts anderes mehr Platz. Du nimmst alles und gibst alles. Du bist ein außergewöhnlicher Mann, Justin Grenville.«

Die Anspannung wich von seinem Gesicht. »Das liegt an dir, Kate. Du bist eine Frau, die alles verdient, was ich ihr geben kann. Und noch mehr.« Er griff nach ihrer Hand und küsste jede einzelne Fingerspitze. »Und jetzt? Wird sich etwas ändern, oder belassen wir es dabei, uns bei irgendwelchen Gesellschaften zu begegnen und über Nebensächlichkeiten zu unterhalten?«

Kate blickte auf sein golden schimmerndes Haar. Sie hatte nicht weiter gedacht als bis zu diesem Moment und hatte keine Antwort auf seine Frage. Sie wusste nur, dass ihr diese Nacht nicht reichen würde. Aber er hatte seinen Antrag nicht wiederholt, was sie angesichts der Tatsache, dass er der Marquess of Wexford war, nicht sonderlich erstaunte. Außerdem hatte sie mit ihren Lügen sein Vertrauen missbraucht und seinen Stolz verletzt, auch das lag ganz offensichtlich auf der Hand.

Kate räusperte sich. Über verschüttete Milch zu jammern war sinnlos. »Ich glaube nicht, dass es mir reichen wird, dich nur ab und an zu sehen und ein bisschen Konversation zu betreiben«, sagte sie langsam.

Er hob den Kopf und sah sie an. Sein Ausdruck ließ keine Rückschlüsse auf seine Stimmung zu. »Da sind wir erfreulicherweise einer Meinung.«

Sie befeuchtete ihre Lippen. »Ich hätte nichts dagegen, deine Geliebte zu sein, ganz offiziell. Damit wäre Serenas Charade wenigstens zu etwas gut. Da ich Witwe bin, wird kein Hahn danach krähen.«

»Gut, wie du willst, Kate.«

Seine prompte Zustimmung versetzte ihrem Herzen einen leichten Stich. Aber was konnte sie denn noch erwarten? Sie würde mit ihm zusammen sein, wann sie wollte und so oft sie wollte. Das musste reichen. Zumindest für den Augenblick.

»Dann haben wir also einen Pakt?«

Schon einmal war dieser Satz zwischen ihnen gefallen. Kate fröstelte, aber dann nickte sie entschlossen. »Wir haben einen Pakt.«

»Den wir mit einem Kuss besiegeln müssen.« In seinen Augen tanzten Funken.

»Sicher.« Sie beugte sich zu ihm. Wie sie ihn kannte, würde es nicht bei einem Kuss bleiben.

Und natürlich behielt sie recht.

22

»Warum überrascht mich das nicht?« Serena strich Marmelade auf ihren Toast. »Ich meine, ihr seid ja umeinander herumgeschlichen wie zwei Katzen um den Sahnetopf. Du kennst ihn von früher, nicht wahr? Darf ich endlich die ganze Geschichte erfahren?«

Kate seufzte. »Er war Gefangener im Palast des Paschas, in dem auch ich lebte. Allerdings habe ich ihn nie gesehen, ich kannte ihn nur vom Hörensagen. Als ich mich auf das Schiff flüchtete, versteckte ich mich ausgerechnet in seiner Kabine. Er versprach mir zu schweigen, wenn ich … wenn ich …«

»Wenn du mit ihm schläfst?« Serena hob die Brauen.

»Nein. Ja.« Sie warf die Serviette auf den Tisch. »Er hatte vorher noch nie mit einer Frau geschlafen. Er wollte, dass ich ihn die Liebe lehre.«

»Was du getan hast«, kommentierte Serena trocken. »Und er war so ein Naturtalent, dass du nun nicht mehr von ihm loskommst?«

Kate spielte mit dem Löffel. Noch immer war ihr Innerstes wegen der vergangenen Nacht in Aufruhr. Sie hatten sich bis in die frühen Morgenstunden hinein geliebt, gierig und unersättlich. Ihre Scheide fühlte sich wund an, und ihre Brustwarzen reagierten überempfindlich auf die allerkleinste Berührung. Oder auf den bloßen Gedanken, wie Justins Zunge sie liebkost hatte.

Kate hob die Finger an die Schläfen und begann sie in kleinen Kreisen zu massieren. Es würde aufhören. Er würde über kurz oder lang genug von ihr haben, spätestens dann, wenn er zum ersten Mal mit einer anderen Frau schlief.

Ohne mit dem Massieren aufzuhören, blickte sie Serena an. »Ich komme nicht von ihm los. Er zieht mich an wie eine Motte das Licht, ich kann nichts dagegen tun. Im Augenblick ist es das Einfachste, die Dinge einfach laufen zu lassen. Was wir machen, schadet ja niemandem.«

Serena zuckte mit den Schultern. »Damit hast du natürlich recht. Wir Witwen können schließlich tun und lassen, was wir wollen.«

Kate überhörte die kleine Spitze. »Hast du dich gestern amüsiert?«, fragte sie, um das Thema zu wechseln.

»Zumindest war es kein völliger Reinfall.« Serena nippte an ihrer Teetasse. »Aber auch nicht so weltbewegend, dass ich ein rotes Kreuz in meinen Kalender mache.«

Die Rastlosigkeit, die Serena in letzter Zeit umtrieb, war auch Kate nicht verborgen geblieben. Die Freundin suchte nach etwas, von dem sie selbst nicht wusste, was es war. Oder möglicherweise viel zu gut wusste, was es war.

»Wir haben ein Problem.« Die Stirn des ehrenwerten Peter Cushingham zierte eine steile Falte, als er Mantel und Hut dem Butler reichte und mit raumgreifenden Schritten auf Justin zuging, der vor der Bibliothek stand. »Besser gesagt, du hast ein Problem.«

Justin schloss die Tür hinter Pete. Er war so guter Laune, dass es nichts gab, was seine Stimmung trüben konnte. »Lass hören, welche Laus dir über die Leber gelaufen ist«, sagte er fröhlich und trug eine Flasche Brandy samt zwei Gläsern zum Tisch.

Peter kippte den Schnaps kommentarlos hinunter und bedachte Justin mit einem durchdringenden Blick. »Über verschlungene Wege ist mir zu Ohren gekommen, dass Edward plant, dich als Betrüger hinzustellen. Es heißt, er wird behaupten, der echte Justin Grenville sei im Orient verstorben und du hättest dir seinen Platz angeeignet.«

Justin warf den Kopf in den Nacken und lachte. »Unglaublich, was diesem Lumpen alles einfällt.«

»In der Tat. Aber die Situation ist alles andere als lächerlich.« Er beugte sich vor. »Justin, kannst du beweisen, dass du der Sohn von Anthony Grenville und damit der rechtmäßige Erbe des Titels bist?«

Justins Erheiterung verflüchtigte sich. »Wie soll ich das beweisen? Alle Dokumente, die meine Eltern mit sich führten, sind vernichtet worden. Den Familienring, den mein Vater getragen hat, habe ich nie wiedergesehen.«

»Der Pascha hat dir keine Papiere mitgegeben?«

»Nein, natürlich nicht. In seinen Augen war es Gnade genug, mich überhaupt gehen zu lassen.« Justin schlang die Finger ineinander. »Aber du kennst mich doch, Pete. Du hast mich als Kind gekannt und du kennst mich jetzt.«

»Natürlich werde ich im Fall des Falles für dich aussagen, aber das wird nicht reichen.«

»Ich spreche osmanisch.«

»Das heißt gar nichts. Du kannst durchaus dort gewesen sein und den echten Justin Grenville getroffen haben. Das gilt übrigens auch für alle Familiengeschichten. Die könntest du von ihm erfahren haben, in dem du dir sein Vertrauen erschlichen hast.«

»Bist du eigentlich auf meiner Seite, Pete?«, erkundigte sich Justin trocken

»Ja, zum Teufel. Warum glaubst du, spreche ich das Ganze mit dir durch?«, knurrte Pete aufgebracht.

Justin rieb nachdenklich über sein Kinn. Das Erschreckende an der Situation war, dass er in der Tat keinerlei Beweis dafür besaß, Justin Grenville zu sein.

»Was ist mit der Frau?«, fragte Pete. »Kann sie einen Zusammenhang zwischen deiner Gefangenschaft und der Person Justin Grenville herstellen?«

»Du meinst Kate?«, fragte Justin mit gerunzelter Stirn. Sie hatte ihn nie im Palast gesehen, aber sie musste mitbekommen haben, dass Kapitän Harris im Auftrag des Paschas gehandelt hatte.

»Kate? Das ist ihr Name?« Mäßiges Interesse schwang in Peters Stimme mit. »Wie dem auch sei. Kann diese Kate deine Identität bezeugen, glaubhaft bezeugen?«

Justin räusperte sich. Die Frage war eher, ob er Kate in diese Sache hinziehen wollte, aber das konnte er Pete nicht sagen. Also beschloss er, die Sache herunterzuspielen. »Was weiß ich. Im Übrigen ziehe ich es vor, mich mit diesen Dingen auseinanderzusetzen, wenn es so weit ist. Hast du irgendwelche Beweise für das, was Edward angeblich plant – außer windigen Gerüchten?«

»Nein«, entgegnete Peter scharf. »Aber windige Gerüchte wie diese neigen dazu, sich von Schneebällen in Lawinen zu verwandeln, und zwar schneller, als man es für möglich halten würde.«

»Ich werde mich um entsprechende Schritte kümmern«, lenkte Justin beschwichtigend ein.

»Gut, ich habe meine Pflicht als Freund erfüllt und dich von der Sache in Kenntnis gesetzt.« Peter stand auf. »Sehen wir uns heute Abend?«

»Nein, ich habe eine Verabredung für die Oper.«

»Das erstaunt mich. Ich dachte, du verabscheust Opern. Nichtsdestotrotz wünsche ich dir einen schönen Abend. Lass mich wissen, wenn du deiner Eroberung müde bist und Sehnsucht nach meiner Gesellschaft hast.«

Kate zupfte nervös an ihrem hochgesteckten Haar, in dem eine Saphirspange aus Serenas Besitz funkelte. Passend dazu trug sie ein Kollier, das bei jedem Atemzug Sternschnuppen versprühte.

Justin hatte versprochen, sie von zu Hause abzuholen. Er besaß eine eigene Loge in der Oper. Danach wollten sie in seinem Haus speisen. Ein Arrangement, das durchaus in ihrem Sinn war.

Sie hatte am Nachmittag ein paar Stunden geschlafen und fühlte sich frisch und erholt. Serena war mit Lord Sheridan zu einem privaten Ball gegangen und würde die Nacht vermutlich ebenfalls außer Haus verbringen. Zu Kates Erleichterung hatte sie keine weiteren Kommentare über Justin gemacht, sondern ihr mit einem Augenzwinkern viel Spaß gewünscht.

»Der Marquess of Wexford erwartet Sie in der Halle, Lady Dowbridge.« Die Zofe hielt ein pelzverbrämtes Cape in Händen.

»Danke, Melly. Ich bin fertig, wir können hinuntergehen.«

Justin empfing sie mit einem bewundernden Lächeln. »Du siehst umwerfend aus, Kate.« Er küsste sie sittsam auf die Wange, da die Zofe neben ihr stand, und flüsterte ihr ins Ohr. »Ich hoffe, ich kann die Aufführung mit Anstand und Würde über mich ergehen lassen.«

Kate lächelte und schloss das Cape. Dann streifte sie zwei ellbogenlange Handschuhe aus blauem Satin über. »Ich bin überzeugt, dass Anstand und Würde deine zweite Natur sind.«

Das hell erleuchete Opernhaus summte wie ein Bienenstock. Auf dem Weg zu Justins Loge, die sich im obersten Rang befand, begegneten sie der Crème de la Crème der vornehmen Londoner Gesellschaft. Kurze Begrüßungsworte wurden ausgetauscht, Blickte huschten abschätzend über Kate, und Fächer wurden hastig aufgeklappt, um dahinter Kommentare abgeben zu können.

Als Justin endlich die Logentüre öffnete und Kate mit einer Verbeugung zum Eintreten aufforderte, fühlte sie nichts als Erleichterung. »Nach dem heutigen Abend werden alle wissen, dass wir eine Affäre haben.«

»Das ist auch der Sinn der Sache. Dachtest du, wir wären wegen der Musik hier?« Er zwinkerte ihr zu. »Niemand wird mehr dumme oder taktlose Fragen stellen, denn alle, die etwas zu sagen haben, sind heute Abend hier. Wie ich gehört habe, hat auch der Prince of Wales sein Kommen angekündigt.«

Kate trat an die Brüstung und ließ ihren Blick über den Zuschauerraum und die verhüllte Bühne wandern. »Von hier oben sehen die Besucher aus wie Spielfiguren, sehr seltsam. Warst du schon einmal hier?«

»Nein. Die Loge ist im Familienbesitz, und soweit ich weiß, zählen die Grenvilles nicht zu den leidenschaftlichsten Musikliebhabern.« Justin trat neben sie. »Wie du siehst, ist die Loge weit genug vom zentralen Geschehen entfernt, vermutlich, damit etwaige Schnarchgeräusche niemandem auffallen.«

Er strich mit der Hand über den roten Samt und die verschnörkelten, mit Blattgold überzogenen Zierleisten. »Ich habe Bordelle gesehen, die genauso ausgestattet waren.«

Kate schlug sich mit dem Fächer auf den Mund. »Wirklich?« Sie kicherte.

»Wirklich. Gold und roter Samt und Kristallleuchter und dicke Kerzen. Kein Unterschied.« Er zog einen der beiden Stühle – ebenfalls in Gold und dunklem Rot gehalten – näher an die Brüstung und setzte sich.

Kate ließ sich neben ihm nieder. Wieder blickte sie hinunter ins Parkett, konnte aber keine bestimmten Gesichter erkennen. Die Musiker im Orchestergraben stimmten bereits ihre Instrumente, und die letzten Gäste strömten zu ihren Plätzen. Sie hob den Kopf, um den gigantischen Kristallleuchter zu betrachten, der in der Mitte des riesigen Saals hing. »Wie schön«, murmelte sie.

»In der Tat«, sagte Justin leise, ohne den Blick von ihr abzuwenden. »Dieses Kleid steht dir. Es lässt deine Haut leuchten wie Perlmutt und macht deine Augen tief und unergründlich.«

Kate strich über den Satin. »Danke. Ich habe den Stoff selbst ausgesucht.«

»Es sieht wunderbar aus. Und es wird noch viel wunderbarer aussehen, wenn es auf dem Teppich in meinem Schlafzimmer liegt.« Seine raue Stimme tropfte wie Honig in Kates Verstand. Das Bild, das er heraufbeschwor, ließ Schmetterlinge in ihrem Bauch tanzen.

Sie sah ihn an und suchte nach einer Antwort. Das Licht der Kerzen spiegelte sich in seinen hellen Augen, zauberte einen goldenen Schimmer in sein Haar und konturierte seine Wangenknochen. Der Drang, ihn an sich zu ziehen und mit ihm zu verschmelzen, seine glatte Haut unter ihren Lippen zu spüren, wurde übermächtig.

In diesem Moment setzte die Ouvertüre in voller Lautstärke ein und zerstörte den Bann. Sie wandte den Kopf zur Bühne und legte die Hände in den Schoß.

Doch ihre Gedanken glitten immer wieder zu Themen, die nichts mit Musik zu tun hatten. Sie war sich Justins Gegenwart überdeutlich bewusst. Jede Faser ihres Körpers spürte ihn und sehnte sich nach ihm. Bis auf die Begrüßung hatten sie sich den ganzen Abend hindurch nicht wirklich berührt. Ihr Blick hing an seinem Gesicht, das der Bühne zugewandt war. Sein Profil hob sich scharf gegen das Licht des Leuchters ab, und sie seufzte, als sie ihre Augen weiterwandern ließ. Über die breiten Schultern der Abendjacke, den hohen gestärkten Kragen über der Halsbinde. Er sah so perfekt aus. Als wäre er nie etwas anderes gewesen als der Marquess of Wexford.

Mühsam zwang sie ihre Aufmerksamkeit zurück auf die Bühne. Die Handlung war langweilig, die Schauspieler schlecht. Kate gähnte hinter ihrem Fächer, und ihre Gedanken machten sich wieder auf Wanderschaft. Dabei stach ihr die Brüstung ins Auge. Mit gerunzelter Stirn blickte sie zu den gegenüberliegenden Logen, die meisten Plätze waren leer. Waren sie das auch bei ihrer Ankunft gewesen? Sie konnte sich nicht erinnern, aber sie zweifelte daran. Unwillkürlich setzte sie sich auf und schaute über die Brüstung, konnte aber nichts erkennen. Dann fiel es ihr wie Schuppen von den Augen. Alles, was sich unterhalb der Brüstung abspielte, konnte von niemandem im Zuschauerraum beobachtet werden. Der Gedanke beschleunigte ihren Puls.

Bevor sie wusste, was sie tat, hockte sie am Boden der Loge vor Justin und schob seine Knie auseinander. Er blickte auf sie hinunter, und im selben Moment wusste sie, dass sie nicht die Einzige war, die der Musik nur mäßige Beachtung geschenkt hatte.

Mutig geworden machte sie sich am Verschluss seiner Hose zu schaffen, da sie aber immer noch die langen Handschuhe trug, hatte sie damit Schwierigkeiten. Ungeduldig grub sie die Zähne in den Stoff des rechten Mittelfingers und zog daran.

»Lass sie an.« Diese Worte zischten an ihrem Ohr vorbei wie ein Peitschenschlag, und sie hielt mitten in der Bewegung inne. Regungslos verfolgte sie, wie er seine Hose öffnete und seine dicke, harte Rute daraus befreite. Bei diesem Anblick löste sich ihre Erstarrung, und sie griff danach. Das Bewusstsein, dies inmitten zahlloser Menschen zu tun, erregte sie über die Maßen.

»Oh ja.« Raues Stöhnen, das an ihrem Rückgrat entlangglitt und ihren Unterleib weiter erwärmte.

Kate schloss ihre Finger fest um ihn und fuhr seine ganze Länge ab. Ohne den Kopf zu heben, wusste sie, dass er sie dabei beobachtete. Während sie weitermachte, achtete sie darauf, dass er genau sehen konnte, wie sie seine Rute mit ihren satinumhüllten Finger in einem sich langsam steigernden Rhythmus rieb. Wie der dunkle, glänzende Stoff über seine helle Haut glitt. Offenbar schien ihn das besonders zu erregen.

Er rutschte auf dem Stuhl ein Stück nach vorne, und sie verstand die wortlose Aufforderung. Ihre Lippen wölbten sich um ihn, und ihre Zunge liebkoste die samtige Eichel, während ihre Hand den Schaft weiter bearbeitete.

Trotz der lauten Musik drang sein mühsam unterdrücktes Stöhnen an ihr Ohr und machte sie mutiger. Sie legte den Kopf zur Seite und ließ ihn tiefer in ihren Mund. Dann begann sie zu saugen. Ihre freie Hand schob sich unter sein Hemd und streichelte die zarte Haut an seinen Leisten.

Seine Finger umklammerten die Lehnen des Sessels so fest, dass die Knöchel weiß hervortraten. Kates Blick fiel auf den Amethystring an seinem kleinen Finger, den er trug, seit sie ihn in London wiedergetroffen hatte. Auch nachdem sie ihm fast alle ihre Geheimnisse enthüllt und ihm ihre Lügen gebeichtet hatte, hatte er ihn nicht abgenommen. Der Ring bewies besser als alle Worte, wie sehr er sich mit ihr verbunden fühlte – trotz allem, was dagegen sprach.

Sie genoss den Geschmack seiner Lust, die auf ihrer Zunge in kleinen Tröpfchen zerplatzte und ihr eigenes Verlangen unaufhaltsam anfachte, bis sie in hellen Flammen stand. Mit geschlossenen Augen liebkoste ihr Mund ihn weiter, folterte ihn hartnäckig, bis er sich mit einem Aufbäumen so heftig in sie ergoss, dass sie Mühe hatte, den Schwall zu bewältigen. Aber sie trank alles, was er ihr gab, und leckte ihn so sorgfältig sauber, dass das Taschentuch, das er aus seiner Jackentasche gezogen hatte, unbenutzt blieb.

Als Kate sich von ihm löste, rauschte das Blut in ihren Ohren, und ihr eigenes Verlangen machte ihre Knie zu weich, um aufstehen zu können.

Justin griff nach ihren Schultern und hielt sie fest. Die Wärme seiner Hände auf ihrer Haut brachte auch die letzte vom Verstand errichtete Barriere zum Einsturz. Sie wollte ihn. Sofort. »Bitte ...«, murmelte sie, unfähig, ihr Verlangen zu artikulieren. »Bitte ...«

Er glitt vom Sessel und zog sie an sich. Als er sie küsste, blieb die Zeit stehen. Sie klammerte sich an ihm fest, als wäre er der einzige Fixpunkt ihres Universums.

Seine Hände suchten und fanden einen Weg durch die Berge aus blauem Satin, die sich auf dem Boden bauschten. Als er ihr heißes, feuchtes Fleisch berührte, lief ein Schauer durch ihren Körper. Sie rieb sich stöhnend an seiner Hand, blind und taub für etwas anderes als die Befriedigung ihrer Lust. Er zog sie noch näher an sich und küsste sie wieder. Seine Lippen tranken ihren Schrei, so wie sie seinen Samen getrunken hatte.

Als es vorbei war, lehnte ihre Stirn an seiner Schulter, und er hielt ihren Körper fest umschlungen. »Verrückt«, murmelte sie.

»Sehr«, pflichtete er ihr trocken bei.

Sie richtete sich auf. »Eigentlich meinte ich, dass ich nach dir verrückt bin.«

»Auch das.« Er lächelte. »Lass uns gehen. Oder hast du an der Vorstellung Gefallen gefunden?«

Sie ließ ihren von Satin umschlossenen Zeigefinger über

seine Lippen wandern. »Wenn du die Vorstellung auf der Bühne meinst, so kann ich leichten Herzens auf sie verzichten.«

»Und der Prinz von Wales?« Er rieb sein Kinn wie eine Katze an ihrer Hand.

»Kann bestenfalls ein Frosch sein. Mein Prinz ist hier.«

»Du musst es ja wissen.« Er stand mit einer geschmeidigen Bewegung auf und reichte ihr die Hand. Fürsorglich hüllte er sie in ihr Cape, bevor sie die Gänge und Treppen zum Ausgang hinabeilten, als wären sie Kinder, die eine Unterrichtsstunde schwänzten.

In der Kutsche zog er sie neben sich auf die Bank. Unaufgefordert kuschelte Kate ihren Kopf an seine Schulter, während sie durch das nächtliche London fuhren. Wenn eine gute Fee sie gefragt hätte, welchen Moment ihres Lebens sie wieder und wieder durchleben wollte, dann wäre es dieser. Sie war so glücklich und freute sich darauf, sein Haus zu sehen und mit ihm zu Abend zu speisen. Um anschließend herauszufinden, wie ihr Kleid auf dem Teppich seines Schlafzimmers aussehen würde.

Ein Lächeln huschte über ihr Gesicht. Sie fühlte sich, als wäre sie in einen Mantel aus Licht und Wärme eingehüllt, der alle dunklen Gedanken, alle Sorgen und Probleme von ihr fernhielt. Niemals zuvor in ihrem Leben hatte sie eine derartige Geborgenheit empfunden.

Justins Haus erwies sich als wesentlich größer als das von Serena. Die Dienstboten überschlugen sich vor Aufmerksamkeit und Hilfsbereitschaft. Obwohl sie fast zwei Stunden früher als erwartet eintrafen, wurde das Dinner zügig und in hervorragender Qualität serviert.

Allerdings hätte Kate im Nachhinein weder sagen können,

was sie gegessen noch worüber sie beim Mahl gesprochen hatten. Aber nicht der Wein in den geschliffenen Gläsern machte sie trunken, sondern die Bewunderung, die in Justins Augen stand. Er sah sie an, als wäre sie das Schönste und Kostbarste auf der Welt. Sie wollte mehr davon und immer mehr. Ohne Nachzudenken beugte sie sich über die Tafel und legte ihre Hand an seine Wange. Er drehte den Kopf und küsste die Innenfläche, ließ dabei aber seinen Blick auf ihrem Gesicht ruhen.

»Willst du den Nachtisch auslassen?«, fragte er leise. Seine Lippen vibrierten auf ihrer Haut.

»Ja.« Ihre eigene Stimme zitterte hörbar.

»Gut. Dann komm.« Er legte seine Serviette auf den Tisch, stand auf und kam auf sie zu. Sie sah ihn an und griff nach der Hand, die er ihr reichte. Schaute ihn wieder an, unfähig, den Blick vom Leuchten in seinen Augen abzuwenden. Als sich der Bann schließlich löste, sprang sie so schnell auf, dass der Sessel umkippte. Keiner von ihnen achtete darauf.

Justin hob Kate ohne ein Wort auf seine Arme, verließ das Zimmer und ging mit festen Schritten den Gang entlang. Kate beugte sich vor und verteilte kleine Küsse auf seinem Hals. In dem Raum, den er schließlich betrat, dominierten dunkle Holzvertäfelungen und moosgrüner Brokat. Der Teppich, der vor dem breiten Bett lag, war in Bernsteintönen gehalten. Hier gab es weit und breit nichts Heiteres, nichts Verspieltes. Es war ein sehr maskulines Zimmer mit einem unübersehbaren Hauch von Düsternis.

Justin setzte Kate auf dem Bett ab. Dann ließ er sich selbst auf das Lager fallen, stützte die Arme neben ihrem Kopf auf und blickte sie an. »Ich kann es nicht glauben, dass du hier bist. Ich habe davon geträumt. Nacht für Nacht habe ich dich in diesem Bett liegen sehen. Und Nacht für Nacht bin ich aufgewacht, um festzustellen, dass es nichts als ein Traum war.«

»Aber jetzt ist es kein Traum mehr, Justin. Ich bin real.« Sie sah ihn aus weit geöffneten Augen an, um nur ja keine Regung in seinem Gesicht zu verpassen.

Statt einer Antwort beugte er sich vor und küsste sie. Sanft. Zärtlich. Mit einer Hingabe, die jeden Knochen in ihrem Leib schmelzen ließ. Seine Lippen wanderten über ihr Kinn, liebkosten ihren Hals und pressten sich auf die kleine Grube, unter der ihr Herzschlag pulsierte. Kate schlang die Arme um ihn und versenkte die Finger in seinem dichten Haar. Ein langgezogenes, wohliges Seufzen verließ ihre Kehle.

Er hob den Kopf. »Ich will, dass es anders ist heute Nacht. Ich will, dass du spürst, dass ich dich liebe. Und wie sehr ich dich liebe. Du hast mich viel gelehrt, was die körperliche Seite der Liebe angeht, aber es gibt mehr, Kate, viel mehr als das. Richtig verstanden habe ich es erst, als ich dich verloren hatte. Als ich begriff, dass ich dich nicht so einfach durch eine andere Frau ersetzen konnte, wie du immer behauptet hast. Für mich gibt es nur dich, und es wird immer nur dich für mich geben, egal, was noch geschehen mag. Und der Grund dafür ist, dass ich dich liebe. Mit meinem Herzen und meiner Seele. Deshalb ist jedes Mal, wenn wir zusammen sind, etwas da, das über die Lust und das Verlangen unserer Körper hinausreicht und andauert.«

Kate spürte, wie ihre Augen zu brennen begannen. Die Aufrichtigkeit seiner Worte berührte ihr Herz an einer Stelle, die noch nie berührt worden war. Dass sie mehr miteinander verband als bloßes körperliches Verlangen, hatte sie sich schon vor langer Zeit eingestanden. Aber es aus seinem Mund zu hören, in Worten, die schlicht und deshalb umso eindringlicher waren, machte ihr bewusst, was sie sich bis zu diesem Zeitpunkt nicht hatte eingestehen wollen: Sie liebte ihn. Sie liebte Justin Grenville, seinen schönen Körper und seine noch viel schönere Seele. Sie würde für ihn durch die Hölle und zurück gehen, wenn er es wollte.

Sie wusste nicht, wohin sie das alles führen würde. Ob es sie überhaupt irgendwohin führen würde. Sein Gesicht verschwamm vor ihren Augen, als sie die Hände an seine Wangen legte. Sie wollte es ihm sagen, jetzt, aber ihre Stimme erstickte in einem haltlosen Schluchzen.

Wortlos zog er sie an sich und wiegte sie wie kleines Mädchen in seinen Armen. Ihre Tränen durchtränkten sein Hemd, und ihre Finger krallten sich in seine Jacke. Das Gewicht seines Körper übte eine seltsam beruhigende Wirkung auf sie aus, und ihr Schluchzen verebbte.

23

Justin spürte, wie Kate in seinen Armen zitterte. Er hatte sie nicht zum Weinen bringen wollen, aber nach ihren letzten Begegnungen, die so offensichtlich nur von körperlicher Leidenschaft getrieben worden waren, musste er ihr einfach seine Position klarmachen. Und zum ersten Mal hatte es den Anschein gehabt, als wären seine Worte wirklich zu ihr durchgedrungen. Die Härte, die er immer an ihr gespürte hatte, und die Distanz, die sie zwischen ihn und sich zu legen versuchte, waren verschwunden. Das gab ihm neue Hoffnung. Bisher hatte er seinen Heiratsantrag noch nicht wiederholt, aber wenn der richtige Moment gekommen war, dann würde er es tun. Und er zweifelte nicht daran, dass sie diesmal einwilligen würde. Von Alexandretta bis hierher waren sie einen weiten Weg gegangen – in mehr als einer Hinsicht.

Er hob den Kopf und küsste die Tränen von ihren Wangen. »Alles wird gut, Kate. Vertrau mir.«

Sie nickte. »Das tue ich, Justin.« Sie kämpfte sichtlich um Fassung und schaffte es schließlich, ein kleines Lächeln auf ihre Lippen zu zaubern. »Und ich möchte, dass du mich diese Nacht den Unterschied lehrst zwischen der Liebe, die ich kenne, und deiner Liebe.«

Ihre Unsicherheit rührte ihn. »Was immer du willst, Kate. Ich bin dein. Für immer und einen Tag.«

Sie schluckte, dann verzog sie den Mund zu einem schiefen Lächeln. »Wenn das so ist, dann zieh dich endlich aus. Und zieh mich aus.« Ihre Stimme bebte noch immer leicht, gewann jedoch mit jedem Wort an Sicherheit. »Ich habe die

Handschuhe mitgebracht. Vielleicht möchtest du ja, dass ich sie irgendwann in dieser Nacht anziehe.«

Er lächelte, während er sein Hemd aufknöpfte und es zusammen mit Weste und Jacke abstreifte. »Das lässt dir keine Ruhe, nicht wahr? Du willst die Geschichte dazu wissen?«

»Ja, natürlich will ich das. Aber es muss nicht unbedingt jetzt gleich sein.« Ihre Blicke strichen über seine nackte Brust wie eine Liebkosung. Mit Mühe konzentrierte er sich darauf, die restlichen Kleidungsstücke auszuziehen. Als er es endlich geschafft hatte, reichte er Kate die Hand und zog sie hoch.

Sie standen sich gegenüber, er nackt und erregt, sie vollständig angekleidet. Ohne darüber nachzudenken, zog er sie an sich. Der glatte Stoff fühlte sich kühl auf seiner Haut an, und ein paar Momente genoss er den unerwarteten Reiz. Dann wanderten seine Finger zu den Verschlüssen am Rücken ihres Kleides. »Während meiner Gefangenschaft hatte ich einen immer wiederkehrenden erotischen Traum«, begann er und löste die Häkchen. »Ich träumte nicht von nackten Frauen, vermutlich, weil ich nicht wusste, wie nackte Frauen aussehen.«

Sie hob eine Braue, sagte aber nichts.

»Also suchte sich meine Fantasie ein Hintertürchen. Als Kind war ich oft Zeuge geworden, wie meine Mutter Freundinnen und Bekannte bei sich im Salon zu Gast hatte. Diese Szene änderte mein Verstand für sich ab. Ich träumte davon, nackt inmitten all der angekleideten Frauen zu stehen, die mich mit behandschuhten Händen streichelten und liebkosten.«

»Oh.« Mehr war Kate an Reaktion nicht zu entlocken.

»Nimmst du mir das übel?«, fragte er vorsichtig und schob das Kleid von ihren Schultern.

»Ob ich dir deine Fantasien und Träume übel nehme?«, fragte sie ebenso vorsichtig zurück. »Nein, das tue ich nicht. Hatten sie denn ein Gesicht?«

»Die Frauen in meinen Träumen? Nein, das hatten sie nicht. Zumindest könnte ich mich an keines davon erinnern.«

»Gut. In Zukunft sollten sie allerdings ein Gesicht haben«, sagte sie trocken. »Und zwar meines.«

Der Anflug von Eifersucht, der hinter ihren Worten hörbar war, erfüllte ihn mit reiner egoistischer Befriedigung. Er wandte sich den Verschnürungen des Korsetts zu. Noch immer erschien es ihm brutal und barbarisch, zarte Frauenhaut damit zu martern. Aber in dieser Welt trugen alle Frauen Korsetts und Polster über dem Allerwertesten, auch wenn er den Sinn und Zweck dieser Maßnahmen im Leben nicht verstehen würde.

Als sie endlich nackt neben ihm auf dem Bett lag, streckte er die Hand aus und strich von ihrer Kehle bis zu ihren Knien. Sie streckte sich unter seinen Berührungen wie eine Katze und lächelte ihn einladend an. »Liebe mich, Justin.«

»Das tue ich.« Er beugte sich zu ihr, um seinen Mund der Spur seiner Hand folgen zu lassen. Ehe seine Lippen ihre Haut berührten, hielt er noch einmal inne. »Hast du Vorkehrungen getroffen, um kein Kind zu empfangen?«

Ihre Hand glitt in sein Haar. »Ja, und auch beim letzten Mal war ich vorbereitet. Mach dir keine Sorgen.«

Wenn er ehrlich war, so machte er sich keine Sorgen darum, dass sie schwanger werden könnte, aber es erschien klüger, in diesem Punkt zu schweigen. Zumindest im Moment. »Gut. Ich habe nämlich von einer Vorkehrung gehört, die Männer hierzulande treffen. Sie streifen eine dünne Haut über ihren Penis, um den Samen darin aufzufangen.«

Sie sah ihn aus halbgeschlossenen Augen an. »Und du hast dir ein solches Kondom besorgt?«

Er nickte und wurde rot. »Ja, ich wollte sichergehen, dass …« Er unterbrach sich und runzelte die Stirn. »Woher kennst du den Namen?«

»Von Serena. Wir tauschten unsere Kenntnisse aus.« Sie ließ seine Haarsträhnen durch ihre Finger gleiten. »Vielleicht probieren wir es ein anderes Mal aus. Heute ist es nicht nötig.«

Er war ohnehin nicht in der Stimmung für Diskussionen dieser Art, deshalb beugte er sich über ihre Halsgrube und küsste sich seinen Weg bis zu ihren Knien. Sie seufzte leise und hob erwartungsvoll das Becken, als er ihren Venushügel erreichte und ihre Schenkel spreizte. Doch er setzte seinen Weg unbeirrt fort und legte schließlich den Kopf auf ihr Knie. Seine Hand strich über ihren Oberschenkel. Er hätte sie stundenlang nur ansehen können. Weiße Haut, schwarzes Haar, feucht glänzendes rotes Fleisch. Die Erregung hatte die Falten ihrer Scham anschwellen lassen und beinahe violett verfärbt. Die Perle, die prall in ihrer Mitte thronte, reckte sich ihm derart auffordernd entgegen, dass er schließlich den Mund darum schloss und sanft an ihr saugte.

Sofort bäumte sich ihr Körper auf. Er ließ die Klitoris los und umkreiste mit der Zunge die klaffende Öffnung ihrer Scheide. Dann neckte er mit der Zungenspitze die kleinen Fältchen und leckte schließlich gierig die Säfte auf, die er zum Fließen gebracht hatte. Kates Duft und ihr Geschmack hüllten seinen Verstand in Watte. Beinahe hätte er vergessen, was er ihr versprochen hatte: dass es heute anders sein sollte.

Er richtete sich auf und schob sich über sie. Ihre Pupillen waren erweitert, ihre Wangen gerötet und ihre Lippen leicht geöffnet. Hatte er sie tatsächlich einmal gefragt, woran er erkennen würde, ob eine Frau erregt war?

Er stützte sich auf die Ellbogen und brachte sich in Position. Seine Kuppe glitt über ihre Spalte, dann drang er in sie ein. So langsam, wie er es noch nie zuvor getan hatte. Sein Blick ruhte auf ihrem Gesicht und registrierte jede Regung.

Sie blieb ruhig liegen, obwohl er wusste, dass es ihr ebenso schwerfiel, wie es ihn danach verlangte, sich einfach in ihr zu vergraben. Unbestimmbare Zeitspannen verstrichen. Dann steckte er bis zum Anschlag in ihr. Sein Herz raste, und sein Gesicht war keine Handbreit von ihrem entfernt. Sie atmete flach. Ihre Zunge strich über ihre trockenen Lippen, und die heiseren Worte kamen direkt aus ihrer Kehle. »Vor langer Zeit hast du mich einmal gefragt, ob ich bei dir bleibe, ungeachtet, was die Zukunft bringt.«

Auf seiner Stirn bildeten sich Schweißtröpfchen, aber er nickte und schaffte es, sich nicht zu bewegen.

»Das war es aber nicht, was du wissen wolltest. Die Frage, die sich dahinter versteckte, war eine ganz andere. Aber ich hatte zu viel Angst davor, sie zu beantworten.« Sie atmete laut aus und gleich wieder ein. »Heute kann ich dir die Antwort geben – ich liebe dich, Justin. Mehr, als ich je gedacht hätte, dass ich einen Menschen lieben kann. So viel in mir war zerbrochen, du hast mich wieder heil gemacht. Du hast mich dazu gebracht, mich selbst zu spüren. Und dadurch kann ich auch dich spüren und deine Liebe. Ich danke dir.«

Ihre Worte verschwammen in seinem Verstand, allein der Satz *Ich liebe dich, Justin* stand leuchtend klar vor ihm. Statt einer Antwort küsste er sie und begann sich zu bewegen. Ein paar Stöße, dann hielt er wieder inne und hob den Kopf. Er hatte nicht erwartet, diese Worte jemals aus ihrem Mund zu hören. Und ein wenig fiel es ihm schwer, sie zu glauben. »Du liebst mich?«, fragte er deshalb zweifelnd.

»Ja, und ich werde es dir beweisen. Jetzt und immer wieder, bei jeder sich bietenden Gelegenheit.«

Und sie bewies es ihm tatsächlich, gab sich ihm so völlig hin, dass sie für wenige Augenblicke zu einem Wesen verschmolzen, mit einem Gedanken, einem Atem und einer Seele.

Als die Nacht vorbei war, zweifelte er nicht mehr länger an

ihren Worten. Am liebsten hätte er sie nie wieder fortgelassen, aber das war nun einmal nicht möglich.

Um sie nicht zu wecken, stand er vorsichtig auf, schlüpfte in seinen Morgenmantel und öffnete leise die Tür. Der Butler schritt gerade zur Treppe, und Justin eilte zu ihm. Er gab Anweisung, ein reichhaltiges Frühstück vorzubereiten und auf sein Zimmer bringen zu lassen. Als er wieder zu Kate zurückkehren wollte, tauchte der Kammerdiener auf und überreichte ihm ein versiegeltes Schreiben.

Während Justin den Gang entlang zu seinem Schlafzimmer schlenderte, öffnete er den Brief. Er kam von Pete, und sein Inhalt ließ Justin unsanft von seiner rosaroten Wolke in die Realität purzeln.

In dem Schreiben stand, dass Edward plante, der Queen jemanden zu präsentieren, der ihn, Justin, als Schwindler entlarven sollte. In eindringlichen Worten beschwor Pete ihn, die Flucht nach vorne anzutreten und der Queen seine Identität mittels Zeugen nachzuweisen – bevor Edward mit seinem Schützling dort auftauchte.

Justin faltete das Blatt zusammen und steckte es in die Tasche seines Morgenmantels, ehe er die Tür des Schlafzimmers öffnete. Sein Onkel schien wild entschlossen, den Titel wieder an sich zu reißen. Er musste handeln, darin gab er Pete recht.

Nachdenklich betrachtete er Kate, die mit einer Hand unter der Wange friedlich schlief. Er hatte sie aus dieser Angelegenheit heraushalten wollen, aber im Augenblick schien es, als hätte er keine Wahl. Schließlich ging es auch um ihre Zukunft. Wenn Edward mit seinem perfiden Plan Erfolg hatte, dann blieb ihm nichts – kein Titel, keine Besitzungen, kein Geld, nicht einmal ein Name.

Als hätte Kate seinen Blick gespürt, öffnete sie unvermittelt die Augen und sah ihn an. Das tiefe, leuchtende Violett zog ihn wie gewohnt in seinen Bann, der ihn alles andere vergessen ließ. Er beugte sich vor und küsste sie. »Guten Morgen, Schönheit.«

Sie streckte sich wie eine Katze und legte dann die Arme um seinen Hals. »Wie spät ist es?«, murmelte sie gähnend, während er sich aufs Bett setzte.

»Kurz nach zehn. Ich habe Frühstück in Auftrag gegeben. Viel Kaffee, Toast und Butter und Marmelade. Keine gebratenen Eier, Nieren oder Speck.« Er lächelte und strich ihr das Haar aus dem Gesicht.

»Wie rücksichtsvoll.« Sie setzte sich auf und achtete nicht darauf, dass die Decke verrutschte. Er betrachtete ihre vollen Brüste, die harmonische Linie ihrer Schultern und Oberarme, und seufzte, da ihr Körper seine Wirkung auf ihn nicht verfehlte.

Sie runzelte die Stirn. »Noch immer nicht genug?«, fragte sie mit einem Hauch von Ungläubigkeit in der Stimme.

Er streckte die Hand aus und folgte mit seinen Fingerknöcheln der Kontur ihrer rechten Brust, ohne die schlafende Brustwarze zu wecken.

»Niemals. Von dir kann ich nie genug bekommen, nicht in hundert Jahren«, antwortete er leise.

Wider Erwarten lächelte sie. »Schön. Ich dachte, das geht nur mir so.«

Ein Klopfen an der Tür verhinderte, dass er sie wieder küsste. Kate zog die Decke über sich, aber Justin nahm das Frühstück an der Tür entgegen und verhinderte so, dass jemand ins Zimmer sehen konnte.

Er stellte das Tablett zwischen sie beide aufs Bett und setzte sich mit untergeschlagenen Beinen ans Fußende. Nach Kates Miene zu schließen, hätte sie ihn lieber näher bei sich gehabt, aber wenn er die Sache mit Edward zur Sprache bringen wollte, brauchte er etwas Distanz.

Er goss Kaffee in die Tassen und versuchte einen unverfänglichen Gesprächsbeginn. »Es hat in der Küche seine Zeit gebraucht, bis sie den Dreh heraushatten, Kaffee zu kochen statt Tee.«

»Ich weiß, in Serenas Haushalt war man damit anfänglich ebenfalls überfordert. Und sie selbst mag keinen Kaffee.« Kate nahm die Tasse, die er ihr reichte, und atmete mit geschlossenen Augen den Duft ein.

»Mein Onkel Edward plant, mich meines Titels und allem, was damit verbunden ist, zu berauben.« So viel zum unverfänglichen Gesprächsbeginn. Doch es war ihm schon immer schwergefallen, um eine Sache herumzureden.

Kate riss die Augen auf. »Und wie will er das anstellen?«

»Er behauptet, dass der echte Justin Grenville in der Gefangenschaft gestorben ist und ich ein Schwindler bin. Er will der Queen nicht nur jemanden präsentieren, der das bestätigen kann, sondern auch gefälschte Zeugenaussagen, gefälschte Unterlagen und was weiß ich ...« Er brach ab, da er sich plötzlich wie ein Jammerlappen vorkam.

Kate schien das nicht so zu sehen, denn sie beugte sich empört vor. »Aber du musst das alles doch mit einem Fingerschnippen aufklären können.«

Er hielt ihrem Blick stand. »Ich habe kein einziges Dokument, das meine Identität belegt. Pete hat mir klargemacht, dass ich alles, was ich weiß, auch durch Hörensagen oder vom ›echten‹ Justin erfahren haben könnte. Kurz: Es gibt keinen Beweis, dass ich *ich* bin.«

Sie runzelte die Stirn und nippte an der Tasse.

»Pete ist natürlich bereit, zu bezeugen, dass wir uns schon als Kinder kannten. Doch er ist der Ansicht, dass das nicht reichen wird. Er kannte Justin Grenville, ehe er verschwand. Und er glaubt, dass ich der Justin Grenville bin, den er kannte. Aber das ist auch alles.«

Da Kate schwieg, fuhr er fort: »Es widerstrebt mir, dich darum zu bitten, aber du bist die Einzige, die bezeugen kann, dass ich der langjährige Gefangene des Paschas von Alexandretta war.«

Kate stellte die Tasse nieder. »Das kann ich nicht, weil meine eigene Identität nichts weiter als eine Lüge ist. Ich bin Lady Dowbridge, eine Person, die Serena erfunden hat. Lady Dowbridge jedoch war niemals in Alexandretta.«

»Aber du könntest ihnen sagen, wer du wirklich bist ...«

»Und wer wird mir glauben?«, unterbrach sie ihn. »Es ist ganz offensichtlich, dass wir ein Verhältnis haben, seit gestern Abend weiß ganz London darüber Bescheid. Man wird behaupten, dass ich dich mit meinen Behauptungen nur schützen will. Niemand wird mir glauben, dass ich die Tochter des Earls of Rosscliff bin.«

Ihn fröstelte bei ihren Worten. Er versuchte, nicht darauf zu achten. »Dein Großvater kann deine Identität bestätigen«, sagte er langsam.

»Für meinen Großvater bin ich tot. Nach allem, was passiert ist, will ich ihn nie wiedersehen oder mit ihm in Verbindung gebracht werden. Und sogar wenn er es tun würde – ich stehe als Lügnerin da. Ich habe einmal gelogen, um in London einen lockeren Lebenswandel führen zu können – so wird man es auslegen –, warum sollte ich nicht ein zweites Mal lügen, um meinen Liebhaber zu decken?« Sie warf den Kopf in den Nacken. »Für kein Gericht der Welt bin ich eine glaubwürdige Zeugin. Ich würde alles nur noch schlimmer machen.«

Er versuchte den Schlag, den sie ihm gerade versetzt hatte, zu verarbeiten. »Das heißt, du wirst nicht für mich aussagen?«

Sie schlug die Decke zurück und schwang die Beine aus dem Bett. Ohne ein Wort begann sie ihre Kleidungsstücke zusammenzusuchen und so gut es alleine ging, überzustreifen.

Justin machte keine Anstalten, ihr zur Hand zu gehen. Er konnte es nicht glauben. Er konnte nicht glauben, dass sie es ablehnte, ihm zur Seite zu stehen. Da hatte er sich endlich überwunden, sie um Hilfe zu bitten, und sie schob windige Gründe vor, es nicht zu tun.

Wie durch einen Tunnel sah er ihr zu, wie sie halbherzig das Korsett verschnürte und die Häkchen des Kleides mit einigen Verrenkungen schloss. Ihr Haar ließ sie offen, und den herumliegenden Schmuck stopfte sie kurzerhand in ihren Beutel.

An der Tür blieb sie stehen und straffte sich, ehe sie sich umdrehte. Er blickte sie noch immer wie betäubt an, und es dauerte eine Weile, bis er ihre Worte in ihrem ganzen Ausmaß begriff.

»Abgesehen von allem anderen, Justin, kann ich deine Identität nicht bezeugen, selbst wenn ich es wollte. Woher soll ich wissen, ob du tatsächlich der Gefangene des Paschas warst? Ich habe dich erst auf dem Schiff kennen gelernt, und Kapitän Harris sprach dich als Mister Grenville an. Selbst wenn du mich vor Gericht brächtest, das ist alles, was ich bezeugen könnte, so wahr mir Gott helfe.«

24

Serena saß im kleinen Salon und beschäftigte sich mit ihrer Korrespondenz, als Kate eintrat. Ein Lächeln erschien auf ihrem Gesicht, das schlagartig verblasste. »Um Himmels willen, was ist geschehen? Du siehst aus wie der leibhaftige Tod!«

Kate ließ sich auf einen Stuhl sinken und schloss die Augen. Ihr Kopf schmerzte, seit sie die Tür zu Justins Schlafzimmer hinter sich geschlossen hatte, und sie nahm nicht an, dass er in absehbarer Zeit damit aufhören würde.

»Warum fällt manchen Menschen alles in den Schoß und andere erwischen nicht einmal ein Eckchen vom Glück?«, fragte sie bitter.

Serena legte die Feder beiseite und ging zu ihrer Freundin hinüber. »Hat er dir den Laufpass gegeben?«

»Nein, viel schlimmer.« Sie öffnete die Augen und sah Serena an. »Er hat Probleme, und ich kann ihm nicht helfen, obwohl er glaubt, dass ich es könnte. Und bei Gott, ich wünschte, ich könnte ihm helfen.« Mit wenigen Worten erzählte sie der Freundin die Geschichte.

Serena hörte zu und nickte dann beifällig. »Alles, was du sagst, stimmt natürlich. Dadurch, dass du selbst einen erfundenen Namen trägst, machst du mit einer Aussage die Sache auf jeden Fall schlimmer. Aber die Lösung ist doch ganz einfach. Der Pascha soll ein Dokument ausstellen, das Justins Identität einwandfrei beweist. Das wird der Queen vorgelegt, und alles ist wieder in Butter.«

»Ach, Serena, der Pascha von Alexandretta ist weit weg.

Bis dahin kann alles entschieden sein. Außerdem zweifle ich daran, dass er es überhaupt tun wird.«

Serena blickte Kate verständnislos an. »Der Pascha ist weit weg? Wie kommst du denn darauf? Er ist hier in London, das musst du doch wissen.«

Alle Erschöpfung fiel von Kate ab. »Hier? Das kann nicht sein, er ...«

»Er war gestern mit dem Prinzen von Wales in der Oper, du musst ihn doch gesehen haben. Ich habe ihn später auf dem Empfang beim Herzog von Langley getroffen.«

Kate starrte die Freundin so ungläubig an, dass Serena zögernd fortfuhr: »Eine Delegation aus Konstantinopel befindet sich zu diplomatischen Gesprächen in London. Ihr Wortführer ist ein gewisser Karim al-Zafer. Es wird gemunkelt, dass er der nächste Wesir des Sultans werden soll. Das ist er doch, oder? Der Name kam mir so exotisch vor, dass ich ihn mir gemerkt habe, als du mir vom Tod seines Bruders erzählt hast.«

Kate brachte noch immer kein Wort über die Lippen. Konnte es wirklich nur ein Zufall sein, dass Karim Pascha hier war? Sollte sie das glauben?

»Ich fand ihn sehr attraktiv«, redete Serena weiter. »Groß, dunkel, Augen wie glühende Kohlen, ein ausgesprochen sinnlicher Mund. Nicht so viel lasches Fleisch wie bei den englischen Männern, wenn du mich fragst. Ich könnte mir vorstellen, dass er überall Feuer hat.«

Bei diesen Worten löste sich Kate aus ihrer Starre. »Ja, er ist attraktiv, und er weiß es auch. Er kennt weder das Wort Nein noch akzeptiert er es. Ihm ist nichts heilig, nicht einmal die Frauen aus dem Harem seines Bruders.«

Serena riss die Augen auf. »Willst du damit sagen, dass er dich verführt hat?«

Kate verzog angewidert das Gesicht. Bei der Erinnerung

stieg Übelkeit in ihr auf. »Wenn du es so nennen willst. Er hat mir Kantharidin verabreicht und mich heimlich in seinem Zimmer eingeschlossen. Als die Wirkung einsetzte, habe ich ihn wie eine läufige Hündin angefleht, mich zu nehmen. Mein Körper lief Amok, ich hatte keine Wahl, obwohl ich jede demütigende Sekunde lang wusste, was ich tat. Und es auch nicht vergessen kann.«

Das war das Schlimmste daran – nicht vergessen zu können, wie sie in den Armen dieses Mannes gelegen und genossen hatte, was er mit ihr tat, auch wenn ihr seine Berührungen zuwider waren. Ihn zu beschwören, nicht aufzuhören, niemals aufzuhören, sondern immer fester und immer schneller in ihren Körper zu stoßen. Diese Nacht hatte nicht nur ihren Willen gebrochen, sondern auch ihr Selbstvertrauen, und die Angst, ihm irgendwann wieder derart hilflos ausgeliefert zu sein, hatte sich für immer in ihren Verstand gegraben.

»Mein Gott«, murmelte Serena. »Du meinst das Zeug, das man hier als spanische Fliege kennt? In ›Delilah's Castle‹ hat man mir Bonbons angeboten, die damit versetzt waren.«

Kate nickte. »Ja. Zumindest habe ich es überlebt. Dieses Glück haben nicht alle, denen die Eunuchen etwas von dem Pulver in ein Getränk oder eine Speise rühren.«

Serena schüttelte sich. »Mein Gott«, wiederholte sie. »Was geschah weiter?«

»Von diesem Moment an ließ er mich nicht mehr in Ruhe. Er stellte mir nach, wann er nur konnte, und ließ mich nicht im Ungewissen darüber, dass er unsere … Begegnung zu wiederholen beabsichtigte. Angeblich plante er, mich seinem Bruder abzukaufen, aber Ahmet hat dies abgelehnt. Aus welchen Gründen auch immer. Doch als Karim an die Macht kam, gab es niemanden mehr, der ihn abhalten würde, sich mir zu nähern.« Sie atmete tief ein. »Deshalb bin ich geflohen.

Das war der Hauptgrund. Ich könnte es nicht ertragen, dass er mich ein zweites Mal gefügig macht.«

Serena dachte nach. »Du meinst, dieser Karim ist wegen dir hier?«, fragte sie skeptisch.

»Ich weiß es nicht. Aber es erscheint mir seltsam, dass er ausgerechnet jetzt hier auftaucht. Er wusste, dass ich Engländerin bin, und an dem Tag, an dem ich verschwand, werden nicht unendlich viele Schiffe aus Alexandretta ausgelaufen sein. Er hat einfach zwei und zwei zusammengezählt. Wie lange ist er denn schon in London?«, fragte sie dann.

»Ein paar Tage höchstens. Der erste offizielle Auftritt war der Opernbesuch mit dem Prinzen von Wales.«

Kate überlegte fieberhaft. Wenn Karim ihr tatsächlich gefolgt war – und sich deshalb in die Delegation gemischt hatte –, wäre er längst bei ihr aufgetaucht, um seine Rechte geltend zu machen. Oder wollte er sie in Sicherheit wiegen? Oder war er gar nicht wegen ihr in London, sondern verfolgte tatsächlich nur eine diplomatische Mission?

Was auch immer der Grund für seine Anwesenheit sein mochte, sie konnte dem Schicksal nur dankbar dafür sein. Denn jetzt hatte sie tatsächlich eine Möglichkeit, Justin zu helfen.

Innerhalb einer Stunde kehrte der Bote zurück, den sie ausgeschickt hatte, um den Aufenthaltsort von Karim Pascha in London ausfindig zu machen.

Innerhalb zweier weiterer Stunden stand Kate vor den Toren von Huntington Palace, dem Anwesen, das die Queen der osmanischen Delegation zur Verfügung gestellt hatte. Sie hatte auf Begleitung verzichtet, aber angesichts der beiden mürrisch dreinblickenden Wachen vor dem Tor begann sie diesen Entschluss zu bedauern. Dennoch straffte sie die

Schultern und bemühte sich, möglichst herablassend zu wirken, als sie sagte: »Ich möchte Karim Pascha sprechen. Er erwartet mich. Mein Name ist ...«, sie holte tief Atem, »mein Name ist Leila.«

Nach einer Weile kam der Wächter mit einem in osmanischer Tracht gekleideten Bediensteten zurück. Kate wiederholte ihr Anliegen in seiner Sprache und wurde in einen Salon geführt, wo sie zu warten hatte. Die Entscheidung, ob der Pascha die Absicht hatte, sie zu empfangen, würde ihr in Kürze mitgeteilt werden.

Kate setzte sich auf die äußerste Kante eines kleinen Sofas. Ihre Anspannung war so groß, dass sie sich nicht bemühen musste, den Rücken gerade zu halten. Alles war so schnell gegangen, dass sie sich keinen Plan hatte zurechtlegen können. Ihr einziges Sinnen und Trachten war darauf ausgelegt, vom Pascha ein Dokument zu bekommen, das Justins Identität ein für alle Mal bewies. An Details, wie sie das bewerkstelligen sollte, hatte sie nicht gedacht.

Die Tür ging auf, und Kate begriff, dass sie nicht einmal daran gedacht hatte, wie sie sich verhalten sollte, wenn sie den Pascha tatsächlich traf – wie es gerade der Fall war.

Zögernd stand sie auf. Der Kodex hätte erfordert, dass sie vor ihm auf die Knie fiel. Allerdings befanden sie sich auf britischem Boden, und ihr Kleid samt Turnüre war nicht dazu angetan, eine derartige Ehrenbezeugung auszuführen. Also versank sie in einen tiefen Hofknicks, der auch der Queen höchstpersönlich angemessen gewesen wäre.

»Ich wollte Barsa nicht glauben, als er mir meldete, dass eine Engländerin mich sprechen wollte, deren Name Leila ist«, hörte sie Karim sagen. Sie hob den Kopf, ohne sich jedoch aus ihrem Knicks zu erheben.

»Karim Pascha«, erwiderte sie förmlich. »Es freut mich, Euch wohlbehalten anzutreffen.«

»Oh, ja, Leila, das glaube ich dir aufs Wort.«

Der Spott in seiner Stimme war nicht zu überhören, und sie blickte wieder zu Boden. Er hatte ihr nicht gestattet, sich zu erheben, also musste sie in ihrer unbequemen Haltung verharren.

»Ich denke, du hast einen guten Grund, hierherzukommen – nachdem du dich heimlich aus meinem Palast gestohlen und Zuflucht auf einem Schiff gesucht hat, das dich ans andere Ende der Welt brachte. Für weitere Höflichkeiten besteht also keine Notwendigkeit. Sag einfach, was du willst, vielleicht bin ich gerade in der Stimmung, dir deinen Wunsch zu erfüllen.«

Vielleicht aber auch nicht. Sie hörte die unausgesprochenen Worte und wünschte, sie hätte die ganze Sache diplomatischer angefangen. Wie viel klüger wäre es gewesen, wenn sie ihm auf einem öffentlichen Empfang einen Wink gegeben und charmant mit ihm geplaudert hätte, um erst nach und nach zur Sache zu kommen. Aber diese Chance hatte sie vertan.

»Karim Pascha, Ihr seid bekannt für Eure Großmütigkeit.« Sie wagte es, ihn bei diesen Worten anzusehen. Wie Serena festgestellt hatte, war er ein überaus attraktiver Mann und sie vermutlich die einzige Frau, die ihm jemals Widerstand geleistet hatte. Sein Mund verzog sich bei ihren Worten spöttisch, aber er sagte nichts. »Und Eure Großmütigkeit erlaubte es Euch, einen Gefangenen Eures Bruders nach langen Jahren freizulassen.«

Jetzt runzelte er die Stirn, und Kate fuhr fort: »Doch die Familie dieses armen Mannes spielte ein falsches Spiel. Die Angehörigen waren nicht glücklich, als er nach England zurückkam, denn das bedeutete, dass der rechtmäßige Anwärter auf Titel und Besitz wieder da war. Man hatte vielmehr gehofft, er würde in der Gefangenschaft sterben, weshalb sie auch den Lösegeldforderungen nicht nachkamen.«

»Etwas Derartiges hatte ich vermutet, deshalb ließ ich ihn frei. Er war ganz und gar nutzlos für mich. Hat er seine Familie zur Rechenschaft gezogen?«

Der Anflug von Interesse in der Stimme des Paschas machte Kate Mut. »Sein Herz ist groß. Er wollte keine Rache, nur den ihm zustehenden Platz. Aus diesem Grund ließ er den Mann ungeschoren und überantwortete ihm kleinere Besitztümer, damit er mit seiner Familie auch weiterhin unbeschwert leben konnte. Leider aber dankte es ihm dieser Mann mit einer neuen Intrige.«

»Eine neue Intrige?«

»Das ist der Grund, warum ich hier bin und an Eure Großherzigkeit appelliere.«

Der Pascha verdrehte die Augen. »Bitte, Leila, komm zur Sache.«

»Euer ehemaliger Gefangener ist Justin Grenville, der Marquess of Wexford. Worum ich Euch bitte, ist ein Dokument, in dem Ihr bestätigt, dass Justin Grenville zehn Jahre lang von Eurem Bruder in Eurem Palast festgehalten wurde. Und dass Ihr ihn freigelassen habt, woraufhin er auf Euren Wunsch mit der ›Sea Witch‹ nach London kam.«

Die Miene ihres Gegenübers ließ keine Rückschlüsse auf seine Gedanken zu. Ihr Bein begann zu schmerzen und sie verlagerte unauffällig ihr Gewicht.

»Du darfst dich erheben.« Der Pascha begann, im Zimmer auf und ab zu wandern. Er trug einen reich bestickten Kaftan über einer weiten Hose und keine Kopfbedeckung.

»Es würde bestimmt die diplomatischen Beziehungen mit England festigen, wenn die Queen erfahren würde, wie nobel, wie ...«

»... großherzig«, half der Pascha aus.

Kate nickte eifrig. »Wie großherzig Ihr gehandelt habt.«

Karim setzte seine Wanderung durchs Zimmer fort. Dann

blieb er stehen und fixierte sie mit seinen schwarzen Augen. »Warum kommt der Marquess nicht selbst? Warum schickt er mir eine Sklavin, statt von Mann zu Mann mit mir zu sprechen? Hat er etwa Angst vor mir?«

Die Frage war nicht unberechtigt, und im Augenblick wusste Kate für sich selbst keine Antwort darauf. Möglicherweise hatte Justin ebenso wenig Ahnung von der Anwesenheit des Paschas wie sie selbst. Schließlich waren sie die letzten Tage mit anderen Dingen beschäftigt gewesen.

»Ich handle ohne sein Wissen«, gestand sie und sprach damit den ersten Gedanken aus, der ihr in den Sinn kam. »Er wollte Eure ...«

»... Großherzigkeit«, warf der Pascha ein.

»... nicht weiter beanspruchen, sondern nach einer anderen Lösung suchen. Aber ich bin der Meinung, dass es am einfachsten wäre ...«

»... meine Großherzigkeit doch zu beanspruchen?«

Sie wusste nicht, ob er tatsächlich belustigt war oder ob ihn ihre Unverschämtheit so wütend machte, dass er sie auspeitschen lassen würde. Sie hatte mit dem Mann noch nie umgehen können, und auch jetzt ließen sie alle ihre Instinkte im Stich.

»Ich gebe nichts ohne Gegenleistung.« In seiner Stimme lag nicht einmal der Hauch von Belustigung. »Angenommen, ich schreibe ein solches Dokument aus, was bekomme ich dafür?«

Kleine Schweißperlen sammelten sich auf ihrer Oberlippe. »Das ... Wohlwollen der Queen«, stammelte sie unbeholfen.

»Die Queen ist aber nicht hier, Leila«, stellte er fest und trat näher. »Aber du bist es. Wie wäre es mit deinem Wohlwollen?«

Ein Finger strich über ihre Wange. Panik breitete sich in Kate aus. Ihre Gedanken stoben auseinander wie Hühner, wenn der Fuchs in Sichtweite kam. Natürlich. Die alte Regel. Kein Geschäft ohne Gegengeschäft.

»Mein Wohlwollen ... jetzt? Dann bekomme ich das Dokument?«

Der Finger wanderte über ihren Hals. Sie hatte für den heutigen Tag ein hochgeschlossenes Gewand gewählt, aber er kümmerte sich nicht darum. Sein warmer Atem streifte ihr Ohr. »Dein Wohlwollen, Leila, für jetzt ...«, er küsste die zarte Haut hinter ihrem Ohr, »... und für jeden Tag, den Allah uns schenkt.«

Sie hatte die Liebkosung starr erduldet, aber seine Worte ließen sie herumfahren. »Ich soll ... ich soll ...«

»Mit mir zurückkommen. Meine Lust teilen, jede Nacht, die kommen wird. Freiwillig und freudig. Und ich will mich nie wieder so weit erniedrigen müssen, deinen Willen durch etwas anderes zu brechen als durch meine Leidenschaft.«

Sie blickte in die dunklen Augen, in denen sein Verlangen nur zu offensichtlich war. Obwohl er sie nicht berührte, befürchtete sie, vor lauter Angst das Bewusstsein zu verlieren. Aber nicht einmal so gnädig war das Schicksal. Sie blieb stehen und musste über sein ungeheuerliches Angebot nachdenken. Wenn es nur darum gegangen wäre, ihn hier und jetzt zu befriedigen, schnell und mit all ihr zu Gebote stehender Raffinesse, sie hätte es getan, ohne zweimal darüber nachzudenken. Justins Zukunft war alles, was zählte. Was machten da schon ein paar Stunden gut verborgenen Ekels aus. Ihre gemeinsame Zukunft würde diesen Preis rechtfertigen. Aber was der Pascha von ihr verlangte, waren die Aufgabe einer Liebe, die sie gerade erst gefunden hatte, und die Aussicht darauf, den in seiner Gegenwart empfundenen Ekel und Widerwillen für den Rest ihres Lebens verbergen zu müssen. Sie wusste nicht, ob sie das konnte.

Sie blickte in das unbewegte dunkle Gesicht vor sich. Und

sie wusste, dass sie keine andere Wahl hatte. Justins Existenz stand auf dem Spiel. Es lag an ihr, sein Leben in mehr als einer Weise zu retten. Sie konnte sich dem nicht entziehen. Jetzt begriff sie wirklich die Worte, die er vor langer Zeit einmal zu ihr gesagt hatte. *Ich will dein Glück – selbst um den Preis meines eigenen Unglücks.* Denn sie fühlte genauso.

»Ich bin einverstanden. Ich gehe mit Euch zurück. Aber vorher will ich das Dokument haben. Ich will es persönlich an den Marquess of Wexford übergeben. Dann gehöre ich Euch, Karim Pascha, mit Leib und Seele.«

Das Verlangen in seinem Blick machte etwas anderem Platz, das sie nicht klar benennen konnte. Triumph? Freude? Überraschung?

Er wandte sich ab. »Lass deine Adresse hier, ich werde das Schreiben aufsetzen und dir überbringen lassen. Die Delegation, der ich angehöre, verlässt in zwei Wochen London. Unser nächstes Ziel ist Paris, danach geht es nach Wien und als Letztes nach Rom. Von dort segeln wir heim. Ich erwarte, dass du in der Nacht, bevor wir die Stadt verlassen, hier erscheinst, ist das klar?«

Kate nickte wie betäubt.

Seine Stimme wurde eine Nuance leiser und ein Universum bedrohlicher. »Wenn nicht, dann lasse ich dich holen.«

25

Als sie wieder in der Kutsche saß, wurde Kate langsam das ganze Ausmaß ihres Handelns klar. In zwei Wochen würde sie Karim Pascha auf Gedeih und Verderb ausgeliefert sein. Justins Leben war gerettet, doch sie würde für den Rest ihres Lebens in einem Harem eingesperrt sein.

Justins Leben war gerettet, doch sie würde den einzigen Menschen, den sie jemals geliebt hatte, niemals wiedersehen.

Justins Leben war gerettet.

Tränen liefen über ihr Gesicht.

Justins Leben war gerettet.

Das war alles, was zählte.

Sie zog ein Taschentuch aus ihrem Umhang und weinte so lange, bis sie keine Tränen mehr hatte. Erst da merkte sie, dass die Kutsche längst vor Serenas Haus stand und der Lakai vor der Tür wartete, um sie zu öffnen.

Glücklicherweise begegnete ihr Serena auf dem Weg zu ihrem Zimmer nicht. So hatte sie Gelegenheit, sich zu beruhigen und eine kühle Kompresse auf ihr Gesicht zu legen, um die Spuren des Zusammenbruchs zu beseitigen.

Als Serena eine Stunde später bei ihr anklopfte, hatte sich Kate wieder so weit unter Kontrolle, dass sie eine fröhliche Miene aufsetzen konnte.

»Und? Hast du den Pascha gesprochen?«, fragte die Freundin ohne Umschweife.

»Ja. Und ich bekomme das Dokument.« Sie lachte und klatschte in die Hände. »Ist das nicht wundervoll? Alles wird gut.«

Serena runzelte die Stirn. »So einfach? Das erstaunt mich.«

»Die Tatsache, dass er nach der Machtübernahme einen britischen Gefangenen freigelassen hat, wirkt sich positiv auf seine Verhandlungen mit der Queen aus. Das ist alles. Natürlich tut er es nicht aus reiner Nächstenliebe«, fügte Kate hinzu. »Und er ist nicht meinetwegen in London. Das Ganze ist nichts als ein Zufall.«

Serena schien beruhigt. »Gut. Ich habe eine Verabredung für heute Abend, deshalb wollte ich mich vorher vergewissern, dass alles in Ordnung ist. Justin wird dir doch sicher seine Aufwartung machen und dich ausführen?«

Kate zuckte die Achseln. »Ich weiß es nicht. Sobald das Schreiben des Paschas eintrifft, werde ich zu ihm fahren.«

»Du könntest auch ohne das Schreiben zu ihm fahren«, bemerkte Serena sanft.

»Vielleicht tue ich das wirklich. Schließlich ist der Grund für unsere Auseinandersetzung ja beseitigt«, entgegnete Kate. »Ich werde darüber nachdenken.« Sie streckte sich gähnend.

Serena stand auf. »Tu das, ich werde noch ein Bad nehmen und mich dann zurechtmachen.«

Kate nickte. »Ich wünsche dir einen schönen Abend.«

Irgendwie schlug Kate die Zeit tot, bis ihr die Zofe in der Bibliothek einen leichten Imbiss servierte. Sie hatte hin und her überlegt, ob sie zu Justin fahren sollte, den Gedanken letztendlich aber verworfen, da der Bote mit dem Schreiben des Paschas nicht erschien und sie nicht mit leeren Händen bei ihm auftauchen wollte. Worte waren eine Sache, Fakten eine andere.

Sie löffelte gerade ohne Begeisterung eine lauwarme Consommé, als ihr der Butler die Ankunft des Marquess of Wexford meldete. Natürlich hatte er den Besucher gleich mitgebracht, deshalb blieb Kate keine Rückzugsmöglichkeit.

Justin stürmte in den Raum, und der Butler schloss diskret die Tür hinter ihm. »Du wirst nie erraten, was passiert ist«, rief er aufgeregt und strahlte dabei übers ganze Gesicht. »Alle Probleme lösen sich in Luft auf, Kate. Der Pascha ist hier. Ich habe es vor einer Stunde erfahren. Morgen habe ich eine Audienz bei ihm. Da werde ich ihn um ein Schreiben bitten, das meine Identität beweist.«

Sie war aufgestanden, und er zog sie ungestüm in die Arme. Ein wenig überrascht erwiderte sie seinen Kuss. »Du bist nicht böse?«

»Böse?« Er zog die Brauen zusammen. »Ach, wegen heute Morgen, meinst du? Nein, ich hätte dich gar nicht in diese Sache hineinziehen sollen, ich wusste mir nur keinen Rat mehr. Du hast mit allem recht, was du gesagt hast. Deine Worte hatten mich nur überrumpelt, weil ... weil ...« Er senkte schuldbewusst den Kopf. »... weil ich sie im ersten Moment eben nicht nachvollziehen konnte. Ich dachte, dass es für dich ganz einfach sein müsste, mir zu helfen, aber ich hatte dabei nicht bedacht, dass deine Situation ebenfalls schwierig ist.«

Kate biss sich auf die Lippen, da sie spürte, wie ihr wieder die Tränen in die Augen stiegen. Er suchte sogar jetzt eine Entschuldigung für sie. »Du brauchst nicht mehr zu Karim Pascha zu gehen«, sagte sie. »Ich war heute dort, gleich nachdem ich von seiner Anwesenheit erfahren habe.« Der Griff um ihre Schultern verstärkte sich, und sie lächelte. »Er hat zugesagt, mir ein solches Schreiben auszustellen und es mir überbringen zu lassen.«

Er sah sie an, als sähe er sie zu ersten Mal. »Weißt du, was du da sagst?«, fragte er heiser.

»Ja, ich sage, dass sich dein ekelhafter Onkel zum Teufel scheren kann. Es gibt nur einen Marquess of Wexford, und der steht hier vor mir.« Sie lächelte weiter, obwohl jeder Nerv in ihr zitterte.

Er zog sie wieder an sich. »Ich danke dir. Bitte verzeih mir, dass ich auch nur einen Augenblick an dir gezweifelt habe. Ich werde es niemals wieder tun.« Seine Hände strichen über ihren Rücken, und sie legte ihren Kopf auf seine Schulter. »Nach meinem Gerede von heute früh kann ich es dir auch nicht verübeln. Aber ich war wie gelähmt vor Angst, als ich begriff, dass ich dir nicht helfen konnte, sosehr ich es mir auch wünschte. Aber jetzt wird ja alles gut.« Die Tränen flossen wieder, und diesmal konnte sie nichts dagegen tun. Sie weinte still vor sich hin, bis ihr Körper von Schluchzern geschüttelt wurde.

Justin sprach beruhigend auf sie ein, und irgendwann schaffte es Kate, dass der Tränenstrom versiegte. Sie lag still in seinen Armen und genoss das Gefühl, im nahe zu sein. *Zwei Wochen*, dachte sie. *Ich habe nur noch zwei Wochen, die für den Rest meines Lebens reichen müssen.*

Das Dokument des Paschas traf am nächsten Morgen ein. Justin ersuchte die Queen um eine Audienz, die ihm auch nach wenigen Tagen gewährt wurde.

Kate wich nicht mehr von Justins Seite und schränkte öffentliche Auftritte ein, soweit es möglich war, da sie verhindern wollte, dass er und der Pascha sich begegneten. Sie hegte keinen Zweifel daran, dass Karim über jeden ihrer Schritte und auch über ihre Affäre mit dem Marquess of Wexford informiert war. Aber offensichtlich ließ er sie gewähren, weil er damit rechnete, dass sie ihr Versprechen einhalten und London mit ihm verlassen würde.

Die Tage zerrannen Kate zwischen den Fingern. Sie wurde fahrig und nervös und war gleichzeitig angestrengt darauf bedacht, dass Justin von alldem nichts bemerkte. Im Bestreben, für ihn unvergesslich zu bleiben, verwandelte sie die

Nächte in rauschhafte Ekstase. Trieb ihn an die Grenzen seines Bewusstseins und forderte ihn immer mehr, so lange, bis er erschöpft und schweißüberströmt einschlief und nicht merkte, dass sie mit offenen Augen an die Decke starrte und ihre Wangen nicht allein vom Schweiß nass glänzten.

Am Morgen des dreizehnten Tages erzählte sie ihm gut gelaunt, dass sie den Abend mit Serena verbringen wollte, und befahl ihm lächelnd, doch mit Pete wieder einmal eine Runde durch die Clubs zu machen.

Fröhlich wie ein Kind verließ er sie, nichtsahnend und leichten Herzens. Das war es, was sie gewollt hatte. Als sie allein war, setzte sie sich an ihren kleinen Sekretär und begann zu schreiben. Morgen früh würde jemand den Brief finden und ihn Justin überbringen lassen.

Ein paar Zeilen mussten genügen. Sie wollte, dass er wusste, dass sie ihn liebte und immer lieben würde. Sie wollte nicht, dass er von dem Handel mit dem Pascha erfuhr. Also schrieb sie von widrigen Umständen und der Macht des Schicksals. Und davon, wie sehr sie ihn liebte.

Sie hatte nicht viel zu packen, denn es gab keine greifbaren Erinnerungen an Justin. Dafür umso mehr Erinnerungen in ihrem Kopf. Und das war gut so, denn alles andere hätte ihr der Pascha gnadenlos entrissen. Aber die Erinnerungen konnte er ihr nicht nehmen.

Sich von Serena zu verabschieden, wagte Kate nicht. Sogar ein Brief barg die Gefahr, dass Serena ihn vorzeitig entdeckte und in bester Absicht alles vereitelte.

Als der Butler die Ankunft der bestellten Mietkutsche meldete, blickte sie sich ein letztes Mal wehmütig in ihrem Zimmer um. Die glücklichen Momente, die sie hier erlebt hatte, machten ihr den Abschied schwer, und das Klicken, mit dem die Tür hinter ihr ins Schloss fiel, schmerzte wie ein Dolchstoß.

Langsam ging sie die Treppe hinunter. Mit jedem Schritt, den sie machte, starb ein Teil von ihr. Als sie schließlich in die Kutsche stieg, fühlte sie nur mehr eine unendliche Leere.

Trostlos kauerte sie sich in eine Ecke und wartete, dass der Wagen anfuhr. *Vorbei*, das Wort drehte sich in ihrem Kopf, *aus und vorbei*.

Da wurde jäh der Wagenschlag aufgerissen und Serena sprang mit einem Satz ins Innere der Kutsche. Die Tür krachte ins Schloss, und der Wagen fuhr an.

»Du sagst mir jetzt auf der Stelle, was los ist«, herrschte Serena die völlig entgeisterte Kate an. »Seit Tagen schleichst du wie ein Geist durch mein Haus, du stehst völlig neben dir, deine Augen schwimmen in Tränen, die du vor mir nicht weinen willst, und du siehst Justin mit einem Ausdruck an, der mir das Herz aus der Brust reißt und mir gleichzeitig das Blut gefrieren lässt. Also, was ist passiert?«

Jede Farbe war aus Kates Gesicht gewichen. »Du … du … darfst das nicht wissen … du musst aussteigen … sofort …«

»Das werde ich nicht tun!« Kampflustig verschränkte Serena die Arme vor der Brust und funkelte sie zornig an.

Kates Schultern sackten nach vorne. Sie hatte keine Kraft mehr, um zu kämpfen. »Das Schreiben für Justin hatte einen Preis. Ich muss den Pascha begleiten, freiwillig und … freudig, wie er sagte. Zuerst auf seine Reise durch Europa und dann zurück nach Alexandretta. In seinen Harem.«

»Also ist er doch deinetwegen gekommen?«

»Ich weiß es nicht, darüber haben wir nicht gesprochen. Und das ist jetzt auch egal«, setzte Kate hinzu und verschlang die Finger im Schoß.

»Hast du dem Pascha gesagt, dass du Justin liebst und ihn nur deshalb begleiten wirst?«, fragte Serena pragmatisch.

»Nein, natürlich nicht.«

»Ich begleite dich zum Pascha.«

Kates Kopf ruckte hoch. »Das tust du nicht.«

»Oh doch, wenn ich dich schon hergeben muss, dann will ich ihm klarmachen, dass er dich gefälligst gut zu behandeln hat.«

Diese Worte setzten Kates Verstand wieder in Gang. Serena hatte keine Ahnung, wovon sie redete. Der Pascha ließ sich von niemandem Vorschriften machen. Schon gar nicht von einer Frau. Abgesehen davon, gab es noch ein ganz anderes Problem. »Er spricht kein Englisch.«

Serena wischte den Einwand mit einer unwirschen Geste beiseite. »Dann wirst du eben übersetzen. Oder irgendein anderer aus seinem Gefolge.«

Kate zog ein Taschentuch aus ihrem Ärmel. Obwohl es zu nichts führen konnte, tat ihr Serenas Entschlossenheit gut. Sie starrte eine Weile dumpf vor sich hin, und da hielt der Wagen auch schon wieder.

Die Wachen waren offensichtlich auf ihre Ankunft vorbereitet worden, denn sie ließen sie ohne Nachfrage passieren. Ein Lakai brachte die beiden Frauen in einen Salon, der wesentlich größer war als jener, in dem Kate das erste Mal gewartet hatte. Schwere Kristallleuchter hingen von der Decke, und auch auf dem gedeckten Tisch in der Mitte des Raums standen zwei sechsarmige Kerzenleuchter.

Während Kate für das Ambiente keinen Blick hatte, sah sich Serena beeindruckt um. »Wenn das der Rahmen für ein kleines Tête-à-Tête ist, dann will ich gar nicht wissen ...« Sie brach ab, denn eine Tür öffnete sich und Karim Pascha trat ein. Der Kaftan, den er heute trug, war bis zum Nabel geschlitzt und ließ viel von seiner dunklen Haut sehen. Kate vollführte automatisch einen Hofknicks. Aus den Augenwinkeln bemerkte sie, dass Serena den Arm ausstreckte und ihre Hand dem Pascha zum Kuss reichte.

Zu ihrer Überraschung beugte sich der Pascha tatsächlich

nach westlicher Sitte darüber. »Lady Dexter, welche Überraschung.«

Kates Kopf ruckte hoch. Er sprach Englisch. Karim al-Zafer sprach Englisch!

»Leila, du darfst dich erheben.«

»Sie heißt Kate, nicht Leila«, sagte Serena kühl. »Ich habe übrigens von Ihrem verachtenswerten Handel erfahren, Mr al-Zafer.«

Mister al-Zafer. Kate rang nach Atem.

»Für mich ist und bleibt sie Leila. Englische Namen kommen mir so schwer von den Lippen.« Er hielt noch immer Serenas Hand und machte keine Anstalten, sie loszulassen. Und Serena entzog sie ihm nicht.

Kate starrte Karim Pascha an, als wären ihm zwei Köpfe gewachsen. Sie konnte nicht anders. Wenn er es bemerkte, dann sagte er nichts. Seine ganze Aufmerksamkeit galt Serena.

»Was kann ich für Sie tun, Lady Dexter? Leila und ich haben ein Arrangement getroffen, wie Sie ganz richtig bemerken, und ich gedenke, es mit einem fürstlichen Dinner zu feiern.« Er öffnete seine Hand, aber Serena zog ihre noch immer nicht weg. »Oder haben Sie einen anderen Vorschlag?« Karims Stimme klang so tief und rauchig, als käme sie direkt aus seiner Brust.

Serena reckte das Kinn. »Den habe ich, Mr al-Zafer. Kate erzählte mir, Sie wollen eine Frau, die – wie war das noch – freiwillig und freudig zu Ihnen kommt. Ist das richtig?«

Der Pascha neigte leicht den Kopf.

»Sie wissen bestimmt, dass Kate und Justin Grenville in eine leidenschaftliche Affäre verstrickt sind. Demnach wird sie weder freiwillig noch freudig an Ihre Seite eilen. Sie wird es tun, weil sie Ihnen ihr Wort gegeben hat und weil sie alles tun würde, um Justin Grenvilles Leben zu retten.«

Der Pascha verschränkte die Arme vor der Brust. »Was

erwarten Sie von mir, Lady Dexter? Dass ich Leila gehen lasse und einmal mehr ...« Er warf Kate einen Blick zu, den sie nicht zu deuten wusste. »... meine Großherzigkeit beweise?«

Serena sah den Pascha unverwandt und ohne mit der Wimper zu zucken an. »Ja, das erwarte ich. Denn ein Mann von Ihrem Format hat es nicht nötig, eine Frau gegen ihren Willen gefügig zu machen.«

Der Pascha hob die dunklen Brauen. »Leila hat vor Ihnen offensichtlich keine Geheimnisse.«

»Nein. Sonst wäre ich nicht hier und würde Ihnen einen Handel vorschlagen.« Serena machte eine wohlberechnete Pause. Ehe sie weitersprach, holte sie tief Luft. »Sie lassen Kate gehen und bekommen dafür eine Frau, die mehr als freudig und willig zu Ihnen kommt.«

»Serena, um Gottes willen, halt den Mund!«, schrie Kate entsetzt. »Du hast keine Ahnung, wovon du sprichst.«

Der Pascha stand noch immer unbeweglich vor Serena. »Warum sollte eine britische Lady sich in die Gewalt eines orientalischen Barbaren begeben? Und das auch noch freudig und freiwillig, wie Sie es zu nennen belieben?«

Serena hielt der Musterung ruhig und offen stand. »Weil diese britische Lady begierig ist herauszufinden, was es mit orientalischen Barbaren auf sich hat. Ob sie tatsächlich halten, was sie mit ihren Augen versprechen.«

Der Pascha blickte Serena an, dann warf er den Kopf in den Nacken und begann zu lachen. Über Kates Rücken rieselte eine Gänsehaut. Am liebsten hätte sie Serena an den Haaren gepackt und aus dem Raum gezerrt.

»Lady Dexter, ich frage mich gerade, ob Sie wirklich so unverfroren sind, wie Sie mich glauben machen wollen.« Seine Augen verengten sich zu schmalen Schlitzen, und der letzte Rest Heiterkeit wich aus seiner Stimme. »Oder ob Sie nur die Haut Ihrer Freundin retten und sich dann mit einer jämmerlichen Ausrede selbst in Sicherheit bringen wollen.«

Serena machte einen Schritt auf ihn zu und zischte wütend: »An mir ist nichts jämmerlich, Mr al-Zafer.«

Sie hob den Arm, griff in seinen Nacken und zog seinen Kopf zu sich. Obwohl er ihr Handgelenk gepackt hatte, ehe sie ihn berühren konnte, ließ er sie gewähren. Ihre Lippen prallten aufeinander und der Kuss, den sie vor Kates ungläubigen Augen tauschten, vermittelte den Eindruck, als ob zwei hungrige Raubkatzen übereinander herfielen und sich verschlangen.

Kate atmete zitternd aus. Sie konnte sehen, wie sich die Kiefer bewegten, wie sich ihre Münder in immer neuen Winkeln aufeinanderpressten und ihre Zungen miteinander spielten. Es war obszön und gewalttätig und absolut faszinierend.

Als sich die beiden endlich voneinander lösten, sahen sie aus, als wären sie mit knapper Not einem Wirbelsturm entkommen. Durchwühltes Haar, geschwollene Lippen, gerötete Wangen. Die Luft um sie herum vibrierte vor purer sexueller Energie.

Serena keuchte, und auch der Pascha musste tief Luft holen, ehe er zu sprechen anfing. »Ihr Vorschlag birgt in der Tat gewisse Vorteile, Lady Dexter. Ich werde darüber nachdenken und Ihnen Bescheid geben.«

»Nein, Mr al-Zafer.« Sie schüttelte atemlos den Kopf. »Entweder Kate oder ich. Sie haben die Wahl, Sie können entscheiden, aber das nur innerhalb der nächsten Minute. Dann werde ich gehen.«

Der Pascha fuhr sich mit beiden Händen durchs Haar, um es zu glätten. Allerdings sah es danach noch verwüsteter aus. »Muss ich damit rechnen, dass Lord Sheridan im Morgengrauen mit gezückter Pistole an meinem Bett stehen wird?«

Ein sehr sinnliches Lächeln erschien auf Serenas Lippen,

und ihre Stimme ähnelte dem Schnurren einer Katze, als sie sagte: »Es schmeichelt mir ungemein, dass Sie meinem Lebenswandel derartiges Interesse entgegenbringen, aber Lord Sheridan hat keinerlei Rechte auf mich. Kein Mann hat das, und kein Mann wird das je haben.« Sie strich eine widerspenstige Haarsträhne hinters Ohr. »Mein Herz mag tot sein, aber mein Körper lebt, Mr al-Zafer. Ich verlange Leidenschaft und Raffinesse und verabscheue Tabus. Sind Sie der Ansicht, dass Sie mich zufriedenstellen können?«

Er sah sie nachdenklich an. »Lady Dexter, Sie sind in der Tat eine Herausforderung. Ich bin mir zwar nicht sicher, ob ich es nicht bereuen werde, aber ...« Er drehte sich um und ging zu Kate, die noch immer Mühe hatte, die Geschehnisse zu verarbeiten. »Ich nehme an, Lady Dexter spricht die Wahrheit, und der einzige Grund warum du hier bist, ist, um Wort zu halten.«

»Was könnte es sonst sein, Karim Pascha?«, sagte Kate leise. »Ich habe mein Wort, gegeben, freiwillig und freudig zu Euch zu kommen. Nun, hier bin ich.«

Seine Mundwinkel zogen sich nach unten. »Freiwillig und freudig.« Er seufzte. »Lassen wir das. Du darfst gehen, Leila. Vielleicht schafft es ja dein englischer Lord, dir etwas Feuer einzuhauchen.«

Einige Augenblicke herrschte absolute Stille im Raum. Dann begriff Kate, dass sie soeben ihre Freiheit erlangt hatte. Mühsam formulierte sie eine Antwort. »Danke, Karim Pascha.« Es war zu wenig angesichts der Tatsache, dass er ihr ein neues Leben geschenkt hatte, aber sie wusste nicht, was sie sonst noch sagen sollte.

Serena kam auf sie zu und nahm sie in die Arme. »Hör nicht auf ihn. Er ist ganz einfach der falsche Mann. Für dich«, flüsterte sie ihr ins Ohr und fügte lauter hinzu: »Leb wohl, Kate. Du kannst mein Haus haben, bis ich wiederkomme.

Falls ich wiederkomme. Ich werde dir schreiben und dich auf dem Laufenden halten.«

Kate musterte die Freundin und versuchte, zu verstehen. »Alles, was ich sagen kann, ist sinnlos, nicht wahr, Serena? Du willst das wirklich, du tust es nicht nur wegen mir?«

Serena lächelte beinahe mitleidig. »Natürlich nicht, Liebes. Ich tue es wegen mir. Ich liebe das Abenteuer, und diese Sache verspricht jede Menge Abenteuer.« Sie warf dem Pascha einen Blick zu, der dazu angetan war, seine Kleidung in Asche zu verwandeln.

Kate nickte, obwohl sich ihr Verstand noch immer weigerte, zu begreifen, dass Serena sich aus freien Stücken in die Gewalt dieses Despoten begab, und trat einen Schritt zurück. »Soll ich dir ein paar persönliche Sachen packen lassen?«

»Nein, das wird nicht nötig sein.« Sie wandte sich an den Pascha. »Sie werden doch für alles gesorgt haben, Mr al-Zafer?«

»Natürlich, Lady Dexter. Sie können die vorhandene Garderobe gern in Augenschein nehmen. Falls Sie noch etwas benötigen, werden wir uns in Paris darum kümmern.«

Serena lachte. »Perfekt. Begleiten Sie Kate noch zur Kutsche? Sie wartet vor dem Haupteingang.«

Der Pascha neigte leicht den Kopf. »Wie Sie wünschen, Lady Dexter.«

Kate blickte noch einmal zu Serena, und während sie das tat, schien sich die Distanz zwischen ihnen zu vergrößern, bis ein unüberbrückbarer Graben entstanden war.

Sie seufzte, drehte sich ohne ein weiteres Wort um und folgte dem Pascha, der zur Tür ging. Schweigend durchquerten sie die Halle und standen schließlich vor der Kutsche. Kate vergrub die Hände in den Taschen ihres Umhangs. Eine letzte Frage brannte ihr noch auf der Zunge, und sie nahm all ihren Mut zusammen, um sie zu stellen.

»Wie kommt es, dass Ihr Englisch sprecht, Karim Pascha?«

Er öffnete die Tür der Kutsche. »Ich wuchs im Harem auf. Wie alle Knaben bis zum achten Jahr. Es gab Frauen, die englisch sprachen, einige sprachen französisch, andere russisch.« Er blickte auf sie hinunter. »Man kann viel lernen, wenn man lernen möchte. Und wenn man nicht alles Fremde ablehnt. Wie mein Bruder.«

»Das habe nicht gewusst«, murmelte Kate unbeholfen.

»Du hast vieles nicht gewusst. Oder nicht verstanden, Leila.« Er bückte sich und klappte das Treppchen hinunter. »An dem Tag, als dich mein Bruder zu sich rufen ließ und ich dir begegnete, ehe du zusammengebrochen bist, hatte ich Ahmet das Versprechen abgerungen, dich zur Frau nehmen zu dürfen.« Er blickte sie mit einem unergründlichen Ausdruck an und zuckte dann die Schultern. »Wie dem auch sei, ich wünsche dir Glück. Dass du es findest und dass du es festhalten kannst.«

Sie nickte und stieg ein. Vermutlich erwartete er ein ebenso versöhnliches Abschiedswort, aber das konnte sie ihm nicht geben, da sie niemals vergessen würde, was er ihr angetan hatte.

»Lebt wohl, Karim Pascha«, brachte sie steif über die Lippen. Sie wünschte ihm kein Glück.

Zahlreiche hell erleuchte Fenster verrieten, dass im Haus in der St. James Street noch reges Treiben herrschte, als die Kutsche davor anhielt. Was nicht weiter erstaunlich war, da die Uhr erst kurz nach neun Uhr abends zeigte.

Noch immer fühlte sich Kate wie betäubt und konnte nicht glauben, was passiert war. Sie musste Justin nicht verlassen, und sie musste ihre Tage nicht einem Harem beschließen, abhängig von der Laune Karim Paschas.

Ob Serena wirklich wusste, worauf sie sich einließ? Kate hatte ihr genügend Schilderungen vom Leben im Harem gegeben und von Karims Charakter, um ein deutliches Bild zu zeichnen. Wenn sie sich trotzdem freiwillig und freudig – Kate schauderte – in die Arme des Paschas stürzte, dann war sie für alles, was von nun an geschah, selbst verantwortlich.

Während Kate die Treppe zu ihrem Zimmer hinaufstieg, dachte sie an Serenas Worte. *Er ist nicht der richtige Mann. Für dich.* Als ob Karim Pascha für irgendeine Frau der richtige Mann sein könnte ... Sie schüttelte den Kopf und öffnete ihre Zimmertür.

Zu ihrer Überraschung brannten im Raum zahlreiche Kerzen. Kate streifte ihren Umhang ab und warf ihn achtlos über einen Stuhl. Dann erst entdeckte sie Justin. Er stand in einer Ecke des Zimmers beim Fenster, dessen Vorhänge zugezogen waren. Als er sich schwerfällig wie ein alter Mann umdrehte, erkannte sie den Brief in seinen Händen.

Ihr erster Impuls, zu ihm zu laufen und sich in seine Arme zu werfen, erstarb. Also blieb sie stehen, legte die Hände ineinander und wartete.

Sein Gesicht war grau. Er sah sie nicht an, sondern blickte noch immer auf das Blatt Papier. »Ich ... ich konnte mich nicht mit Pete treffen. Es kam mir so ... so ... falsch vor. Irgendetwas an der ganzen Situation kam mir falsch vor«, wiederholte er mit ausdrucksloser Stimme. »Deshalb dachte ich, ich könnte dich und Serena abholen, und wir würden den Abend gemeinsam verbringen.«

Und natürlich hatte ihn der Butler auf ihr Zimmer gelassen, es war ja nicht das erste Mal. Man wusste, dass er ihr Liebhaber war, der in diesem Haus ein und aus gehen konnte, wie es ihm beliebte.

»Nun, ihr wart nicht da, und ich wollte auf dich warten. Hier.« Er holte tief Luft. »Ich bin gerne in diesem Raum. Er spiegelt dein Wesen wider und atmet deinen Duft. Wenn ich hier bin, stelle ich mir immer vor, dass es so sein müsste, wenn du meine Frau bist. Wenn mein ganzes Haus von dir erfüllt ist.«

Jetzt sah er sie doch an. »Dann habe ich den Brief gefunden. Es stand mein Name drauf, sonst hätte ich ihn nicht geöffnet.«

Kate nickte. »Ja, er war auch für dich bestimmt, Justin«, sagte sie leise.

»Es ist ein Abschiedsbrief. Du willst morgen mit dem Pascha abreisen.« Seine Stimme klang tonlos, keine Frage lag darin, nur abgrundtiefe Verzweiflung.

Kates Magen verwandelte sich in einen kalten Klumpen. Sie musste ihm die Wahrheit sagen, es durfte keine Lügen mehr zwischen ihnen geben.

»Ja, das wollte ich«, erwiderte sie müde. »Das war die Bedingung dafür, dass der Pascha deine Identität bestätigte.«

»Kate ...«, flüsterte er heiser.

Sie unterbrach ihn mit einer Handbewegung. »Karim Pascha war der Grund, warum ich aus dem Harem geflohen bin. Nach seiner Machtübernahme wäre ich ihm hilflos ausgeliefert gewesen, und er hätte sich aller ihm zu Gebote stehender Mittel bedient, mich gefügig zu machen.« Sie hielt Justins Blick stand und enthüllte dann das letzte, das düsterste Geheimnis. »Das hatte er schon einmal getan. Und er würde es wieder tun. Es gab nicht viele Frauen, die sich ihm widersetzten, vermutlich machte das meinen Reiz für ihn aus.«

Tränen brannten in ihren Augen, und sie verschränkte die Finger so fest ineinander, dass die Knöchel weiß hervortraten. »Als ich ihn um das Dokument bat, hat er seine Chance genutzt, mich wieder in seine Gewalt zu bekommen. Auch wenn er der Ansicht war, dass ich freiwillig mit ihm gehen müsste.«

Der Brief fiel zu Boden. »Warum hast du nichts gesagt, Kate? Mein Gott, ich wäre zu ihm gegangen und hätte Himmel und Hölle in Bewegung gesetzt, um den Pascha zu überzeugen, dich gehen zu lassen.«

Es waren keine leeren Worte, Kate konnte die Entschlossenheit dahinter spüren und zweifelte nicht daran, dass er es tatsächlich getan hätte. »Es wäre nutzlos gewesen. Der Pascha ist in seiner Welt allmächtig und seine Entscheidungen sind unantastbar. Zu ihm zu gehen, bedeutete für mich, mich wieder in seine Welt einzufügen.« Sie trat so nahe zu Justin, dass der Saum ihres Kleides auf seine Schuhspitzen fiel. »Aber alles ist anders gekommen. Serena hat mich gerettet, im letzten Augenblick. Sie wird an meiner Stelle mit dem Pascha gehen. Freiwillig und gerne.« Sie hob die Hände und legte sie zaghaft auf Justins Brust. Die Hoffnung, dass er verstand, war alles, was sie noch hatte. »Sie hat nicht nur mich gerettet, sondern macht es auch möglich, dass wir zusammenbleiben können, Justin. Wenn du mich noch willst.«

»Ob ich dich noch will?« Seine Stimme klang angespannt. »Ich saß hier mit diesem Brief, der mein Leben in einem Ausmaß zerstört hat, wie es Edward und sein perfider Plan niemals vermocht hätten. Und du kannst noch fragen …«

Seine Verbitterung war unüberhörbar, deshalb unterbrach sie ihn hastig, um ihren Standpunkt klarzumachen. »Ich wollte dir helfen, nichts anderes. Du hast einmal gesagt, du willst mein Glück, auch wenn es dein Unglück ist. So ging es mir auch. Ich liebe dich, Justin, niemals wird jemand deinen Platz in meinem Herzen einnehmen können. Niemals. Egal, was auch geschieht.« Sie hätte gerne den Kopf an seine Schulter gelegt und die Geborgenheit seiner Arme gespürt. Aber er machte keine Anstalten, ihr in dieser Hinsicht entgegenzukommen. Und sie fühlte sich so hilflos wie noch nie zuvor in ihrem Leben. Sie hatte ihm ihre Liebe gestanden, in Worten und in Taten. Ungeschickt vielleicht. Vielleicht ... auch zu spät.

Justins Gesicht ließ keine Rückschlüsse auf seine Gedanken zu. In seinen Augen hatte sie ihn wieder einmal belogen und hintergangen. Wenngleich aus ehrbaren Motiven. Aber Tatsache blieb, dass sie ihn nicht ins Vertrauen gezogen hatte, als es darum ging, ein schwerwiegendes Problem zu lösen, das ihrer beider Leben betraf.

Sie kämpfte darum, nicht zu weinen, während sie spürte, wie ihre Kraft sie verließ. Sie hatte gedacht, dass das Schlimmste, was ihr passieren konnte, ein Leben in Karim Paschas Harem war. Aber jetzt musste sie erkennen, dass ein Leben hier, in ummittelbarer Nähe von Justin, ohne ihn und ohne seine Liebe, der ewigen Verdammnis sehr nahekam. Warum hatte sie auch so lange gebraucht, um zu verstehen, dass eine Ehe mit Justin keine Gefangenschaft war, sondern die einzige Freiheit bedeutete, auf die es wirklich ankam?

Mit gesenktem Kopf wartete sie darauf, dass Justin zu sprechen beginnen würde. Seine Verstimmung war noch immer greifbar, und sie konnte überhaupt nicht einschätzen, wie er auf all ihre Enthüllungen reagieren würde. Ob er über all das zerbrochene Glas zwischen ihnen hinwegsehen konnte. Ob er sie noch immer liebte. Oder ob sie ihn einmal zu viel belogen hatte.

Als er das Schweigen endlich beendete, besaß seine Stimme größere Ähnlichkeit mit einem wütenden Knurren als mit zartem Süßholzraspeln. »Also wirst du aufhören, mich davon überzeugen zu wollen, dass ich mir eine Frau suchen muss, die besser zu mir passt? Oder dass ich meine Erfahrungen in Bordellen und anderen Etablissements zu vertiefen habe? Und mich endlich doch heiraten?«

Die Erleichterung ließ ihr die Knie weich werden. »Um die Mütter deiner Söhne zu werden?«

»Auch das.« Endlich schlang er seine Arme um sie und zog sie an seinen harten, vertrauten, geliebten Körper.

Kate schickte ein stummes Dankgebet an die himmlischen Mächte, die offensichtlich doch ein Einsehen gehabt hatten. Dann neigte sie den Kopf, damit Justin sie küssen konnte, und versuchte ein schelmisches Lächeln, während ihre Augen in Tränen schwammen. »Wenn das so ist«, sagte sie, »dann werde ich wohl nie erfahren, was es mit einem Kondom auf sich hat.«

Eine sagenhafte Geschichte aus vergangener Zeit – sensationell erotisch

Daria Charon
DIE MASKE
DER LEIDENSCHAFT
Erotischer Roman
208 Seiten
ISBN 978-3-404-15760-0

Ein Pakt verpflichtet das Städtchen Allershausen, den Herren der Wolfensburg alle 25 Jahre eine junge Frau zu übergeben. Doch dieses Mal verlangen die Wolfsmänner drei Frauen. Die Ratsherren schicken ihnen drei Dirnen. Als der Betrug auffliegt, fordern die Wolfsmänner wutentbrannt ihr Recht. Um ihre jüngere Schwes-ter Samara zu schützen, geht Viola Brugger mit ihnen. Auf der Wolfensburg angekommen, wird sie in einen Strudel aus Hass, Leidenschaft und Begierde gerissen, in dessen Mittelpunkt der geheimnisvolle Mann mit der Maske steht, Kyrian Lupanescu, der Weiße Wolf …

Bastei Lübbe Taschenbuch

Eine neue aufregende Stimme der erotischen Literatur

Daria Charon
DIE NICHTE
DER MARQUISE
Erotischer Roman
304 Seiten
ISBN 978-3-404-15822-5

Die Marquise de Solange sucht in der Provinz nach hübschen Mädchen, die sie mit nach Paris nimmt und als ihre Nichten ausgibt. Auch die Bauerntochter Marie Callière gelangt auf diese Weise in die französische Hauptstadt und erringt das Wohlwollen von Ludwig XIV, der sie zu einer seiner Geliebten macht. Marie träumt davon, den Platz der gegenwärtigen königlichen Maitresse La Valliere einzunehmen, deren Stern im Sinken begriffen ist. Doch dann trifft der Edelmann Tristan de Rossac in Versailles ein. Ein Mann, der vor nichts und niemandem Respekt hat, auch nicht vor dem Eigentum des Königs ...

Bastei Lübbe Taschenbuch

Herrin und Mätresse – das aufregende Leben einer unersättlichen Frau

Vivienne LaFay
DIE MÄTRESSE
Erotischer Roman
272 Seiten
ISBN 978-3-404-15921-5

Lady Emma Longmore genießt ihre Rolle als Mätresse des gut aussehenden wohlhabenden Daniel Forbes. In seiner Londoner Villa gründet sie eine Schule für höhere Töchter, die sie in die Künste der Liebe einführen will. Doch bald steckt Lady Emma in Schwierigkeiten. Hals über Kopf flieht sie zurück nach Paris, wo es viele Erinnerungen an nächtliche Abenteuer aufzufrischen gilt.

Der zweite Roman aus der erotischen Reihe um Lady Emma